운수 좋은 날 외

현진건 중·단편소설

운수 좋은 날 외

현진건 중·단편소설

재승출판

　우리나라 신문학의 역사는 1906년 이인직의 《혈의 누》가 출간된 때로부터 시작한다고 한다. 이로 미루어보면 이제 한국 근대문학은 100년을 맞이하게 된 셈이다. 이 기간에 수많은 작가의 작품이 탄생하였다. 모든 작품은 작가들의 혼이 담긴 그 시대 문화의 거울이라 할 수 있다. 한 작품이라도 소홀히 다룰 수 없는 것들이지만, 그래도 근대문학 100년간 문학사적 고전으로 남을 만한 명작은 있을 것이다.

　당 출판사에서는 미래의 동량이 될 청소년들과 현재의 주역인 일반인들이 새로운 독서체험을 할 수 있도록 하는 데 목표를 두었다. 자타가 인정하는 우리나라 최초 장편소설인 춘원 이광수의 《무정》을 시작으로 한국 문학계와 교육현장에서 두루 인정받은 한국 문학의 정수를 가려 뽑아 시리즈로 엮어 나갈 것이다. 객관성을 기하기 위하여 대학의 국문학 교수와 고등학교 국어과 교사, 숙련된 편집자 등의 추천을 참고로 하여 엄선할 계획이다. 이를 통해 한국 근현

대 문학사의 흐름을 살펴볼 수 있을 것이다.

요즘 출판계의 현황은 불황의 터널에서 벗어나지 못하고 있다. 그 원인에는 여러 가지가 있겠지만 무엇보다 양서良書의 부재와 독자들이 책을 외면한다는 것이다. 더군다나 요즘에는 전자책이 나오면서 종이로 된 책은 앞으로 소외될 것이라는 출판계의 우려감과 더불어 인터넷의 발달로 책은 인기가 떨어진 상태다. 이러한 열악한 상황에서 의욕만 가지고 한국대표문학선을 출간한다는 것은 애초부터 무모한 계획일 수도 있다. 모두 부정적인 시각으로 보는 편이다. 출판업도 수익이 수반되어야 유지 존속이 가능하다. 출간되는 책은 거의 판매를 염두에 두고 있는 실정이다. 예를 들면 유명 작가 몇 사람의 작품, 인기 있는 외서 번역물 등등. 로또 뽑듯이 책을 선정하는 것 같다. 현 시점에서는 당연한 결정이다. 그렇지만 출판계의 이 같은 현실로 왜곡된 독서환경이 조성될 수도 있다.

따라서 당 출판사에서는 자라나는 청소년과 한국 문학을 사랑하는 일반인들에게 쉽고 재미있게 다가설 수 있으면서, 청소년들의 취향에도 잘 맞는 국민대중용 한국대표문학선집을 만들어보고자 한 것이다.

시대와 시대를 이어서 모두가 다 같이 공감할 수 있는 문화의 정수가 바로 문학이다. 문학은 우리의 마음 한편에 자리 잡고 있는 시대의 정서와 풍속, 삶의 흔적이 고스란히 밴 작가들의 혼이 담긴 당대 문화의 거울이라고 한다. 우리가 문학작품을 통해서 만나게 되는 감동의 여운은 평생 뇌리에 남고, 특히 청소년 시절에 읽었던 문학작품은 젊은 날의 향수와 추억으로 남는다. 또한 살아가면서 마음의 양식이 됨은 물론이다.

독자들은 문학과의 만남을 통해 우리의 문화가 이룩해온 정체성을 확인하고 상상하는 즐거움을 만끽할 수 있다. 논어 위정편에 나오는 온고이지신 溫故而知新은 '옛것을 잘 익혀서 새로운 것을 안다'는 뜻으로 고전의 중요성을 강조한 공자의 가르침이다. 누구나 자

신의 뿌리를 인식하고 문화생활을 높이기 위해서는 문학을 알아야
한다.

당 출판사로서는 한국대표문학선 발간이 우리나라 출판계에 일
조가 된다면 더 없는 영광으로 생각한다. 아무쪼록 한국대표문학선
을 통해 21세기 젊은 독자들이 삶의 풍부한 자양분으로서 이 시리
즈를 애호해주기를 바랄 뿐이다.

(주)재승출판

대표이사 이 재 영

차례

●●● 일러두기

· 이 책의 맞춤법은 1988년 1월 19일 문교부 교시 '한글 맞춤법'에 따른 것을 원칙으로 하였다.
· 외래어 표기는 1986년 문교부 교시 '외래어 표기법'에 따른 것을 원칙으로 하였다.
· 작품에 영향을 준다고 판단되는 구어체, 의성어, 의태어 등은 최대한 살리되 뜻이 통하지 않는
  경우에는 각주를 달았다.
· 어원을 밝힐 수 없는 어휘나 방언 등은 그대로 두었다.
· 한자는 가급적 한글로 바꾸되 의미를 파악하는 데 필요하다고 판단되는 부분은 각주를 달았다.
· 필요한 경우에 글의 흐름과 내용을 고려하여 단락을 다시 구분하였다.
· 대화는 " "로, 생각이나 독백 및 강조하는 말은 ' '로 표시하였다.
· 글을 읽고 뜻을 이해하는 데 방해가 되지 않는 한 최대한 원전을 살렸다.

빈처

1

"그것이 어째 없을까?"

아내가 장문을 열고 무엇을 찾더니 입안말로 중얼거린다.

"무엇이 없어?"

나는 우두커니 책상머리에 앉아서 책장만 뒤적뒤적하다가 물어보았다.

"모본단중국이 원산지인 비단의 하나 저고리가 하나 남았는데……."

"……."

나는 그만 묵묵하였다. 아내가 그것을 찾아 무엇을 하려는 것을 앎이라. 오늘 밤에 옆집 할멈을 시켜 잡히려 하는 것이다.

이 이 년 동안에 돈 한 푼 나는 데 없고 그대로 주리면 시장할 줄 알아 기구와 의복을 전당국 창고에 들이밀거나 고물상 한구석에 세워두고 돈을 얻어오는 수밖에 없었다. 지금 아내가 하나 남은 모본단 저고리를 찾는 것도 아침거리를 장만하려 함이다. 나는 입맛을 쩍쩍 다시고 폈던 책을 덮으며 '후우' 한숨을 내쉬었다.

봄은 벌써 반이나 지났건만 이슬을 실은 듯한 밤기운이 방구석으로부터 슬금슬금 기어나와 사람에게 안기고, 비가 오는 까닭인지 밤은 아직 깊지 않건만 인적조차 끊어지고 온 천지가 빈 듯이 고요한데 투닥투닥 떨어지는 빗소리가 한없는 구슬픈 생각을 자아낸다.

"빌어먹을 것, 되는대로 되어라."

나는 점점 견딜 수 없어 두 손으로 흐트러진 머리카락을 쓰다듬어 올리며 중얼거려 보았다. 이 말이 더욱 처량한 생각을 일으킨다. 나는 또 한 번 '후우' 한숨을 내쉬며 왼팔을 베고 책상에 쓰러지며 눈을 감았다.

이 순간에 오늘 지낸 일이 불현듯 생각이 난다.

늦게야 점심을 마치고 내가 막 궐련^{얇은 종이로 가늘고 길게 말아놓은 담배} 한 개를 피워물 적에 한성은행 다니는 T가 공일이라고 찾아왔다.

친척은 다 멀지 않게 살아도 가난한 꼴을 보이기도 싫고 찾아갈 적마다 무엇을 꾸어내라고 조르지도 아니하였건만, 행여나 무슨 구차한 소리를 할까 봐서 미리 방패막이를 하고 눈살을 찌푸리는 듯하여 나는 발을 끊고, 따라서 찾아오는 이도 없었다.

다만 이 T는 촌수가 가까운 까닭인지 자주 우리를 방문하였다.

그는 성실하고 공순하여 소소한 소사에 슬퍼하고 기뻐하는 인물이었다. 동년배인 우리는 늘 친척 간에 비교거리가 되었다. 그리고 나의 평판이 항상 좋지 못했다.

"T는 돈을 알고 위인이 진실해서 그 애는 돈푼이나 모일 것이야! 그러나 K내 이름는 아무짝에도 못 쓸 놈이야. 그 잘난 언문한글 섞어서 무어라고 끄적거려놓고 제 주제에 무슨 조선에 유명한 문학가가 된다니! 시러베아들실없는 사람을 낮잡아 이르는 말 놈!"

이것이 그네의 평판이었다. 내가 문학인지 무엇인지 하는 소리가 까닭 없이 그네의 비위에 틀린 것이다. 더군다나 나는 그네의 생일이나 혹은 대사 때에 돈 한 푼 이렇다는 일이 없고, T는 소위 착실히 돈벌이를 해가지고 국수 밥소라뚜껑 없이 위가 조금 벌쭉하며 굽이 높은 큰 놋그릇나 보조를 하는 까닭이다.

"얼마 안 되어 T는 잘살 것이고, K는 거지가 될 것이니 두고 봐!"

오촌 당숙은 이런 말씀까지 하였다 한다. 입 밖에는 안 내어도 친부모 친형제까지라도 심중으로는 다 이렇게 생각할 것이다. 그래도 부모는 달라서 화가 나시면,

"네가 그리하다가는 말경에 비렁뱅이가 되고 말 것이야."
라고 꾸중은 하셔도,

"사람이란 늦복 모르느니라."

"그런 사람은 또 그렇게 되느니라."

하시는 것이 스스로 위로하는 말씀이고, 또 며느리를 위로하는 말씀이었다. 이것을 보아도 하는 수 없는 놈이라고 단념을 하시면서 그래도 잘되기를 바라시고 축원하시는 것을 알겠더라.

여하간 이만하면 T의 사람됨을 가히 알 수 있다. 그리고 그가 우리 집에 올 것 같으면 지어서 쾌활하게 웃으며 힘써 재미스러운 이야기를 하였다. 단둘이 고적하게 외롭고 쓸쓸하게 그날그날을 보내는 우리에게는 더할 수 없이 반가웠다.

오늘도 그가 활발하게 집에 쑥 들어오더니 신문지에 싼 기름한 것을 '이것 봐라' 하는 듯이 마루 위에 올려놓고 분주히 구두끈을 끄른다.

"이것은 무엇인가?"

나는 물어보았다.

"저어, 제 처의 양산이야요. 쓰던 것이 벌써 낡았고, 또 살이 부러졌다나요."

그는 구두를 벗고 마루에 올라서며 나오는 웃음을 참지 못하여 벙글벙글하면서 대답을 한다. 그는 나의 아내를 돌아보며 돌연히,

"아주머니, 좀 구경하시렵니까?"

하더니 싼 종이와 집을 벗기고 양산을 펴 보인다. 흰 비단 바탕에 두어 가지 매화를 수놓은 양산이었다.

"검정이는 좋은 것이 많아도 너무 칙칙해 보이고…… 회색이나 누렁이는 하나도 그것이야 싶은 것이 없어서 이것을 산걸요."

그는 '이것보다도 더 좋은 것을 살 수 있다' 하는 뜻을 보이려고 애를 쓰며 이런 발명까지 한다.

"이것도 퍽 좋은데요."

이런 칭찬을 하면서 양산을 펴들고 이리저리 홀린 듯이 들여다보고 있는 아내의 눈에는 '나도 이런 것을 하나 가졌으면' 하는 생각이 역력히 보인다.

나는 갑자기 불쾌한 생각이 와락 일어나서 방으로 들어오며 아내의 양산 보는 양을 빙그레 웃고 바라보고 있는 T에게,

"여보게, 방에 들어오게그려. 우리 이야기나 하세."

T는 따라 들어와 물가 폭등에 대한 이야기며, 자기의 월급이 오른 이야기며, 주권^{주식}을 몇 주 사두었더니 꽤 이익이 남았다든가, 각 은행 사무원 경기회에서 자기가 우월한 성적을 얻었다든가, 이런 것 저런 것 한참 이야기하다가 돌아갔다.

T를 보내고 책상을 향하여 짓던 소설의 결미를 생각하고 있을 즈음에,

"여보!"

아내의 떠는 목소리가 바로 내 귀 곁에서 들린다. 핏기 없는 얼굴에 살짝 붉은빛이 돌며 어느 결에 바짝 다가앉았더라.

"당신도 살 도리를 좀 하셔요."

"……."

나는 또 '시작하는구나' 하는 생각이 번개같이 머리에 번쩍이며

불쾌한 생각이 벌컥 일어난다. 그러나 무어라고 대답할 말이 없어 묵묵히 있었다.

"우리도 남과 같이 살아봐야지요."

아내가 T의 양산에 단단히 자극을 받은 것이다.

예술가의 처 노릇을 하려는 독특한 결심이 있는 그는 좀처럼 이런 소리를 입 밖에 내지 아니하였다. 그러나 무엇에 상당한 자극만 받으면 참고 참았던 이런 소리를 하게 되는 것이다.

나도 이런 소리를 들을 적마다 '그럴 만도 하다'는 동정심이 없지 아니하나 심사가 어쩐지 좋지 못하였다. 이번에도 '그럴 만도 하다'는 동정심이 없지 아니하되, 또한 불쾌한 생각을 억제하기 어려웠다. 잠깐 있다가 불쾌한 빛을 나타내며,

"급작스럽게 살 도리를 하라면 어찌할 수가 있소. 차차 될 때가 있겠지!"

"아이구, 차차란 말씀 그만두구려. 어느 천년에."

아내의 얼굴에 붉은빛이 짙어지며 전에 없던 흥분한 어조로 이런 말까지 하였다. 자세히 보니 두 눈에 은은히 눈물이 고이었더라.

나는 잠시 멍멍하게 있었다.

성난 불길이 치받쳐 올라온다. 나는 참을 수 없었다.

"막벌이꾼한테 시집을 갈 것이지, 누가 내게 시집을 오랬소! 저 따위가 예술가의 처가 다 뭐야!"

사나운 어조로 몰풍스럽게 ^{성격이나 태도가 정이 없고 냉랭하며 퉁명스럽게} 소

리를 꽉 질렀다.

"에그……."

살짝 얼굴빛이 변해지며 어이없이 나를 보더니 고개가 점점 수그러지며 한 방울, 두 방울 방울방울 눈물이 장판 위에 떨어진다.

나는 이런 일을 가슴에 그리며 그래도 내일 아침거리를 장만하려고 옷을 찾는 아내의 심중을 생각해보니 말할 수 없는 슬픈 생각이 가을바람과 같이 설렁설렁 심골을 분지르는 것 같다.

쓸쓸한 빗소리는 굵었다 가늘었다 의연히 적적한 밤공기에 더욱 처량히 들리고 그을음 앉은 등피등불이 꺼지지 않도록 남포등에 씌우는 유리로 만든 물건 속에서 비치는 불빛은 구름에 가린 달빛처럼 우는 듯 조는 듯 구차히 얻어 산 몇 권 양책외국 서적의 표제 금자가 번쩍거린다.

2

장 앞에 초연히 서 있던 아내가 무엇이 생각났는지 고개를 끄덕끄덕하며 들릴 듯 말 듯 목 안의 소리로,

"오호…… 옳지, 참 그날……."

"찾았소?"

"아니야요, 벌써…… 저 인천 사시는 형님이 오셨던 날……."

아내가 애써 찾던 그것도 벌써 전당포의 고운 먼지가 앉았구나!

종지 하나라도 차근차근 아랑곳하는^{관심을 두는} 아내가 그것을 잡혔
는지 안 잡혔는지 모르는 것을 보면 빈곤이 얼마나 그의 정신을 물
어뜯었는지 가히 알겠다.

"……."

"……."

한참 동안 서로 아무 말이 없었다.

가슴이 어째 답답해지며 누구하고 싸움이나 좀 해보았으면, 소리
껏 고함이나 질러보았으면, 실컷 맞아보았으면 하는 일종 이상한
감정이 부글부글 피어오르며 전신에 이가 스멀스멀 기어다니는 듯
옷이 어째 몸에 끼이며 견딜 수 없다.

나는 이런 감정을 노골적으로 드러내며,

"점점 구차한 살림에 싫증이 나서 못 견디겠지?"

아내는 무엇을 생각하는지 모르게 정신을 잃고 섰다가 그 거슴츠
레한 눈이 둥그레지며,

"네에? 어째서요?"

"무얼, 그렇지."

"싫은 생각은 조금도 없어요."

이렇게 말이 오락가락함을 따라 나는 흥분의 도가 점점 짙어간
다. 그래서 아내가 떨리는 소리로,

"어째 그런 줄 아세요?"

하고 반문할 적에,

"나를 숙맥으로 알우?"

라고 격렬하게 소리를 높였다.

아내는 살짝 분한 빛이 눈에 비치어 물끄러미 나를 들여다본다. 나는 괘씸하다는 듯이 흘겨보며,

"그러면 그것 모를까! 오늘까지 잘 참아오더니 인제는 점점 기색이 달라지는걸, 뭐! 물론 그럴 만도 하지마는!"

이런 말을 하는 내 가슴에는 지난 일이 활동사진 모양으로 어른어른 나타난다.

육 년 전에 그때 나는 십육 세고, 저는 십팔 세였다 우리가 결혼한 지 얼마 안 되어 지식에 목마른 나는 지식의 바닷물을 얻어 마시려고 표연히 집을 떠났었다. 광풍에 나부끼는 버들잎 모양으로 오늘은 지나 중국, 내일은 일본으로 굴러다니다가 금전 탓으로 지식의 바닷물도 흠씬 마셔보지도 못하고 반거들충이 무엇을 배우다 중간에 그만두어 다 이루지 못한 사람 가 되어 집에 돌아오고 말았다.

시집올 때에는 방글방글 피려는 꽃봉오리 같던 아내가 어느 겨를에 기울어가는 꽃처럼 두 뺨에 선연한 빛이 스러지고 이마에는 벌써 두어 금 가는 줄이 그려졌다.

처가 덕으로 집칸도 장만하고 세간도 얻어 우리는 소위 살림을 하게 되었다. 처음에는 그럭저럭 지내었지마는 한 푼 나는 데 없는 살림이라 한 달 가고 두 달 갈수록 점점 곤란해질 따름이었다.

나는 보수 없는 독서와 가치 없는 창작으로 해가 지며 날이 새며,

쌀이 있는지 나무가 있는지 망연케 몰랐다. 그래도 때때로 맛있는 반찬이 상에 오르고 입은 옷이 과히 추하지 아니함은 전혀 아내의 힘이었다. 전들 무슨 벌이가 있으리오, 부끄럼을 무릅쓰고 친가에 가서 눈치를 보아가며 구차한 소리를 해가지고 얻어온 것이었다. 그것도 한두 번 말이지, 장구한 세월에 어찌 늘 그럴 수 있으랴! 말경에는 아내가 가져온 세간과 의복에 손을 대는 수밖에 없었다. 잡히고 파는 것도 나는 알은체도 아니하였다. 그가 애를 쓰며 퉁명스러운 옆집 할멈에게 돈푼을 주고 시켰다.

이런 고생을 하면서도 그는 나의 성공만 마음속으로 깊이깊이 믿고 빌었다. 어느 때에는 내가 무엇을 짓다가 마음에 맞지 아니하여 쓰던 것을 집어던지고 화를 낼 적에,

"왜 마음을 조급하게 잡수셔요! 저는 꼭 당신의 이름이 세상에 빛날 날이 있을 줄 믿어요. 우리가 이렇게 고생을 하는 것이 장차 잘 될 근본이야요."

하고 그는 스스로 흥분되어 눈물을 흘리며 나를 위로하는 적도 있었다.

내가 외국으로 다닐 때에 소위 신풍조에 뜨여 까닭 없이 구식 여자가 싫어졌다. 그래서 나는 일찍이 장가든 것을 매우 후회하였다. 어떤 남학생과 어떤 여학생이 서로 연애를 주고받고 한다는 이야기를 들을 적마다 공연히 가슴이 뛰놀며 부럽기도 하고 비감스럽기도 하였다.

그러나 낫살이 들어갈수록 그런 생각도 없어지고 집에 돌아와 아내를 겪어보니 의외에 그에게 따뜻한 맛과 순결한 맛을 발견하였다. 그의 사랑이야말로 이기적 사랑이 아니고 헌신적 사랑이었다. 이런 줄을 점점 깨닫게 될 때에 내 마음이 얼마나 행복스러웠으랴! 밤이 깊도록 다듬이를 하다가 그만 옷 입은 채로 쓰러져 곤하게 자는 그의 파리한 얼굴을 들여다보며,

'아아, 나에게 위안을 주고 원조를 주는 천사여!'
하고 감격이 극하여 눈물을 흘린 일도 있었다.

내가 알다시피 내가 별로 천품(타고난 기품)은 없으나, 어쨌든 무슨 저작가로 몸을 세워보았으면 하여 나날이 창작과 독서에 전심력을 바쳤다. 물론 아직 남에게 인정될 가치는 없는 것이다. 그 영향으로 자연 일상생활이 말유하게(보잘것없게) 되었다.

이런 곤란에 그는 근 이 년을 견뎌왔건만 나의 하는 일은 오히려 아무 보람이 없고 방 안에 놓였던 세간이 줄어가고 장롱에 찼던 옷이 거의 다 없어졌을 뿐이다.

그 결과 그다지 견딜성 있던 그도 요사이 와서는 때때로 쓸데없는 탄식을 하게 되었다. 손잡이를 잡고 마루 끝에 우두커니 서서 하염없이 먼 산만 바라보기도 하며 바느질을 하다 말고 실심한(근심 따위로 맥이 빠지고 마음이 산란한) 사람 모양으로 멍멍히 앉았기도 하였다. 창경(창문에 단 유리)으로 비치는 어스름한 햇빛에 나는 흔히 그의 눈물 머금은 근심 있는 눈을 발견하였다. 이럴 때에는 말할 수 없는 쓸쓸한

생각이 들며 일없이,

"마누라!"

하고 부르면 그는 몸을 흠칫하고 고개를 저리 돌려 치맛자락으로 눈물을 씻으며,

"네에?"

하고 울음에 떨리는 가는 대답을 한다. 나는 등에 물을 끼얹는 듯 몸이 으쓱해지며 처량한 생각이 싸늘하게 가슴에 흘렀다. 그렇지 않아도 자비하기 _{스스로 자기 자신을 낮추기} 쉬운 마음이 더욱 심해지며,

'내가 무자격한 탓이다.'

하고 스스로 멸시를 하고 나니 더욱 견딜 수 없다.

'그럴 만도 하다'는 동정심이 없지 아니하되 그래도 그만 불쾌한 생각이 일어나며,

"계집이란 할 수 없어."

혼자 이런 불평을 중얼거렸다.

환등 _{강한 불빛을 비추어 그 반사광을 렌즈에 의해 확대하는 조명기구 또는 그 불빛} **모양**으로 하나씩 둘씩 이런 일이 가슴에 나타나니 무어라고 말할 용기조차 없어졌다. 나의 유일한 신앙자고, 위로자던 저까지 인제는 나를 안 믿게 되었다.

그는 마음속으로 '네가 육 년 동안 내 살을 깎고 저미었구나! 이 원수야!' 할 것이다.

이렇게 생각하매 그의 불같던 사랑까지 없어져 가는 것 같았다.

아니 흔적도 없이 사라지고 만 것 같았다.

나는 감상적으로 허둥허둥하며,

"낸들 마누라를 고생시키고 싶어 시켰겠소! 비단옷도 해주고 싶고, 좋은 양산도 사주고 싶어요! 그러길래 왼종일 쉬지 않고 공부를 아니하우. 남 보기에는 펀펀히 노는 것 같아도 실상은 그렇지 않아! 본들 모른단 말이오."

나는 점점 강한 가면을 벗고 약한 진상을 드러내며 이와 같은 가소로운 변명까지 하였다.

"왼 세상 사람이 다 나를 비소하고 조롱하고 비웃고 모욕해도 상관이 없지만 마누라까지 나를 안 믿어주면 어찌한단 말이오."

내 말에 스스로 자극이 되어가지고 마침내,

"아아!"

길이 탄식을 하고 그만 쓰러졌다.

이 순간에 고개를 숙이고 아마 하염없이 입술만 물어뜯고 있던 아내가 홀연,

"여보!"

울음소리를 떨면서 무너지는 듯이 내 얼굴에 쓰러진다.

"용서……."

하고는 북받쳐 나오는 울음에 말이 막히고 불덩이 같은 두 뺨이 내 얼굴을 누르며 흑흑 느끼어 운다. 그의 두 눈으로부터 샘솟듯 하는 눈물이 제 뺨과 내 뺨 사이를 따뜻하게 젖어 퍼진다.

내 눈에서도 눈물이 흘러내린다. 뒤숭숭하던 생각이 다 이 뜨거운 눈물에 봄눈 슬듯^{녹듯} 스러지고 말았다.

한참 있다가 우리는 눈물을 씻었다. 내 속이 얼마큼 시원한 듯하였다.

"용서해주셔요! 그렇게 생각하실 줄은 몰랐어요."

이런 말을 하는 아내는 눈물에 부어오른 눈꺼풀을 아픈 듯이 꿈적거린다.

"암만 구차하기로니 싫증이야 날까요! 한번 먹은 맘이 있는데."

가만가만히 변명을 하는 아내의 눈물 흔적이 어룽어룽한 얼굴을 물끄러미 바라보며 겨우 심신이 가뜬하였다.

3

어제 일로 심신이 피곤하였던지 그 이튿날 늦게야 잠이 깨니 간밤에 오던 비는 어느 결에 그쳤고 명랑한 햇발이 미닫이에 높았더라.

아내가 다시금 장문을 열고 잡힐 것을 찾을 즈음에 누가 중문을 열고 들어온다.

우리는 누군가 하고 귀를 기울일 적에 밖에서,

"아씨!"

하는 소리가 들렸다.

아내는 급히 방문을 열고 나갔다. 그는 처가에서 부리는 할멈이었다. 오늘이 장인 생신이라고 어서 오라는 말을 전한다.

"오늘이야? 참 옳지, 오늘이 이월 열엿샛날이지. 나는 깜빡 잊고 있었어!"

"원, 아씨는 딱도 하십니다. 어쩌면 아버님 생신을 잊는단 말씀이야요. 아무리 살림에 재미가 나시더래도……."

시큰둥한 할멈은 선웃음을 쳐가며 이런 소리를 한다.

가난한 살림에 골몰하느라고 자기 친부의 생신까지 잊었는가 하매 아내의 정지^{딱한 사정에 있는} 처지가 더욱 측은하였다.

"오늘이 본가 아버님 생신이래요. 어서 오시라는데……."

"어서 가구려……."

"당신도 가셔야지요. 같이 가셔요."
하고 아내는 하염없이 얼굴을 붉힌다.

나는 처가에 가기가 매우 싫었다. 그러나 안 가는 것도 내 도리가 아닐 듯하여 하는 수 없이 두루마기를 입었다. 아내는 머뭇머뭇하며 양미간을 보일 듯 말 듯 찡그리다가 곁눈으로 살짝 나를 엿보더니 돌아서서 급히 장문을 연다.

'흥, 입을 옷이 없어서 망설거리는구나.'

나도 슬쩍 돌아서며 생각하였다. 우리는 서로 등지고 섰건만 그래도 아내가 거의 다 빈 장 안을 들여다보며 입을 만한 옷이 없어서 눈살을 찌푸린 양이 눈앞에 선연함을 어찌할 수 없었다.

"자아, 가셔요."

무엇을 생각하는지 모르게 정신을 잃고 섰다가 아내의 부르는 소리를 듣고 나는 기계적으로 고개를 돌렸다. 아내는 당목 옷으로 갈아입고 내 마음을 알았던지 나를 위로하는 듯이 방그레 웃는다. 나는 더욱 쓸쓸하였다.

우리 집은 천변 배다리 배를 나란히 잇따라 띄워 그 위에 널판지를 깐 다리 곁이었고, 처가는 안국동에 있어 그 거리가 꽤 멀었다. 나는 천천히 가노라 하고 아내는 속히 오느라고 오건마는 그는 늘 뒤떨어졌다. 내가 한참 가다가 뒤를 돌아다보면 그는 늘 멀리 떨어져 나를 따라오려고 애를 쓰며 주춤주춤 걸어온다. 길가에 다니는 어느 여자를 보아도 거의 다 비단옷을 입고 고운 신을 신었는데 당목 옷을 허술하게 차리고 청목당혜 기름에 결은 가죽신로 타박타박 걸어오는 양이 나에게 얼마나 애연한 슬픈 듯한 생각을 일으켰는지!

한참 만에 나는 넓고 높은 처갓집 대문에 다다랐다. 내가 안으로 들어갈 적에 낯선 사람들이 나를 흘끔흘끔 본다. 그들의 눈에 '이 사람이 누구인가. 아마 이 집 하인인가 보다' 하는 경멸히 여기는 빛이 있는 것 같았다. 안대청 가까이 들어오니 모두 내게 분분히 인사를 한다. 그 인사하는 소리가 내 귀에는 어째 비소하는 것 같기도 하고 모욕하는 것 같기도 하여 공연히 가슴이 두근거리고 얼굴이 후끈거린다.

그중에 제일 내게 친숙하게 인사하는 사람이 있다. 그는 아내보다 삼 년 맏이인 처형이었다. 내가 어려서 장가를 들었으므로 그때 그는 나를 못 견디게 시달렸다. 그때는 그가 싫기도 하고 밉기도 하더니 지금 와서는 그때 그러한 것이 도리어 우리를 무관하고 정답게 만들었다.

그는 인천 사는데 자기 남편이 기미현물 없이 시세를 이용해 쌀을 팔고 사는 일종의 투기 행위를 해가지고 이번에 돈 십만 원이나 착실히 땄다 한다. 그는 자기의 잘사는 것을 자랑하고자 함인지 비단을 내리감고 얼굴에 부유한 태가 질질 흐른다. 그러나 분으로 숨기려고 애쓴 보람도 없이 눈 위에 퍼렇게 멍든 것이 내 눈에 띄었다.

"왜 마누라는 어쩌고 혼자 오셔요?"

그는 웃으며 이런 말을 하다가 중문 편을 바라보더니,

"그러면 그렇지! 동부인 아니하고 오실라구!"

혼자 주고받고 한다.

나도 이 말을 듣고 슬쩍 돌아다보니 아내가 벌써 중문 앞에 들어섰다. 그 수척한 얼굴이 더욱 수척해 보이며 눈물 고인 듯한 눈이 하염없이 웃는다.

나는 유심히 그와 아내를 번갈아 보았다. 처음 보는 사람은 분간을 못하리만큼 그들의 얼굴은 혹사하다 아주 비슷하다. 그런데 얼굴빛은 어쩌면 저렇게 틀리는지! 하나는 이글이글 만발한 꽃 같고, 하나는 시들시들 마른 낙엽 같다. 아내를 형이라 하고, 처형을 아우라 하였으면 아무라도 속을 것이다. 또 한 번 아내를 보며 말할 수 없는 쓸쓸한 생각이 다시금 가슴을 누른다.

딴 음식을 별로 먹지도 아니하고 못 먹는 술을 넉 잔이나 마셨다. 그래도 바늘방석에 앉은 것처럼 앉아 견딜 수가 없다. 집에 가려고 나는 몸을 일으켰다. 골치가 띵하며 내가 선 방바닥이 마치 폭풍에 도도하는 막힘이 없고 기운찬 파도같이 높았다 낮았다 어질어질해서 곧 쓰러질 것 같다.

이 거동을 보고 장모가 황망히 몹시 급하고 당황하여 허둥지둥하게 일어서며,

"술이 저렇게 취해가지고 어데로 갈라구, 여기서 한잠 자고 가게."

나는 손을 내저으며,

"아니에요, 집에 가겠어요."

취한 소리로 중얼거렸다.

"저를 어쩌나!"

장모는 걱정을 하시더니,

"할멈, 어서 인력거 한 채 불러오게."

한다. 취중에도 인력거를 태우지 말고 그 인력거 삯을 나를 주었으면 책 한 권을 사보련만 하는 생각이 있었다. 인력거를 타고 얼마 안 가서 그만 잠이 들었다.

한참 자다가 잠을 깨어보니 방 안에 벌써 남폿불 석유를 담아 심지에 불을 붙이고 유리를 씌운 등에 붙인 불이 켜 있는데 아내는 어느 결에 왔는지 외로이 앉아 바느질을 하고 화로에서는 무엇이 끓는 소리가 보글보글 하였다.

아내가 나의 잠 깬 것을 보더니 급히 화로에 얹힌 것을 만져보며,

"인제 그만 일어나 진지를 잡수셔요."

하고 부리나케 일어나 아랫목에 파묻어둔 밥그릇을 꺼내어 미리 차려둔 상에 얹어서 내 앞에 갖다놓고 일변 화로를 당겨 더운 반찬을 집어 얹으며,

"자아, 어서 일어나셔요."

한다. 나는 마지못해 하는 듯이 부스스 일어났다. 머리가 오히려 아프며 목이 몹시 말라서 국과 물을 연해 들이켰다.

"물만 잡수셔서 어째요. 진지를 좀 잡수셔야지."

아내는 이런 근심을 하며 밥상머리에 앉아서 고기도 뜯어주고 생선뼈도 추려주었다.

이것은 다 오늘 처가에서 가져온 것이다. 나는 맛나게 밥 한 그릇을 다 먹었다. 내 밥상이 나매 아내가 밥을 먹기 시작한다. 그러면 지금껏 내 잠 깨기를 기다리고 밥을 먹지 아니하였구나 하고, 오늘 처가에서 본 일을 생각하였다.

어제 일이 있은 후로 우리 사이에 무슨 벽이 생긴 듯하던 것이 그 벽이 점점 엷어져 가는 듯하며 가엾고 사랑스러운 생각이 일어났다. 그래서 우리는 정답게 이런 이야기 저런 이야기를 하게 되었다.

우리의 이야기는 오늘 장인 생신잔치로부터 처형 눈 위에 멍든 것에 옮겨갔다. 처형의 남편이 이번 그 돈을 딴 뒤로는 주야 요리점과 기생집에 돌아다니더니 일전에 어떤 기생을 얻어가지고 미쳐 날

뛰며 집에만 들면 집안사람을 들볶고 걸핏하면 처형을 친다 한다. 이번에도 별로 대단치 않은 일에 처형에게 밥상으로 냅다 갈겨 바로 눈 위에 그렇게 멍이 들었다 한다.

"그것 보아, 돈푼이나 있으면 다 그런 것이야."

"정말 그래요. 없으면 없는 대로 살아도 의좋게 지내는 것이 행복이야요."

아내는 충심으로 공명해주었다.

이 말을 들으매 내 마음은 말할 수 없이 만족해지며 무슨 승리나 한 듯이 득의양양하였다. 그리고 마음속으로,

'옳다, 그렇다. 이렇게 지내는 것이 행복이다.'

하였다.

4

이틀 뒤 해 어스름에 처형은 우리 집에 놀러 왔다. 마침 내가 정신없이 무엇을 생각하고 있을 즈음에 쓸쓸하게 닫혀 있는 중문이 찌그둥하며 비단옷 소리가 사오락사오락 들리더니 아랫목은 내게 빼앗기고 윗목에서 바느질을 하고 있던 아내가 문을 열고 나간다.

"아이고, 형님 오셔요."

아내의 인사하는 소리가 들리더니 처형이 계집 하인에게 무엇을

들리고 들어온다.

나도 반갑게 인사를 하였다.

"그날 매우 욕을 보셨죠? 못 잡숫는 술을 무슨 짝에 그렇게 잡수셔요."

그는 이런 인사를 하다가 급작스럽게 계집 하인이 든 것을 빼앗더니 신문지로 싼 것을 끄집어내어 아내를 주며,

"내 신 사는데 네 신도 한 켤레 샀다. 그날 청목당혜를……."

말을 하려다가 나를 곁눈으로 흘끗 보고 그만 입을 닫친다.

"그것을 왜 또 사셨어요?"

해쓱한 얼굴에 꽃물을 들이며 아내가 치사하는 것도 들은 체 만체하고 처형은 또 이야기를 시작한다.

"올 적에 사랑양반^{바깥양반}을 졸라서 돈 백 원을 얻었겠지. 그래서 오늘 종로에 나와서 옷감도 바꾸고 신도 사고……."

그는 자랑과 기쁨의 빛이 얼굴에 퍼지며 싼 보를 끌러,

"이런 것이야!"

하고 우리 앞에 펼쳐놓는다.

자세히는 모르나 여하간 값 많은 품 좋은 비단인 듯하다. 무늬 없는 것, 무늬 있는 것, 회색, 옥색, 초록색, 분홍색이 갖가지로 윤이 흐르며 색색이 빛이 나서 나는 한참 황홀하였다. 무슨 칭찬을 해야 되겠다 싶어서,

"참 좋은 것인데요."

이런 말을 하다가 나는 또 쓸쓸한 생각이 일어난다. 저것을 보는 아내의 심중이 어떠할까 하는 의문이 문득 일어남이라.

"모두 좋은 것만 골라 샀습니다그려."

아내는 인사를 차리느라고 이런 칭찬은 하나마 별로 부러워하는 기색이 없다. 나는 적이 의외의 감이 있었다.

처형은 자기 남편의 흉을 보기 시작하였다. 그 밉살스럽다는 둥, 그 추근추근하다는 _{몹시 끈덕지고 질기다는} 둥 말끝마다 자기 남편의 불미한 점을 들다가 문득 이야기를 끊고 일어선다.

"왜 벌써 가시려고 하셔요. 모처럼 오셨다가 반찬은 없어도 저녁이나 잡수셔요."

하고 아내가 만류를 하니,

"아니 곧 가야지. 오늘 저녁차로 떠날 것이니까 가서 짐을 메어야지. 아직 차 시간이 멀었어? 아니 그래도 정거장에 일찍이 나가야지. 만일 기차를 놓치면 오죽 기다리실라구, 벌써 오늘 저녁차로 간다고 편지까지 했는데……."

재삼 만류함도 돌아보지 아니하고 그는 홀홀히 _{문득 갑작스럽게} 나간다. 우리는 그를 보내고 방에 들어왔다.

"그까짓 것이 기다리는데 그다지 급급히 갈 것이 무엇이야."

아내는 하염없이 웃을 뿐이었다.

"그래도 옷감 바꿀 돈을 주었으니 기다리는 것이 애처롭기는 하겠지."

밉살스러우니, 추근추근하니 해도 물질의 만족만 얻으면 그것으로 기뻐하고 위로되는 그의 생활이 참 가련하다 하였다.

"참, 그런가 보아요."

아내도 웃으며 내 말을 받는다. 이때에 처형이 사준 신이 그의 눈에 띄었는지 혹은 나를 꺼려, 보고 싶은 것을 참았는지 모르나 그것을 집어들고 조심조심 펴보려다가 말고 머뭇머뭇한다. 그 속에 그를 해케 할 무슨 위험 품이나 든 것같이.

"어서 펴보구려."

아내가 하도 머뭇머뭇하기로 보다 못해 내가 재촉을 하였다.

아내는 이 말을 듣더니 '작히 좋으랴' 하는 듯이 활발하게 싼 신문지를 헤친다.

"퍽 이쁜걸요."

그는 근일에 드문 기쁜 소리를 치며 방바닥 위에 사뿐 내려놓고 버선을 당기며 곱게 신어본다.

"어쩌면 이렇게 맞아요!"

연해연방 끊임없이 잇따라 자꾸 감사를 부르짖는 그의 얼굴에 흔연한 기쁘거나 반가워 기분이 좋은 희색이 넘쳐흐른다.

"……."

묵묵히 아내의 기뻐하는 양을 보고 있던 나는 또다시 '여자란 할 수 없어' 하는 생각이 들며 '조심하였을 따름이다' 하매 밤빛 같은 검은 그림자가 가슴을 어둡게 하였다.

그러면 아까 처형의 옷감을 볼 적에도 물론 마음속으로는 부러워하였을 것이다. 다만 표면에 드러내지 않았을 따름이다. 겨우 '어서 펴보구려' 하는 한마디에 가슴에 숨겼던 생각을 속임 없이 나타내는구나 하였다.

내가 무엇을 생각하고 있는지 저는 모르고 새 신 신은 발을 조금 쳐들며,

"신 모양이 어때요?"

"매우 이뻐!"

겉으로는 좋은 듯이 대답을 하였으나 마음은 쓸쓸하였다. 내가 제게 신 한 켤레를 사주지 못하여 남에게 얻은 것으로 만족하고 기뻐하는도다.

웬일인지 이번에는 그만 불쾌한 생각이 일어나지 아니하였다.

처형이 동서를 밉다거니 무엇이니 하면서도 기차를 놓치면 남편이 기다릴까 염려하여 급히 가던 것이 생각난다. 그것을 미루어 아내의 심사도 알 수 있다. 부득이한 경우라 하릴없이 정신적 행복에만 만족하려고 애를 쓰지마는 기실 부족한 것이다. 다만 참을 따름이다. 그것은 내가 생각해야 된다.

이런 생각을 하니 그날 아내에게 그런 말을 한 것이 후회가 났다.

'어느 때라도 제 은공을 갚아줄 날이 있겠지!'

나는 마음을 좀 너그러이 먹고 이런 생각을 하며 아내를 보았다.

"나도 어서 출세를 하여 비단신 한 켤레쯤은 사주게 되었으면 좋

으련만……."

아내가 이런 말을 듣기는 참 처음이다.

"네에?"

아내는 제 귀를 못 미더워하는 듯이 의아한 눈으로 나를 보더니 얼굴에 살짝 열기가 오르며,

"얼마 안 되어 그렇게 될 것이야요!"
라고 힘 있게 말하였다.

"정말 그런 것 같소?"

나는 약간 흥분하여 반문하였다.

"그러믄요, 그렇고말고요."

아직 아무도 인정해주지 않는 무명작가인 나를 저 하나가 깊이깊이 인정해준다. 그러기에 그 강한 물질에 대한 본능적 요구도 참아가며 오늘날까지 몹시 눈살을 찌푸리지 아니하고 나를 도와준 것이다.

'아아, 나에게 위안을 주고 원조를 주는 천사어!'

마음속으로 이렇게 부르짖으며 두 팔로 덥석 아내의 허리를 잡아 내 가슴에 바싹 안았다. 그다음 순간에는 뜨거운 두 입술이…….

그의 눈에도 나의 눈에도 그렁그렁한 눈물이 물 끓듯 넘쳐흐른다.

−1921년

운수 좋은 날

새침하게 흐린 품이 눈이 올 듯하더니 눈은 안 오고 얼다가 만 비가 추적추적 내렸다.

이날이야말로 동소문 서울 성곽의 일부 안에서 인력거꾼 노릇을 하는 김 첨지에게는 오래간만에 닥친 운수 좋은 날이었다. 문안에 거기도 문 밖은 아니지만 들어간답시는 앞집 마나님을 전찻길까지 모셔다 드린 것을 비롯으로 행여나 손님이 있을까 하고 정류장에서 어정어정하며 내리는 사람 하나하나에게 거의 비는 듯한 눈길을 보내고 있다가 마침내 교원인 듯한 양복쟁이를 동광학교까지 태워다 주기로 되었다.

첫 번에 삼십 전, 둘째 번에 오십 전—아침 댓바람 아주 이른 시간에 그리 흉치 않은 일이었다. 그야말로 재수가 옴 붙어서 근 열흘 동안 돈 구경도 못 한 김 첨지는 십 전짜리 백통화 구리, 아연, 니켈의 합금으로 만든 돈 서 푼, 또는 다섯 푼이 찰깍하고 손바닥에 떨어질 제, 거의 눈물을 흘릴 만큼 기뻤다. 더구나 이날 이때에 이 팔십 전이라는 돈이 그에게 얼마나 유용한지 몰랐다. 컬컬한 목에 모주 약주를 뜨고 난 찌끼술 한잔도 적실 수 있거니와 그보다도 앓는 아내에게 설렁탕 한 그릇도 사다줄 수 있음이다.

그의 아내가 기침으로 쿨룩거리기는 벌써 달포 한 달이 조금 넘는 기간 가 넘었다. 조밥 좁쌀밥도 굶기를 먹다시피 하는 형편이니 물론 약 한 첩 써본 일이 없다. 구태여 쓰려면 못 쓸 바도 아니로되 그는 병이란 놈에게 약을 주어 보내면 재미를 붙여서 자꾸 온다는 자기의 신조에 어디까지나 충실하였다. 따라서 의사에게 보인 적이 없으니 무슨 병인지는 알 수 없으되 반듯이 누워가지고 일어나기는새로에 일어나기는 커녕 모로도 못 눕는 걸 보면 중증은 중증인 듯. 병이 이다지 심해지기는 열흘 전에 조밥을 먹고 체한 때문이다. 그때도 김 첨지가 오래간만에 돈을 얻어서 좁쌀 한 되와 십 전짜리 나무 한 단을 사다 주었더니 김 첨지의 말에 의지하면 그 오라질 년이 천방지축으로 냄비에 대고 끓였다. 마음은 급하고 불길은 달지 않아 채 익지도 않은 것을 그 오라질 년이 숟가락은 그만두고 손으로 움켜서 두 뺨에 주먹덩이 같은 혹이 불거지도록 누가 빼앗을 듯이 처박질하더니만 그날 저녁부터 가슴이 땅긴다, 배가 켕긴다고 눈을 홉뜨고 눈시울을 위로 치뜨고 지랄병을 하였다. 그때 김 첨지는 열화와 같이 성을 내며,

"에이, 오라질 년. 조랑복 조롱복. 아주 짧게 타고난 복은 할 수 없어. 못

먹어 병, 먹어서 병, 어쩌란 말이야! 왜 눈을 바루 뜨지 못해!"

하고 김 첨지는 앓는 이의 뺨을 한 번 후려갈겼다. 흡뜬 눈은 조금 바루어졌건만 이슬이 맺혔다. 김 첨지의 눈시울도 뜨끈뜨근하였다.

이 환자가 그러고도 먹는 데는 물리지 않았다. 사흘 전부터 설렁탕 국물이 마시고 싶다고 남편을 졸랐다.

"이런 오라질 년! 조밥도 못 먹는 년이 설렁탕은. 또 처먹고 지랄 병을 하게."

라고 야단을 쳐보았건만 못 사주는 마음이 시원치는 않았다.

인제 설렁탕을 사줄 수도 있다. 앓는 어미 곁에서 배고파 보채는 개똥이세 살배기에게 죽을 사줄 수도 있다. 팔십 전을 손에 쥔 김 첨지의 마음은 풍푼하였다모자람 없이 넉넉하였다.

그러나 그의 행운은 그걸로 그치지 않았다. 땀과 빗물이 섞여 흐르는 목덜미를 기름주머니가 다 된 광목 수건으로 닦으며, 그 학교 문을 돌아 나올 때였다. 뒤에서,

"인력거!"

하고 부르는 소리가 난다. 자기를 불러 멈춘 사람이 그 학교 학생인 줄 김 첨지는 한 번 보고 짐작할 수 있었다. 그 학생은 다짜고짜로,

"남대문 정거장까지 얼마요?"

라고 물었다. 아마도 그 학교 기숙사에 있는 이로, 동기겨울의 시기 방학을 이용하여 귀향하려 함이리라. 오늘 가기로 작정은 하였건만 비는 오고 짐은 있고 해서 어찌할 줄 모르다가 마침 김 첨지를 보고

뛰어나왔음이리라. 그렇지 않으면 왜 구두를 채 신지 못해서 질질 끌고, 비록 고쿠라_{규슈의 고쿠라 지방에서 많이 생산되는 두꺼운 면직물} 양복일망정 노박이_{줄곧 계속해서}로 비를 맞으며 김 첨지를 뒤쫓아 나왔으랴.

　"남대문 정거장까지 말씀입니까?"

하고 김 첨지는 잠깐 주저하였다. 그는 이 우중에 우장_{비를 맞지 않기 위한 복장}도 없이 그 먼 곳을 철벅거리고 가기가 싫었음일까? 처음 것, 둘째 것으로 고만 만족하였음일까? 아니다, 결코 아니다. 이상하게도 꼬리를 맞물고 덤비는 이 행운 앞에 조금 겁이 났음이다. 그리고 집을 나올 제, 아내의 부탁이 마음에 켕겼다―앞집 마나님한테서 부르러 왔을 제, 병인은 그 뼈만 남은 얼굴에 유일의 생물 같은 유달리 크고 움푹한 눈에 애걸하는 빛을 띠며,

　"오늘은 나가지 말아요. 제발 덕분에 집에 붙어 있어요. 내가 이렇게 아픈데……."

라고 모기 소리같이 중얼거리고 숨을 걸그렁걸그렁하였다. 그때에 김 첨지는 대수롭지 않은 듯이,

　"아따, 젠장맞을 년. 별 빌어먹을 소리를 다 하네. 맞붙들고 앉았으면 누가 먹여 살릴 줄 알아?"

하고 훌쩍 뛰어나오려니까 환자는 붙잡을 듯이 팔을 내저으며,

　"나가지 말래도 그래. 그러면 일찍이 들어와요."

하고 목멘 소리가 뒤를 따랐다.

　정거장까지 가자는 말을 들은 순간에 경련적으로 떠는 손, 유달

리 큼직한 눈, 울 듯한 아내의 얼굴이 김 첨지의 눈앞에 어른어른하였다.

"그래, 남대문 정거장까지 얼마란 말이오?"

하고 학생은 초조한 듯이 인력거꾼의 얼굴을 바라보며 혼잣말같이,

"인천 차가 열한 점에 있고, 그다음에는 새로 두 점이던가?"

라고 중얼거린다.

"일 원 오십 전만 줍시오."

이 말이 저도 모를 사이에 불쑥 김 첨지의 입에서 떨어졌다. 제 입으로 부르고도 스스로 그 엄청난 돈 액수에 놀랐다. 한꺼번에 이런 금액을 불러라도 본 지가 그 얼마 만인가! 그러자 그 돈 벌 용기가 병자에 대한 염려를 사르고 말았다. 설마 오늘 내로 어쩌랴 싶었다. 무슨 일이 있더라도 제일, 제이의 행운을 곱친 것보다도 오히려 갑절이 많은 이 행운을 놓칠 수 없다 하였다.

"일 원 오십 전은 너무 과한데."

이런 말을 하며 학생은 고개만 기웃하였다.

"아니올시다. 이수(거리를 리의 단위로 나타낸 수)로 치면 여기서 거기가 시오(십오) 리가 넘는답니다. 또 이런 진날에 좀 더 주셔야지요."

하고 빙글빙글 웃는 차부의 얼굴에는 숨길 수 없는 기쁨이 넘쳐흘렀다.

"그러면 달라는 대로 줄 테니 빨리 가요."

관대한 어린 손님은 그런 말을 남기고 총총히 옷도 입고 짐도 챙

기러 갈 데로 갔다.

그 학생을 태우고 나선 김 첨지의 다리는 이상하게 거뿐하였다. 달음질을 한다느니보다 거의 나는 듯하였다. 바퀴도 어떻게 속히 도는지 구른다느니보다 마치 얼음을 지쳐 나가는 스케이트 모양으로 미끄러져 가는 듯하였다. 언 땅에 비가 내려 미끄럽기도 하였지만.

이윽고 끄는 이의 다리는 무거워졌다. 자기 집 가까이 다다른 까닭이다. 새삼스러운 염려가 그의 가슴을 눌렀다.

"오늘은 나가지 말아요. 내가 이렇게 아픈데……."

이런 말이 잉잉 그의 귀에 울렸다. 그리고 병자의 움쑥 들어간 눈이 원망하는 듯이 자기를 노리는 듯하였다. 그러자 엉엉하고 우는 개똥이의 곡성을 들은 듯싶다. 딸꾹딸꾹하고 숨 모으는 소리도 나는 듯싶다.

"왜 이러우? 기차 놓치겠구먼."

하고 탄 이의 초조한 부르짖음이 간신히 그의 귀에 들어왔다. 언뜻 깨달으니 김 첨지는 인력거를 쥔 채 길 한복판에 엉거주춤 멈춰 있지 않은가.

"예, 예."

하고 김 첨지는 또다시 달음질하였다. 집이 차차 멀어갈수록 김 첨지의 걸음에는 다시금 신이 나기 시작하였다. 다리를 재게^{재빠르게} 놀려야만 쉴 새 없이 자기의 머리에 떠오르는 모든 근심과 걱정을 잊을 듯이.

정거장까지 끌어다 주고 그 깜짝 놀란 일 원 오십 전을 정말 제 손에 쥠에, 제 말마따나 십 리나 되는 길을 비를 맞아가며 질퍽거리고 온 생각은 안 하고 거저나 얻은 듯이 고마웠다. 졸부나 된 듯이 기뻤다. 제 자식뻘밖에 안 되는 어린 손님에게 몇 번 허리를 굽히며,

"안녕히 다녀옵시오."

라고 깍듯이 재우쳤다잇따라 행동함.

그러나 빈 인력거를 털털거리며 이 우중에 돌아갈 일이 꿈밖이었다. 노동으로 하여 흐른 땀이 식어지자 굶주린 창자에서, 물 흐르는 옷에서 으슬으슬 한기가 솟아나기 비롯하매 일 원 오십 전이란 돈이 얼마나 괜찮고 괴로운 것인 줄 절절히 느꼈다. 정거장을 떠나는 그의 발길은 힘 하나 없었다. 온몸이 옹송그려지며추워서 몸이 움츠러들며 당장 그 자리에 엎어져 못 일어날 것 같았다.

"젠장맞을 것! 이 비를 맞으며 빈 인력거를 털털거리고 돌아를 간담. 이런 빌어먹을, 제 할미를 붙을 비가 왜 남의 상판을 딱딱 때려!"

그는 몹시 화증을 내며 누구에게 반항이나 하는 듯이 게걸거렸다. 그럴 즈음에 그의 머리엔 또 새로운 광명이 비쳤나니 그것은 '이러구 갈 게 아니라 이 근처를 빙빙 돌며 차 오기를 기다리면 또 손님을 태우게 되는지도 몰라'란 생각이었다. 오늘 운수가 괴상하게도 좋으니까 그런 요행이 또 한 번 없으리라고 누가 보증하랴. 꼬리를 굴리는 행운이 꼭 자기를 기다리고 있다고 내기를 해도 좋을 만한 믿음을 얻게 되었다. 그렇다고 정거장 인력거꾼의 등쌀이 무서우니

정거장 앞에 섰을 수는 없었다. 그래, 그는 이전에도 여러 번 해본 일이라 바로 정거장 앞 전차 정류장에서 조금 떨어지게, 사람 다니는 길과 전찻길 틈에 인력거를 세워놓고 자기는 그 근처를 빙빙 돌며 형세를 관망하기로 하였다. 얼마 만에 기차는 왔고 수십 명이나 되는 손이 정류장으로 쏟아져 나왔다. 그중에서 손님을 물색하는 김 첨지의 눈엔 양머리^{서양식으로 손질한 머리}에 뒤축 높은 구두를 신고 망토까지 두른 기생퇴물인 듯, 난봉^{허랑방탕한} 여학생인 듯한 여편네의 모양이 띄었다. 그는 슬근슬근 그 여자의 곁으로 다가들었다.

"아씨, 인력거 안 타시랍시요?"

그 여학생인지 뭔지가 한참은 매우 태깔^{교만한 태도}을 빼며 입술을 꼭 다문 채 김 첨지를 거들떠보지도 않았다. 김 첨지는 구걸하는 거지나 무엇같이 연해연방 그의 기색을 살피며,

"아씨, 정거장 애들보담 아주 싸게 모셔다 드리겠습니다. 댁이 어디신가요?"

하고 추근추근하게도 그 여자의 들고 있는 일본식 버들고리짝^{고리버들의 가지로 결어 만든 옷상자}에 제 손을 대었다.

"왜 이래, 남 귀찮게."

소리를 벽력같이 지르고는 돌아선다. 김 첨지는 '어렵쇼' 하고 물러섰다.

전차는 왔다. 김 첨지는 원망스럽게 전차 타는 이를 노리고 있었다. 그러나 그의 예감은 틀리지 않았다. 전차가 빡빡하게 사람을 신

고 움직이기 시작하였을 제, 타고 남은 손 하나가 있었다. 굉장하게 큰 가방을 들고 있는 걸 보면, 아마 붐비는 차 안에 짐이 크다 하여 차장에게 밀려 내려온 눈치였다. 김 첨지는 대어 섰다.

"인력거를 타시랍시오?"

한동안 값으로 실랑이를 하다가 육십 전에 인사동까지 태워다 주기로 하였다. 인력거가 무거워지매 그의 몸은 이상하게도 가벼워졌고, 또 인력거가 가벼워지니 몸은 다시금 무거워졌건만 이번에는 마음조차 초조해온다. 집의 광경이 자꾸 눈앞에 어른거려 인제 요행을 바랄 여유도 없었다. 나무 등걸이나 무엇 같고 제 것 같지도 않은 다리를 연해 꾸짖으며 갈팡질팡 뛰는 수밖에 없었다.

'저놈의 인력거꾼이 저렇게 술이 취해가지고 이 진땅에 어찌 가노'라고 길 가는 사람이 걱정을 하리만큼 그의 걸음은 황급하였다.

흐리고 비 오는 하늘은 어둠침침하게 벌써 황혼에 가까운 듯하다. 창경원 앞까지 다다라서야 그는 턱에 닿은 숨을 돌리고 걸음도 늦추잡았다. 한 걸음 두 걸음 집이 가까워올수록 그의 마음조차 괴상하게 누그러졌다. 그런데 이 누그러짐은 안심에서 오는 게 아니요, 자기를 덮친 무서운 불행을 빈틈없이 알게 될 때가 박두한 것을 두리는^{두려워하는} 마음에서 오는 것이다. 그는 불행에 다닥치기^{가까이 이르기} 전, 시간을 얼마쯤이라도 늘리려고 버르적거렸다. 기적에 가까운 벌이를 하였다는 기쁨을 할 수 있으면 오래 지니고 싶었다. 그는 두리번두리번 사면을 살폈다. 그 모양은 마치 자기 집—곧 불행을 향하여 달려가는 제 다리를 제 힘으로는 도저히 어찌할 수 없으니 누구든지 '나를 좀 잡아다고, 구해다고' 하는 듯하였다.

그럴 즈음에 마침 길가 선술집에서 그의 친구 치삼이가 나온다. 그의 우글우글 살찐 얼굴에 주홍이 돋는 듯, 온 턱과 뺨을 시커멓게 구레나룻이 덮였거늘, 노르탱탱한 얼굴이 바짝 말라서 여기저기 고랑이 패고 수염도 있대야 턱밑에만 마치 솔잎 송이를 거꾸로 붙여 놓은 듯한 김 첨지의 풍채하고는 기이한 대상_{대조적인 모습}을 짓고 있었다.

"여보게, 김 첨지. 자네 문안 들어갔다 오는 모양일세그려. 돈 많이 벌었을 테니 한잔 빨리게."

뚱뚱보는 말라깽이를 보던 맡에_{그 길로 바로} 부르짖었다. 그 목소리는 몸짓과 딴판으로 연하고 싹싹하였다. 김 첨지는 이 친구를 만난 게 어떻게 반가운지 몰랐다. 자기를 살려준 은인이나 무엇같이 고맙기도 하였다.

"자네는 벌써 한잔 한 모양일세그려. 자네도 오늘 재미가 좋았나 보이."

하고 김 첨지는 얼굴을 펴서 웃었다.

"아따, 재미 안 좋다고 술 못 먹을 낸가. 그런데 여보게, 자네 왼몸이 어째 물독에 빠진 생쥐 같은가? 어서 이리 들어와 말리게."

선술집은 훈훈하고 뜨뜻하였다. 추어탕을 끓이는 솥뚜껑을 열 적마다 뭉게뭉게 떠오르는 흰 김, 석쇠에서 뻐지짓뻐지짓 구워지는 너비아니 구이며 저육^{돼지고기}이며 간이며 콩팥이며 북어며 빈대떡…… 이 너저분하게 늘어놓인 안주 탁자에 김 첨지는 갑자기 속이 쓰려서 견딜 수 없었다. 마음대로 할 양이면 거기 있는 모든 먹음먹이를 모조리 깡그리 집어삼켜도 시원치 않았다. 하되 배고픈 이는 우선 분량 많은 빈대떡 두 개를 쪼이기로 하고 추어탕을 한 그릇 청하였다. 주린 창자는 음식 맛을 보더니 더욱더욱 비어지며 자꾸자꾸 들이라 들이라 하였다. 순식간에 두부와 미꾸리^{미꾸라지} 든 국 한 그릇을 그냥 물같이 들이켜고 말았다. 셋째 그릇을 받아들었을 제, 데우던 막걸리 곱빼기 두 잔이 더 왔다. 치삼이와 같이 마시자, 원원이^{본디부터} 비었던 속이라 찌르르하고 창자에 퍼지며 얼굴이 화끈하였다. 눌러 곱빼기 한 잔을 또 마셨다.

김 첨지의 눈은 벌써 개개풀리기^{취해서 정기가 흐려지기} 시작하였다. 석쇠에 얹힌 떡 두 개를 숭덩숭덩 썰어서 볼을 불룩거리며, 또 곱빼기 두 잔을 부어라 하였다.

치삼은 의아한 듯이 김 첨지를 보며,

"여보게, 또 붓다니. 벌써 우리가 넉 잔씩 먹었네. 그 돈이 사십 전일세."

라고 주의시켰다.

"아따, 이놈아. 사십 전이 그리 끔찍하냐? 오늘 내가 돈을 막 벌었어. 참 오늘 운수가 좋았느니."

"그래, 얼마를 벌었단 말인가?"

"삼십 원을 벌었어. 삼십 원을! 이런 젠장맞을, 술을 왜 안 부어…… 괜찮다, 괜찮다. 막 먹어도 상관이 없어. 오늘 돈 산더미같이 벌었는데."

"어, 이 사람 취했군. 고만두세."

"이놈아, 이걸 먹고 취할 내냐? 어서 더 먹어."

하고는 치삼의 귀를 잡아채며 취한 이는 부르짖었다. 그리고 술을 붓는 열다섯 살 됨직한 중대가리에게로 달려들며,

"이놈, 오라질 놈, 왜 술을 붓지 않어?"

라고 야단을 쳤다. 중대가리는 희희 웃고 치삼을 보며 문의하는 듯이 눈짓을 하였다. 주정꾼이 이 눈치를 알아보고 화를 버럭 내며,

"에미 붙을 이 오라질 놈들 같으니. 이놈, 내가 돈이 없을 줄 알고."

하자마자 허리춤을 흠칫흠칫하더니 일 원짜리 한 장을 꺼내어 중대가리 앞에 펄쩍 집어던졌다. 그 사품에^{바람에} 몇 푼 은전이 잘그랑하며 떨어진다.

"여보게, 돈 떨어졌네. 왜 돈을 막 끼었나?"

이런 말을 하며 치삼은 일변 돈을 줍는다. 김 첨지는 취한 중에도 돈의 거처를 살피는 듯이 눈을 크게 떠서 땅을 내려다보다가 불시에 제 하는 짓이 너무 더럽다는 듯이 고개를 소스라치자 더욱 성을 내며,

"봐라, 봐! 이 더러운 놈들아, 내가 돈이 없나. 다리 뼈다구^{뼈다귀}를 꺾어놓을 놈들 같으니."

하고 치삼의 주워주는 돈을 받아,

"이 원수엣 돈! 이 육시를 할 돈!"

하면서 팔매질을 친다. 벽에 맞아 떨어진 돈은 다시 술 끓이는 양푼에 떨어지며 정당한 매를 맞는다는 듯이 쨍하고 울었다.

곱빼기 두 잔은 또 부어질 겨를도 없이 말려가고 말았다. 김 첨지는 입술과 수염에 붙은 술을 빨아들이고 나서 매우 만족한 듯이 그 솔잎 송이 수염을 쓰다듬으며,

"또 부어, 또 부어."

라고 외쳤다.

또 한 잔 먹고 나서 김 첨지는 치삼의 어깨를 치며, 문득 껄껄 웃는다. 그 웃음소리가 어떻게 컸는지 술집에 있는 이의 눈은 모두 김 첨지에게로 몰렸다. 웃는 이는 더욱 웃으며,

"여보게, 치삼이. 내 우스운 이야기 하나 할까? 오늘 손을 태우고 정거장에까지 가지 않았겠나."

"그래서?"

"갔다가 그저 오기가 안됐데그려. 그래, 전차 정류장에서 어름어름하며 손님 하나를 태울 궁리를 하지 않았나. 거기 마침 마나님이신지 여학생님이신지—요새야 어디 논다니웃음과 몸을 파는 여자를 속되게 이르는 말와 아가씨를 구별할 수가 있던가—망토를 잡수시고 비를 맞고 서 있겠지. 슬근슬근 가까이 가서 '인력거 타시랍시오?' 하고 손가방을 받으랴니까, 내 손을 탁 뿌리치고 획 돌아서더니만 '왜 남을

이렇게 귀찮게 굴어!’ 그 소리야말로 꾀꼬리 소리지, 허허!”

김 첨지는 교묘하게도 정말 꾀꼬리 같은 소리를 냈다. 모든 사람은 일시에 웃었다.

“빌어먹을 깍쟁이 같은 년, 누가 저를 어쩌나. ‘왜 남을 귀찮게 굴어!’ 어이구, 소리가 처신도 없지, 허허.”

웃음소리들은 높아졌다. 그러나 그 웃음소리들이 사라지기도 전에 김 첨지는 훌쩍훌쩍 울기 시작하였다.

치삼은 어이없이 주정뱅이를 바라보며,

“금방 웃고 지랄을 하더니 우는 건 또 무슨 일인가?”

김 첨지는 연해 코를 들이마시며,

“우리 마누라가 죽었다네.”

“뭐? 마누라가 죽다니, 언제?”

“이놈아, 언제는. 오늘이지.”

“예끼, 미친놈. 거짓말 마라.”

“거짓말은 왜, 참말로 죽었어, 참말로…… 마누라 시체를 집에 뼈들쳐놓고 내가 술을 먹다니, 내가 죽일 놈이야, 죽일 놈이야.”

하고 김 첨지는 엉엉 소리를 내어 운다.

치삼은 흥이 조금 깨어지는 얼굴로,

“원 사람이, 참말을 하나 거짓말을 하나. 그러면 집으로 가세, 가.”

하고 우는 이의 팔을 잡아당겼다.

치삼의 끄는 손을 뿌리치더니 김 첨지는 눈물이 글썽글썽한 눈으로 싱그레 웃는다.

"죽기는 누가 죽어."

하고 득의가 양양.

"죽기는 왜 죽어. 생때같이 몸이 튼튼하고 병이 없이 살아만 있단다. 그
오라질 년이 밥을 죽이지. 인제 나한테 속았다."

하고 어린애 모양으로 손뼉을 치며 웃는다.

"이 사람이 정말 미쳤단 말인가. 나도 아주먼네가 앓는단 말은 들
었는데."

하고 치삼이도 어느 불안을 느끼는 듯이 김 첨지에게 또 돌아가라
고 권하였다.

"안 죽었어, 안 죽었대도 그래."

김 첨지는 화증을 내며 확신 있게 소리를 질렀으되, 그 소리엔 안
죽은 것을 믿으려고 애쓰는 가락이 있었다. 기어이 일 원어치를 채
워서 곱빼기 한 잔씩 더 먹고 나왔다. 궂은비는 의연히 추적추적 내
린다.

김 첨지는 취중에도 설렁탕을 사가지고 집에 다다랐다. 집이라
해도 물론 셋집이요, 또 집 전체를 세든 게 아니라 안과 뚝 떨어진
행랑방 한 칸을 빌려 든 것인데 물을 길어대고 한 달에 일 원씩 내
는 터다. 만일 김 첨지가 주기 술기운를 띠지 않았던들, 한 발을 대문
에 들여놓았을 제, 그곳을 지배하는 무시무시한 정적—폭풍우가
지나간 뒤의 바다 같은 정적에 다리가 떨렸으리라.

쿨룩거리는 기침 소리도 들을 수 없다. 그르렁거리는 숨소리조차 들을 수 없다. 다만 이 무덤 같은 침묵을 깨뜨리는—깨뜨린다느니보다 한층 더 침묵을 깊게 하고 불길하게 하는 빡빡하는 그윽한 소리, 어린애의 젖 빠는 소리가 날 뿐이다. 만일 청각이 예민한 이 같으면 그 빡빡 소리는 빨 따름이요, 꿀떡꿀떡하고 젖 넘어가는 소리가 없으니 빈 젖을 빤다는 것도 짐작할는지 모르리라.

혹은 김 첨지도 이 불길한 침묵을 짐작했는지도 모른다. 그렇지 않으면 대문에 들어서자마자 전에 없이,

"이 난장몰매맞을 년, 남편이 들어오는데 나와보지도 않아, 이 오라질 년."

이라고 고함을 친 게 수상하다. 이 고함이야말로 제 몸을 엄습해오는 무시무시한 증을 쫓아버리려는 허장성세실속 없이 허세를 부림인 까닭이다.

하여간 김 첨지는 방문을 왈칵 열었다. 구역을 나게 하는 추기송장이 썩어서 흐르는 물 또는 냄새—떨어진 삿자리갈대를 엮어서 만든 자리 밑에서 나온 먼지내, 빨지 않은 기저귀에서 나는 똥내와 오줌내, 가지각색 때가 켜켜이 앉은 옷내, 병인의 땀 썩은 내가 섞인 추기가 무딘 김 첨지의 코를 찔렀다.

방 안에 들어서며 설렁탕을 한구석에 놓을 사이도 없이 주정꾼은 목청을 있는 대로 다 내어 호통을 쳤다.

"이런 오라질 년, 주야장천밤낮으로 쉬지 아니하고 연달아 누워만 있으면

제일이야? 남편이 와도 일어나지를 못해?”

라는 소리와 함께 발길로 누운 이의 다리를 몹시 찼다. 그러나 발길에 차이는 건 사람의 살이 아니고 나뭇등걸 _{나무를 베어내고 남은 밑동}과 같은 느낌이 있었다. 이때에 빡빡 소리가 응아 소리로 변하였다. 개똥이가 물었던 젖을 빼어놓고 운다. 운대도 온 얼굴을 찡그려 붙여서 운다는 표정을 할 뿐이라, 응아 소리도 입에서 나는 게 아니고 마치 뱃속에서 나는 듯하였다. 울다가 울다가 목도 잠겼고, 또 울 기운조차 시진한 _{기운이 빠져 없어진} 것 같다.

발로 차도 그 보람이 없는 걸 보자, 남편은 아내의 머리맡으로 달려들어 그야말로 까치집 같은 환자의 머리를 꺼들어 _{추켜들고} 흔들며,

“이년아, 말을 해, 말을! 입이 붙었어, 이 오라질 년!”

“…….”

“으응, 이것 봐, 아무 말이 없네.”

“…….”

“이년아, 죽었단 말이냐, 왜 말이 없어?”

“…….”

“으응, 또 대답이 없네, 정말 죽었나 버이.”

이러다가 누운 이의 흰창 _{흰자위}이 검은창 _{검은자위}을 덮은 위로 치뜬 눈을 알아보자마자,

“이 눈깔! 이 눈깔! 왜 나를 바루 보지 못하고 천장만 보느냐, 응?”

하는 말끝엔 목이 메었다. 그러자 산 사람의 눈에서 떨어진 닭의 똥

같은 눈물이 죽은 이의 뻣뻣한 얼굴을 어룽어룽 적셨다. 문득 김 첨
지는 미친 듯이 제 얼굴을 죽은 이의 얼굴에 한데 비비대며 중얼거
렸다.

"설렁탕을 사다 놓았는데 왜 먹지를 못하니, 왜 먹지를 못하
니…… 괴상하게도 오늘은 운수가 좋더니만……."

−1924년

B사감과 러브레터

　C여학교에서 교원 겸 기숙사 사감 노릇을 하는 B여사라면 딱장대성질이 온순한 맛이 없이 딱딱한 사람 요, 독신주의자요, 찰진 야소꾼기독교인을 낮잡아 부르는 말으로 유명하다. 사십에 가까운 노처녀인 그는 주근깨투성이 얼굴이 처녀다운 맛이란 약에 쓰려도 찾을 수 없을 뿐인가, 시들고 거칠고 마르고 누렇게 뜬 품이 곰팡 슨 굴비를 생각나게 한다.

　여러 겹 주름이 잡힌 훌렁 벗겨진 이마라든지, 숱이 적어서 법대로 쪽찌거나 틀어올리지를 못하고 엉성하게 그냥 빗어 넘긴 머리꼬리가 뒤통수에 염소똥만 하게 붙은 것이라든지 벌써 늙어가는 자취를 감출 길이 없었다. 뾰족한 입을 앙다물고 돋보기 너머로 쌀쌀한 눈이 노릴 때엔 기숙생들이 오싹하고 몸서리를 칠만큼 그는 엄격하고 매서웠다.

이 B여사가 질겁을 하다시피 싫어하고 미워하는 것은 소위 러브레터였다. 여학교 기숙사라면 으레 그런 편지가 많이 오는 것이지만 학교로도 유명하고 또 아름다운 여학생이 많은 탓인지 모르되 하루에도 몇 장씩 죽느니 사느니 하는 사랑타령이 날아 들어왔었다. 기숙생에게 오는 사신을 일일이 검토하는 터니까 그따위 편지도 물론 B여사의 손에 떨어진다. 달짝지근한 사연을 보는 족족 그는 더할 수 없이 흥분되어서 얼굴이 붉으락푸르락 편지 든 손이 발발 떨리도록 성을 낸다.

아무 까닭 없이 그런 편지를 받은 학생이야말로 큰 재변이었다. 하학하기가 무섭게 학생은 사감실로 불려간다. 분해서 못 견디겠다는 사람 모양으로 째근째근하며 방 안을 왔다 갔다 하던 그는 들어오는 학생을 잡아먹을 듯이 노리면서 한 걸음 두 걸음 코가 맞닿을 만큼 바짝 다가들어 서서 딱 마주선다. 웬 영문인지 알지 못하면서도 선생의 기색을 살피고 겁부터 집어먹은 학생은 한동안 어쩔 줄 모르다가 간신히 모기만 한 소리로,

"저를 부르셨어요?"

하고 묻는다.

"그래, 불렀다. 왜!"

팍 무는 듯이 한마디 하고 나서 매우 못마땅한 것처럼 교의^{의자}를 우당퉁탕 당겨서 철썩 주저앉았다가 학생이 그저 서 있는 걸 보면,

"장승이냐? 왜 앉지를 못해!"

하고 또 소리를 빽 지르는 법이었다.

스승과 제자는 조그마한 책상 하나를 새에 두고 마주 앉는다. 앉은 뒤에도 '네 죄상을 네가 알지!' 하는 것처럼 아무 말 없이 눈살로 쏘기만 하다가 한참 만에야 그 편지를 끄집어내어 학생의 코앞에 동댕이치며,

"이건 누구한테 오는 거야?"

하고 문초를 시작한다. 앞장에 제 이름이 쓰였는지라,

"저한테 온 것이야요."

하고 대답 않을 수 없다. 그러면 발신인이 누구인 것을 채쳐^{일을 재촉하여 다그침} 묻는다. 그런 편지의 항용^{흔히 늘}으로 발신인의 성명이 똑똑지 않기 때문에 주저주저하다가 자세히 알 수 없다고 내대일 양이면,

"너한테 오는 것을 네가 모른단 말이냐?"

고 불호령을 내린 뒤에 또 사연을 읽어보라 하여 무심한 학생이 나직나직하나마 꿀 같은 구절을 입술에 올리면, B여사의 역정은 더욱 심해져서 어느 놈의 소위^{소행}인 것을 기어이 알려 한다. 기실 보도 듣도 못한 남성의 한 노릇이요, 자기에게는 아무 죄도 없는 것을 변명해도 곧이듣지를 않는다. 바른대로 아뢰어야 망정이지 그렇지 않으면 퇴학을 시킨다는 둥, 제 이름도 모르는 여자에게 편지할 리가 만무하다는 둥, 필연 행실이 부정한 일이 있으리라는 둥…… 하다 못해 어디서 한번 만나기라도 하였을 테니 어찌해서 남자와 접촉을

하게 되었느냐는 둥, 자칫 잘못하여 학교에서 주최한 음악회나 바자 자선 장터에서 혹 보았는지 모른다고 졸리다 못해 주워댈 것 같으면 사내의 보는 눈이 어떻더냐, 표정이 어떻더냐, 무슨 말을 건네더냐, 미주알고주알 캐고 파며 어르고 볶아서 넉넉히 십년감수 수명이 십 년이나 줄 정도로 위험한 고비를 겪음는 시킨다.

두 시간이 넘도록 문초를 한 끝에는 사내란 믿지 못할 것, 우리 여성을 잡아먹으려는 마귀인 것, 연애가 자유니 신성이니 하는 것도 모두 악마가 지어낸 소리인 것을 입에 침이 없이 열에 떠서 한참 설법을 하다가 닦지도 않은 방바닥 침대를 쓰기 때문에 방이라 해도 마룻바닥이다에 그대로 무릎을 꿇고 기도를 올린다. 눈에 눈물까지 글썽거리면서 말끝마다 하나님 아버지를 찾아서 악마의 유혹에 떨어지려는 어린 양을 구해달라고 뒤삶고 다시 삶고 곱삶는 두 번 삶는 법이었다.

그리고 둘째로 그가 싫어하는 것은 기숙생을 남자가 면회하러 오는 일이었다. 무슨 핑계를 하든지 기어이 못 보게 하고 만다. 친부모 친동기간이라도 규칙이 어떠니, 상학 중이니, 무슨 핑계를 하든지 따돌려 보내기가 일쑤다. 이로 말미암아 학생이 동맹휴학을 하였고 교장의 설유 말로 타이름까지 들었건만 그래도 그 버릇은 고치려 들지 않았다.

이 B사감이 감독하는 그 기숙사에 금년 가을 들어서 괴상한 일이 '생겼다'느니보다 '발각되었다'는 것이 마땅할는지 모르리라. 왜 그런고 하면 그 괴상한 일이 언제 '시작된' 것은 귀신밖에 모르니까.

그것은 다른 일이 아니라 밤이 깊어서 새로 한 점(오전 한 시)이 되어 모든 기숙생이 달고 곤한 잠에 떨어졌을 제, 난데없는 깔깔대는 웃음과 속살속살하는 말낱(몇 마디의 말)이 새어 흐르는 일이었다. 하룻밤이 아니고 이틀 밤이 아닌 다음에야 그런 소리가 잠귀 밝은 기숙생의 귀에 들리기도 하였지만 잠결이라 뒷동산에 구르는 마른 잎의 노래로나, 달빛에 날개를 번뜩이며 울고 가는 기러기의 소리로나 흘려들었다. 그렇지 않으면 도깨비의 장난이나 아닌가 하여 무시무시한 증이 들어서 동무를 깨웠다가 좀처럼 동무는 깨지 않고 제 생각이 너무도 어림없고 어이없음을 깨달으면, 밤소리(밤에 나는 소리) 멀리 들린다고 학교 이웃집에서 이야기를 하거나 또 딴 방에 자는 제 동무들의 잠꼬대로만 여겨서 스스로 안심하고 그대로 자버리기도 하였다.

그러나 이 수수께끼가 풀릴 때는 왔다. 이때 공교롭게 한방에 자던 학생 셋이 한꺼번에 잠을 깨었다. 첫째 처녀가 소변을 보러 일어났다가 그 소리를 듣고 둘째 처녀와 셋째 처녀를 깨우고 만 것이다.

"저 소리를 들어보아요. 아닌 밤중에 저게 무슨 소리야?"

하고 첫째 처녀는 휘둥그레진 눈에 무서워하는 빛을 띤다.

"어젯밤에 나도 저 소리에 놀랐었어. 도깨비가 났단 말인가?"

하고 둘째 처녀도 잠 오는 눈을 비비며 수상해한다. 그중에 제일 나이 많을뿐더러(많았자 열여덟밖에 안 되지만) 장난 잘 치고 짓궂은 짓 잘하기로 유명한 셋째 처녀는 동무 말을 못 믿겠다는 듯이 이윽고 귀를 기울이다가,

"딴은 수상한걸. 나도 언젠가 한번 들어본 법도 하구먼. 무얼, 잠 안 오는 애들이 이야기를 하는 게지."

이때에 그 괴상한 소리는 땍때굴 웃었다. 세 처녀는 으쓱하며 귀를 소스라쳤다. 적적한 밤 가운데 다른 파동 없는 공기는 그 수상한 말마디가 곁에서나 나는 듯이 또렷또렷하게 전해주었다.

"오! 태훈 씨! 그러면 작히 좋을까요."

간드러진 여자의 목소리다.

"경숙 씨가 좋으시다면 내야 얼마나 기쁘겠습니까? 아아, 오직 경숙 씨에게 바친 나의 타는 듯한 가슴을 인제야 아셨습니까?"

정열에 뜬 사내의 목청이 분명하였다.

한동안 침묵……

"인제 고만 놓아요. 키스가 너무 길지 않아요? 행여 남이 보면 어떡해요?"

아양 떠는 여자 말씨.

"길수록 더욱 좋지 않아요? 나는 내 목숨이 끊어질 때까지 키스를 해도 길다고는 못 하겠습니다. 그래도 짧은 것을 한하겠습니다."

사내의 피를 뿜는 듯한 이 말끝은 계집의 자지러진 웃음으로 묻혀버렸다.

그것은 묻지 않아도 사랑에 겨운 남녀의 허물어진 수작이다. 감금이 지독한 이 기숙사에 이런 일이 생길 줄이야! 세 처녀는 얼굴을 마주 보았다. 그들의 얼굴은 놀랍고 무서운 빛이 없지 않았으되 점점 호기심에 번쩍이기 시작하였다. 그들의 머릿속에는 한결같이 로 맨틱한 생각이 떠올랐다.

이 안에 있는 여자 애인을 보려고 학교 근처를 뒤돌고 곱돌던 사내 애인이 타는 듯한 가슴을 걷잡다 못하여 밤이 이슥하기를 기다려 담을 뛰어넘었는지 모르리라. 모든 불이 다 꺼지고 오직 밝은 달빛이 은가루처럼 서린 창문이 소리 없이 열리며 여자 애인이 흰 수건을 흔들어 사내 애인을 부른지도 모르리라. 활동사진에 보는 것처럼 기나긴 피륙^{아직 끊지 아니한 베, 무명, 비단 따위의 천을 통틀어 이르는 말}을 내려서 하나는 위에서 당기고 하나는 밑에서 매달려 디룽디룽하면서 ^{큼직한 물건이 매달려 가볍게 잇따라 흔들면서} 올라가는 정경이 있었는지 모르리라. 그래서 두 애인은 만나가지고 저와 같이 사랑의 속삭거림에 잦아졌는지 모르리라…….

꿈결 같은 감정이 안개 모양으로 눈부시게 세 처녀의 몸과 마음을 휩싸 돌았다. 그들의 뺨은 후끈후끈 달았다.

괴상한 소리는 또 일어났다.

"난 싫어요. 당신 같은 사내는 난 싫어요."

이번에는 매몰스럽게 내어대는 모양.

"나의 천사, 나의 하늘, 나의 여왕, 나의 목숨, 나의 사랑, 나를 살려주어요. 나를 구해주어요."

사내의 애를 졸이는 간청…….

"우리 구경 가볼까?"

짓궂은 셋째 처녀는 몸을 일으키며 이런 제의를 하였다. 다른 처녀들도 그 말에 찬성한다는 듯이 따라 일어섰으되 의아와 공구^{두려움}와 호기심이 뒤섞인 얼굴을 서로 교환하면서 얼마쯤 망설이다가 마침내 가만히 문을 열고 나왔다. 쌀벌레 같은 그들의 발가락은 가장 조심성 많게 소리 나는 곳을 향해서 곰실곰실 기어간다. 컴컴한 복도에 자다가 일어난 세 처녀의 흰 모양은 그림자처럼 소리 없이 움직였다.

소리 나는 방은 어렵지 않게 찾을 수 있었다. 찾고는 나무로 깎아 세운 듯이 주춤 걸음을 멈출 만큼 그들은 놀랐다. 그런 소리의 출처야말로 자기네 방에서 몇 걸음 안 되는 사감실인 줄이야! 그렇듯이 사내라면 못 먹어 하고 침이라도 뱉을 듯하던 B여사의 방일 줄이야!

그 방에 여전히 사내의 비대발괄^{억울한 사정을 하소연하면서 간절히 청하여 빎}하는 푸념이 되풀이되고 있다……

"나의 천사, 나의 하늘, 나의 여왕, 나의 목숨, 나의 사랑, 나의 애를 말려 죽이실 테요? 나의 가슴을 뜯어 죽이실 테요? 내 생명을 맡으신 당신의 입술로……"

셋째 처녀는 대담스럽게 그 방문을 빠끔히 열었다. 그 틈으로 여섯 눈이 방 안을 향해 쏘았다.

이 어쩐 기괴한 광경이냐! 전등불은 아직 끄지 않았는데 침대 위에는 기숙생에게 온 소위 러브레터의 봉투가 너저분하게 흩어졌고, 그 알맹이도 여기저기 두서없이 펼쳐진 가운데 B여사 혼자—아무도 없이 저 혼자 일어나 앉았다. 누구를 끌어당길 듯이 두 팔을 벌리고 안경을 벗은 근시안으로 잔뜩 한곳을 노리며 그 굴비쪽 같은 얼굴에 말할 수 없이 애원하는 표정을 짓고는 키스를 기다리는 것같이 입을 쫑긋이 내어민 채 사내의 목청을 내어가면서 아까 말을 중얼거린다. 그러다가 그 넋두리가 끝날 겨를도 없이 급작스레 앵돌아서는^{토라져서 홱 돌아서는} 시늉을 내며 누구를 뿌리치는 듯이 연해 손짓을 하며 이번에는 톡톡 쏘는 계집의 음성을 지어,

"난 싫어요. 당신 같은 사내는 난 싫어요."

하다가 제물에^{저 혼자 스스로의 바람에} 자지러지게 웃는다. 그러더니 문득 편지 한 장^{물론 기숙생에게 온 러브레터의 하나}을 집어들어 얼굴에 문지르며,

"정 말씀이야요? 나를 그렇게 사랑하셔요? 당신의 목숨같이 나를 사랑하셔요? 나를, 이 나를?"

하고 몸을 추스르는데 그 음성은 분명 울음의 가락을 띠었다.

"에그머니, 저게 웬일이야!"

첫째 처녀가 소곤거렸다.

"아마 미쳤나 보아. 밤중에 혼자 일어나서 왜 저러고 있을꼬."

둘째 처녀가 맞방망이를 친다…….

"에그 불쌍해!"

하고 셋째 처녀는 손으로 고인 때 모르는 눈물을 씻었다.

-1925년

술 권하는 사회

"아이그, 아야."

홀로 바느질을 하고 있던 아내는 얼굴을 살짝 찌푸리고 가늘고 날카로운 소리로 부르짖었다. 바늘 끝이 왼손 엄지손가락 손톱 밑을 찔렀음이다. 그 손가락은 가늘게 떨고 하얀 손톱 밑으로 앵두빛 같은 피가 비친다. 그것을 볼 사이도 없이 아내는 얼른 바늘을 빼고 다른 손 엄지손가락으로 그 상처를 누르고 있다. 그러면서 하던 일 가지를 팔꿈치로 고이고이 밀어 내려놓았다.

이윽고 눌렀던 손을 떼어보았다. 그 언저리는 인제 다시 피가 안 나려는 것처럼 혈색이 없다. 하더니, 그 희던 꺼풀 밑에 다시금 꽃물이 차츰차츰 밀려온다. 보일 듯 말 듯한 그 상처로부터 좁쌀 낟^곡 ^{식의 알} 같은 핏방울이 송송 솟는다. 또 안 누를 수 없다. 이만하면 그

구멍이 아물었으려니 하고 손을 떼면 또 얼마 안 되어 피가 비치어 나온다. 인제 헝겊 오락지^{오라기}로 처매는 수밖에 없다. 그 상처를 누른 채 그는 바느질고리에 눈을 주었다. 거기 쓸 만한 오락지는 실패 밑에 있다. 그 실패를 밀어내고 그 오락지를 두 새끼손가락 사이에 집어올리려고 한동안 애를 썼다. 그 오락지는 마치 풀로 붙여둔 것 같이 고리 밑에 착 달라붙어 세상 집히지 않는다. 그 두 손가락은 헛되이 그 오락지 위를 긁적거리고 있을 뿐이다.

"왜 집히지를 않아!"

그는 마침내 울 듯이 부르짖었다. 그리고 그것을 집어줄 사람이 없나 하는 듯이 방 안을 둘러보았다. 방 안은 텅 비어 있다. 어느 뉘 하나 없다. 호젓한 허영^{빈 그림자}만 그를 휩싸고 있다. 바깥도 죽은 듯이 고요하다. 시시로^{때때로} 퐁퐁하고 떨어지는 수도의 물방울 소리가 쓸쓸하게 들릴 뿐, 문득 전등불이 광채를 더하는 듯하였다. 벽상^{벽면의 위쪽 부분}에 걸린 괘종의 거울이 번들하며, 새로 한 점을 가리키려는 시침이 위협하는 듯이 그의 눈을 쏜다. 그의 남편은 그때껏 돌아오지 않았다.

아내가 되고 남편이 된 지는 벌써 오랜 일이다. 어느덧 칠팔 년이 지났으리라. 하건만 같이 있어본 날을 헤아리면 단 일 년이 될락 말락 한다. 막 그의 남편이 서울에서 중학을 마쳤을 제 그와 결혼하였고, 그러자마자 고만 동경에 부급한^{타향으로 공부하러 간} 까닭이다. 거기서 대학까지 졸업을 하였다.

이 길고 긴 세월에 아내는 얼마나 괴로웠으며 외로웠으랴! 봄이면 봄, 겨울이면 겨울, 웃는 꽃을 한숨으로 맞았고 얼음 같은 베개를 뜨거운 눈물로 덥혔다. 몸이 아플 때, 마음이 쓸쓸할 제, 얼마나 그가 그리웠으랴! 하건만 아내는 이 모든 고생을 이를 악물고 참았다. 참을 뿐이 아니라 달게 받았다. 그것은 '남편이 돌아오기만 하면!' 하는 생각이 그에게 위로를 주고 용기를 준 까닭이었다. 남편이 동경에서 무엇을 하고 있나? 공부를 하고 있다. 공부가 무엇인가? 자세히 모른다. 또 알려고 애쓸 필요도 없다. 어찌하였던지 이 세상에 제일 좋고 제일 귀한 무엇이라 한다. 마치 옛날이야기에 있는 도깨비의 부자 방망이 같은 것이려니 한다. 옷 나오라면 옷 나오고, 밥 나오라면 밥 나오고, 돈 나오라면 돈 나오고…… 저 하고 싶은 무엇이든지 청해서 안 되는 것이 없는 무엇을 동경에서 얻어가지고 나오려니 하였다. 가끔 놀러 오는 친척들이 비단옷 입은 것과 금지환_{금가락지} 낀 것을 볼 때에 그 당장엔 마음 그윽이 부러워도 하였지만 나중엔 '남편만 돌아오면……' 하고 그것에 경멸하는 시선을 던졌다.

남편이 돌아왔다. 한 달이 지나가고 두 달이 지나간다. 남편의 하는 행동이 자기의 기대하던 바와 조금 배치되는 듯하였다. 공부 안 한 사람보다 조금도 다른 것이 없었다. 아니다, 다르다면 다른 점도 있다. 남은 돈벌이를 하는데 그의 남편은 도리어 집안 돈을 쓴다. 그러면서도 어디인지 분주히 돌아다닌다. 집에 들면 정신없이 무슨 책을 보기도 하고, 또는 밤새도록 무엇을 쓰기도 하였다.

'저러는 것이 참말 부자 방망이를 맨드는 것인가 보다.'

아내는 스스로 이렇게 해석한다.

또 두어 달 지나갔다. 남편의 하는 일은 늘 한 모양이었다. 한 가지 더한 것은 때때로 깊은 한숨을 쉬는 것뿐이었다. 그리고 무슨 근심이 있는 듯이 얼굴을 펴지 않았다. 몸은 나날이 축이 나간다.

'무슨 걱정이 있는고?'

아내는 따라서 근심을 하게 되었다. 하고는 그 여윈 것을 보충하려고 갖가지로 애를 썼다. 곧 될 수 있는 대로 그의 밥상에 맛난 반찬가지를 붙게 하며, 또 고음^{고기 등을 진하게 고아 우려낸 국} 같은 것도 만들었다. 그런 보람도 없이 남편은 입맛이 없다 하며 그것을 잘 먹지도 않았다.

또 몇 달이 지나갔다. 인제 출입을 뚝 끊고 늘 집에 붙어 있다. 걸핏하면 성을 낸다. 입버릇 모양으로 '화난다, 화난다' 하였다.

어느 날 새벽, 아내가 어렴풋이 잠을 깨어 남편의 누웠던 자리를 더듬어보았다. 쥐이는 것은 이불자락뿐이다. 잠결에도 실망을 안 느낄 수 없었다. 잃은 것을 찾으려는 것처럼 눈을 부스스 떴다. 책상 위에 머리를 쓰러뜨리고 두 손으로 그것을 움켜쥐고 있는 남편을 보았다. 흐릿한 의식이 돌아옴에 따라 남편의 어깨가 덜썩덜썩 움직임도 깨달았다. 흑흑 느끼는 소리가 귀를 울린다. 아내는 정신을 바짝 차렸다. 불현듯이 몸을 일으켰다. 이윽고 아내의 손은 가볍

게 남편의 등을 흔들며 목에 걸리고 나오지 않는 소리로,

"왜 이러고 계셔요?"

라고 물어보았다.

"……."

남편은 아무 대답이 없다. 아내는 손으로 남편의 얼굴을 괴어 들려고 할 즈음에 그것이 뜨뜻하게 눈물에 젖은 것을 깨달았다.

또 한 두어 달 지나갔다. 처음처럼 다시 출입이 자유로웠다. 구역이 날 듯한 술 냄새가 밤늦게 돌아오는 남편의 입에서 나게 되었다. 그것은 요사이 일이다. 오늘 밤에도 지금까지 돌아오지 않았다. 초저녁부터 아내는 별별 생각을 다 하면서 남편을 고대하고 있었다. 지루한 시간을 속히 보내려고 치웠던 일 가지를 또 꺼냈다. 그것조차 뜻같이 안 되었다. 때때로 바늘이 헛되이 움직였다. 마침내 그것에 찔리고 말았다.

"어데를 가서 이때껏 오시지 않아!"

아내는 이제 아픈 것도 잊어버리고 짜증을 냈다. 잠깐 그를 떠났던 공상과 환영이 다시금 그의 머리에 떠돌기 시작하였다.

이상한 꽃을 수놓은 흰 보 위에 맛난 요리를 담은 접시가 번쩍인다. 여러 친구와 술을 권커니 잣거니^{권하기도 하고 자기도 받아 마시기도 하며 계속하여 먹는 모양} 하는 광경이 보인다. 그의 남편은 미친 듯이 껄껄 웃는다. 나중에는 검은 휘장이 스르르 하는 듯이 그 모든 것이 사라져버리더니 낭자한 요리상만이 보이기도 하고, 술병만 희게 빛나기도 하

고, 아까 그 기생이 한 팔로 땅을 짚고 진저리를 쳐가며 웃는 꼴이 보이기도 하였다. 또한 남편이 길바닥에 쓰러져 우는 것도 보였다.

"문 열어라!"

문득 대문이 덜컥하고 혀가 꼬부라진 소리로 부르는 듯하였다.

"네."

저도 모르게 대답을 하고 급히 마루로 나왔다. 잘못 신은, 발에 안 맞는 신을 질질 끌면서 대문으로 달렸다. 중문은 아직 잠그지도 않았고 행랑방에 사람이 없지 않지마는 으레 깊은 잠에 떨어졌을 줄 알고 자기가 뛰어나감이었다. 가느스름한 손이 어둠 속에서 희게 빗장을 잡고 한참 실랑이를 한다. 대문은 열렸다. 밤바람이 선득하게 얼굴에 안친다_{앞으로 와 닥친다}. 문밖에는 아무도 없다. 온 골목에 사람의 그림자도 볼 수 없다. 검푸른 밤빛이 허연 길 위에 그물그물_{밝게 비치지 않고 몹시 침침해지는 모양} 깃들었을 뿐이었다. 아내는 무엇에 놀란 사람 모양으로 한참 멀거니 서 있었다. 문득 급거히_{몹시 서둘러 급작스러운 모양} 대문을 닫친다. 마치 그 열린 사이로 악마나 들어올 것처럼.

"그러면 바람 소리였구먼."

하고 싸늘한 뺨을 쓰다듬으며 해쭉 웃고 발길을 돌렸다.

"아니 내가 분명히 들었는데…… 혹 내가 잘못 보지를 않았나? 길바닥에나 쓰러져 있었으면 보이지도 않을 터야……."

중문간까지 다다르자 별안간 이런 생각이 그의 걸음을 멈추게 하였다.

"대문을 또 좀 열어볼까? 아니야, 내가 헛 들었지. 그래도 혹……
아니야, 내가 헛 들었지."

망설거리면서도 꿈꾸는 사람 모양으로 저도 모를 사이에 마루까
지 올라왔다. 매우 기묘한 생각이 번개같이 그의 머리에 번쩍인다.

"내가 대문을 열었을 제, 나 몰래 들어오지나 않았나?"

과연 방 안에 무슨 소리가 나는 것 같았다. 확실히 사람의 기척이
있다. 어른에게 꾸중 모시러 가는 어린애처럼 조심조심 방문 앞에
왔다. 그리고 문간 아래로 손을 대며 하염없이 웃는다. 그것은 제 잘
못을 용서해줍시사 하는 어린애 같은 웃음이었다. 조심조심 방문을
열었다. 이불이 어째 움직움직하는 듯하였다.

'나를 속이려고 이불을 쓰고 누웠구먼.'
하고 마음속으로 소곤거렸다. 가만히 내려앉는다. 그 모양이 '이것
을 건드려서는 큰일이 나지요' 하는 듯하였다. 이불을 펄쩍 쳐들었
다. 빈 요가 하얗게 드러난다. 그제야 확실히 안 온 줄 안 것처럼,

"아니 왔구먼, 안 왔어!"
라고 울 듯이 부르짖었다.

남편이 돌아오기는 새로 두 점이 훨씬 지난 뒤였다. 무엇이 털썩
하는 소리가 들리고 잇따라,

"아씨, 아씨!"
라고 부르는 소리가 귀를 때릴 때에야 아내는 비로소 아직도 앉았
을 자기가 이불 위에 쓰러져 있음을 깨달았다. 기실 잠귀 어두운 할

멈이 대문을 열었으리만큼 아내는 깜박 잠이 깊이 들었다. 하건만 그는 몽경꿈속에서 방황하는 정신을 당장에 수습하였다. 두어 번 얼굴을 쓰다듬자 불현듯 밖으로 나왔다. 남편은 한 다리를 마루 끝에 걸치고 한 팔을 베고 옆으로 누워 있다. 숨소리가 씨근씨근한다. 막 구두를 벗기고 일어나 할멈은 검붉은 상을 찡그려 붙이며,

"어서 일어나 방으로 들어가셔요."

라고 한다.

"응, 일어나지."

나리는 혀를 억지로 돌려 코와 입으로 대답을 하였다. 그래도 몸은 꿈쩍도 않는다. 도리어 그 개개풀린 눈을 자려는 것처럼 스르르 감는다. 아내는 눈만 비비고 서 있다.

"어서 일어나셔요. 방으로 들어가시라니까."

이번에는 대답조차 안 한다. 그 대신 무엇을 잡으려는 것처럼 손을 내젓더니,

"물, 물, 냉수를 좀 주어."

라고 중얼거렸다.

할멈은 얼른 물을 떠다 이취자술에 몹시 취한 사람의 코밑에 놓았건만, 그사이에 벌써 아까 청을 잊은 것같이 취한 이는 물을 먹으려고도 않는다.

"왜 물을 안 잡수셔요?"

곁에서 할멈이 깨우쳤다.

“응, 먹지 먹어.”

하고 그제야 주인은 한 팔을 짚고 고개를 든다. 한꺼번에 물 한 대접을 다 들이켜버렸다. 그러고는 또 쓰러진다.

“에그, 또 눕네.”

하고 할멈은 우물로 기어드는 어린애를 안으려는 모양으로 두 손을 내민다.

“할멈은 고만 가 자게.”

주인은 귀찮다는 듯이 말을 한다. ‘이를 어찌해’ 하는 듯이 멀거니 서 있는 아내도 할멈이 고만 갔으면 하였다. 남편을 붙들어 일으킬 생각이야 간절하였지마는 할멈이 보는데 어찌 그럴 수 없는 것 같았다. 혼인한 지가 칠팔 년이 되었으니 그런 파수^{부끄럼이 없어짐}야 되었으련만, 같이 있어본 날을 꼽아보면 그는 아직 갓 시집온 색시였다. ‘할멈은 가 자게’란 말이 목까지 올라왔지만 입술에서 사라지고 말았다. 마음 그윽이 할멈이 돌아가기만 기다릴 뿐이었다.

“좀 일으켜 드려야지.”

가기는커녕 이런 말을 하고, 할멈은 선웃음^{꾸며서 웃는 웃음}을 치면서 마루로 부득부득 올라온다. 그 모양은 마치 ‘주인나리가 약주가 취하시거든 방에까지 모셔다 드려야 제 도리에 옳지요’ 하는 듯하였다.

“자아, 자아.”

할멈은 아씨를 보고 히히 웃어가며 나리의 등 밑으로 손을 넣는다.

“왜 이래, 왜 이래, 내가 일어날 테야.”

하고 몸을 움직이더니, 정말 주인이 부스스 일어난다. 마루를 쾅쾅 눌러 디디며 비틀비틀, 곧 쓰러질 듯한 보조^{걸음걸이의 속도나 모양 따위의 상태}로 방문을 향하여 걸어간다. 와지끈하며 문을 열어젖히고는 방 안으로 들어간다. 아내도 뒤따라 들어왔다. 할멈은 중간 턱을 넘어 설 제, 몇 번 혀를 차고는 저 갈 데로 가버렸다.

벽에 엇비슷하게 기대어 있는 남편은 무엇을 생각하는 듯이 고개를 숙이고 있다. 그의 말라붙은 관자놀이에 펄떡거리는 푸른 맥을 아내는 걱정스럽게 바라보면서 남편 곁으로 다가온다. 아내의 한 손은 양복 깃을, 또 한 손은 그 소매를 잡으며 화한^{따뜻하고 부드러운} 목성으로,

"자아, 벗으셔요."

하였다. 남편은 문득 미끄러지는 듯이 벽을 타고 내려앉는다. 그의 쭉 뻗친 발끝에 이불자락이 저리로 밀려간다.

"에그, 왜 이리하셔요. 벗자는 옷은 안 벗으시고."

그 서슬에 넘어질 뻔한 아내는 애달프게 부르짖었다. 그러면서도 같이 따라 앉는다. 그의 손은 또 옷을 잡았다.

"옷이 구겨집니다. 제발 좀 벗으셔요."

라고 아내는 애원을 하며 옷을 벗기려고 애를 쓴다. 하나 취한 이의 등이 천근같이 벽에 척 들러붙었으니 벗겨질 리 없다. 애를 쓰다 쓰다 옷을 놓고 물러앉으며,

"원 참, 누가 술을 이처럼 권하였노."

라고 짜증을 낸다.

“누가 권하였노? 누가 권하였노? 흥흥.”

남편은 그 말이 몹시 귀에 거슬리는 것처럼 곱삶는다.

“그래, 누가 권했는지 마누라가 좀 알아내겠소?”

하고 껄껄 웃는다. 그것은 절망의 가락을 띤 쓸쓸한 웃음이었다. 아내도 따라 방긋 웃고는 또 옷을 잡으며,

“자아, 옷이나 먼저 벗으셔요. 이야기는 나중에 하지요. 오늘 밤에 잘 주무시면 내일 아침에 알으켜 드리지요.”

“무슨 말이야, 무슨 말이야? 왜 오늘 일을 내일로 미루어. 할 말이 있거든 지금 해!”

“지금은 약주가 취하셨으니, 내일 약주가 깨시거든 하지요.”

“무엇? 약주가 취해서?”

하고 고개를 쩔레쩔레 흔들며,

“천만에, 누가 술에 취했단 말이오? 내가 공연히 이러지, 정신은 말똥말똥하오. 꼭 이야기하기 좋을 만해. 무슨 말이든지…… 자아.”

“글쎄, 왜 못 잡수시는 약주를 잡수셔요? 그러면 몸에 축이 나지 않아요?”

하고 아내는 남편의 이마에 흐르는 진땀을 씻는다.

이취자는 머리를 흔들며,

“아니야, 아니야, 그런 말을 듣자는 것이 아니야.”

하고 아까 일을 추상하는 것처럼 말을 끊었다가 다시금 말을 이어,

“옳지, 누가 나에게 술을 권했단 말이오? 내가 술이 먹고 싶어서

먹었단 말이오?"

"자시고 싶어 잡수신 건 아니지요. 누가 당신께 약주를 권하는지 내가 알아낼까요? 저…… 첫째는 화증이 술을 권하고, 둘째는 하이칼라_{예전에, 서양식 유행을 따르던 사람}가 약주를 권하지요."

아내는 살짝 웃는다. '내가 어지간히 알아맞혔지요' 하는 모양이었다. 남편은 고소_{쓴웃음}한다.

"틀렸소, 잘못 알았소. 화증이 술을 권하는 것도 아니고, 하이칼라가 술을 권하는 것도 아니오. 나에게 권하는 것은 따로 있어. 마누라가, 내가 어떤 하이칼라한테나 홀려 다니거나 그 하이칼라가 늘 내게 술을 권하거니 하고 근심을 했으면 그것은 헛걱정이지. 나에게 하이칼라는 아무 소용도 없소. 나의 소용은 술뿐이오. 술이 창자를 휘돌아, 이것저것을 잊게 맨드는 것을 나는 취_取할 뿐이오."
하더니 홀연 어조를 고쳐 감개무량하게,

"아아, 유위유망_{능력이 있어 쓸모가 있으며 앞으로 잘될 듯한 희망이나 전망이 있음}한 머리를 알코올로 마비 아니 시킬 수 없게 하는 그것이 무엇이란 말이오?"
하고 긴 한숨을 내쉰다. 물큰물큰한_{냄새 따위가 자꾸 심하게 풍기는 듯한} 술 냄새가 방 안에 흩어진다.

아내에게는 그 말이 너무 어려웠다. 고만 묵묵히 입을 다물었다. 눈에 보이지 않는 무슨 벽이 자기와 남편 사이에 깔리는 듯하였다. 남편의 말이 길어질 때마다 아내는 이런 쓰디쓴 경험을 맛보았다.

이런 일은 한두 번이 아니었다.

이윽고 남편은 기막힌 듯이 웃는다.

"흥, 또 못 알아듣는군. 묻는 내가 그르지, 마누라야 그런 말을 알수 있겠소. 내가 설명해드리지. 자세히 들어요. 내게 술을 권하는 것은 화증도 아니고 하이칼라도 아니오. 이 사회란 것이 내게 술을 권한다오. 이 조선 사회란 것이 내게 술을 권한다오. 알았소? 팔자가좋아서 조선에 태어났지, 딴 나라에 났더라면 술이나 얻어먹을 수있나……."

사회란 무엇인가? 아내는 또 알 수 없었다. 어찌하였든 딴 나라에는 없고 조선에만 있는 요릿집 이름이려니 한다.

"조선에 있어도 안 다니면 그만이지요."

남편은 또 아까 웃음을 재우친다. 술이 정말 안 취한 것같이 또렷또렷한 어조로,

"허허, 기막혀. 그 한 분자_{어떤 특성을 가진 인간 개체}된 이상에야 다니고안 다니는 게 무슨 상관이야. 집에 있으면 아니 권하고, 밖에 나가야권하는 줄 아는가 보아. 그런 게 아니야. 무슨 사회 사람이 있어서 밖에만 나가면 나를 꼭 붙들고 술을 권하는 게 아냐…… 무어라 할까…… 저 우리 조선 사람으로 성립된 이 사회란 것이 내게 술을 아니 못 먹게 한단 말이오…… 어째 그렇소? 또 내가 설명해드리지. 여기 회會를 하나 꾸민다 합시다. 거기 모이는 사람 놈치고 처음은 민족을 위하느니 사회를 위하느니 그러는데, 제 목숨을 바쳐도 아깝지

않느니 아니하는 놈이 하나도 없어. 하다가 단 이틀이 못 되어, 단 이틀이 못 되어……."

한층 소리를 높이며 손가락을 하나씩 둘씩 꼽으며,

"되지못한 명예 싸움, 쓸데없는 지위 다툼질, 내가 옳으니 네가 그르니, 내 권리가 많으니 네 권리가 적으니…… 밤낮으로 서로 찢고 뜯고 하지. 그러니 무슨 일이 되겠소. 회뿐이 아니라, 회사고 조합이고…… 우리 조선 놈들이 조직한 사회는 다 그 조각이지. 이런 사회에서 무슨 일을 한단 말이오. 하려는 놈이 어리석은 놈이야. 적이 정신이 바로 박힌 놈은 피를 토하고 죽을 수밖에 없지. 그렇지 않으면 술밖에 먹을 게 도무지 없지. 나도 전자에는 무엇을 좀 해보겠다고 애도 써보았어. 그것이 모두 수포야. 내가 어리석은 놈이었지. 내가 술을 먹고 싶어 먹는 게 아니야. 요사이는 좀 낫지마는 처음 배울 때에는 마누라도 알다시피 죽을 애를 썼지. 그 먹고 난 뒤에 괴로운 것이야 겪어본 사람이 아니면 알 수 없지. 머리가 지끈지끈 아프고 먹은 것이 다 돌아 올라오고…… 그래도 안 먹은 것보담 나았어. 몸은 괴로워도 마음은 괴롭지 않았으니까. 그저 이 사회에서 할 것은 주정꾼 노릇밖에 없어……."

"공연히 그런 말 말아요. 무슨 노릇을 못해서 주정꾼 노릇을 해요! 남이라서……."

아내는 부지불식간 생각하지도 못하고 알지도 못하는 사이에 흥분이 되어 열기 있는 눈으로 남편을 바라보고 불쑥 이런 말을 하였다. 그는 제 남편이 이 세상에 가장 거룩한 사람이려니 한다. 따라서 어느 뉘보다 제일 잘될 줄 믿는다. 몽롱하나마 그의 목적이 원대하고 고상한 것도 알았다. 얌전하던 그가 술을 먹게 된 것은 무슨 일이 맘대로 안 되어 화풀이로 그러는 줄도 어렴풋이 깨달았다. 그러나 술은 노상 먹을 것이 아니다. 그러면 패가망신^{집안의 재산을 다 써 없애고 몸을 망침}하고 만다. 그러므로 하루바삐 그 화가 풀렸으면, 또다시 얌전하게 되었으면 하는 생각이 그의 머리를 떠날 때가 없었다. 그리고 그날이 꼭 올 줄 믿었다. 오늘부터는, 내일부터는…… 하건만, 남편은 어제도 술이 취하였다. 오늘도 한 모양이다. 자기의 기대는 나날이 틀려간다. 좇아서 기대에 대한 자신도 엷어간다. 애닯고 원한^{원통한} 생각이 가끔 그의 가슴을 누른다. 더구나 수척해가는 남편의 얼굴을 볼 때에 그런 감정을 걷잡을 수 없었다. 지금 저도 모르게 흥분한 것이 또한 무리가 아니었다.

"그래도 못 알아듣네그려. 참, 사람 기막혀. 본정신 가지고는 피를 토하고 죽든지, 물에 빠져 죽든지 하지, 하루라도 살 수가 없단 말이야. 흉장이 막혀서 못 산단 말이야. 에잇, 가슴 답답해."
라고 남편은 소리를 지르고 괴로워서 못 견디는 것처럼 얼굴을 찌푸리며 미친 듯이 제 가슴을 쥐어뜯는다.

"술 안 먹는다고 흉장이 막혀요?"
남편의 하는 짓은 본체만체하고 아내는 얼굴을 더욱 붉히며 부르짖었다. 그 말에 몹시 놀란 것처럼 남편은 어이없이 아내의 얼굴을 바라보더니 그다음 순간에는 말할 수 없는 고뇌의 그림자가 그의 눈을 거쳐 간다.

"그르지, 내가 그르지. 너 같은 숙맥더러 그런 말을 하는 내가 그르지. 너한테 조금이라도 위로를 얻으려는 내가 그르지. 후우."

스스로 탄식한다.

"아아, 답답해!"

문득 기막힌 듯이 외마디소리를 치고는 벌떡 몸을 일으킨다. 방문을 열고 나가려 한다.

'왜 내가 그런 말을 하였던고.'

아내는 불시에 후회하였다. 남편의 저고리 뒷자락을 잡으며 안타까운 소리로,

"왜, 어디로 가셔요? 이 밤중에 어디를 나가셔요? 내가 잘못하였습니다. 인제는 다시 그런 말을 아니하겠습니다…… 그러게 내일 아침에 말을 하자니까……."

"듣기 싫어, 놓아, 놓아요."

하고 남편은 아내를 떠다 밀치고 밖으로 나간다. 비틀비틀 마루 끝까지 가서는 털썩 주저앉아 구두를 신기 시작한다.

"에그, 왜 이리하셔요? 인제 다시 그런 말을 아니한대도……."

아내는 뒤에서 구두 신으려는 남편의 팔을 잡으며 말을 하였다. 그의 손은 떨고 있었다. 그의 눈에는 단박에 눈물이 쏟아질 듯하였다.

"이건 왜 이래, 저리로 가!"

뱉는 듯이 말을 하고 휙 뿌리친다. 남편의 발길이 뚜벅뚜벅 중문에 다다랐다. 어느덧 그 밖으로 사라졌다. 대문 빗장 소리가 덜컥하고 난다. 마루 끝에 떨어진 아내는 헛되이 몇 번,

"할멈! 할멈!"

하고 불렀다.

고요한 밤공기를 울리는 구두 소리는 점점 멀어간다. 발자취는 어느덧 골목 끝으로 사라져버렸다. 다시금 밤은 적적히 깊어간다.

"가버렸구먼, 가버렸어!"

그 구두 소리를 영구히 아니 잃으려는 것처럼 귀를 기울이고 있는 아내는 모든 것을 잃었다 하는 듯이 부르짖었다. 그 소리가 사라짐과 함께 자기의 마음도 사라지고, 정신도 사라진 듯하였다. 심신이 텅 비어진 듯하였다. 그의 눈은 하염없이 검은 밤안개를 물끄러미 바라보고 있다. 그 사회란 독한 꼴을 그려보는 것같이.

쓸쓸한 새벽바람이 싸늘하게 가슴에 부딪친다. 그 부딪치는 서슬에 잠 못 자고 피곤한 몸이 부서질 듯이 지긋하였다. 죽은 사람에게서나 볼 수 있는 해쓱한 얼굴이 경련적으로 떨며 절망한 어조로 소곤거렸다.

"그 몹쓸 사회가 왜 술을 권하는고!"

—1921년

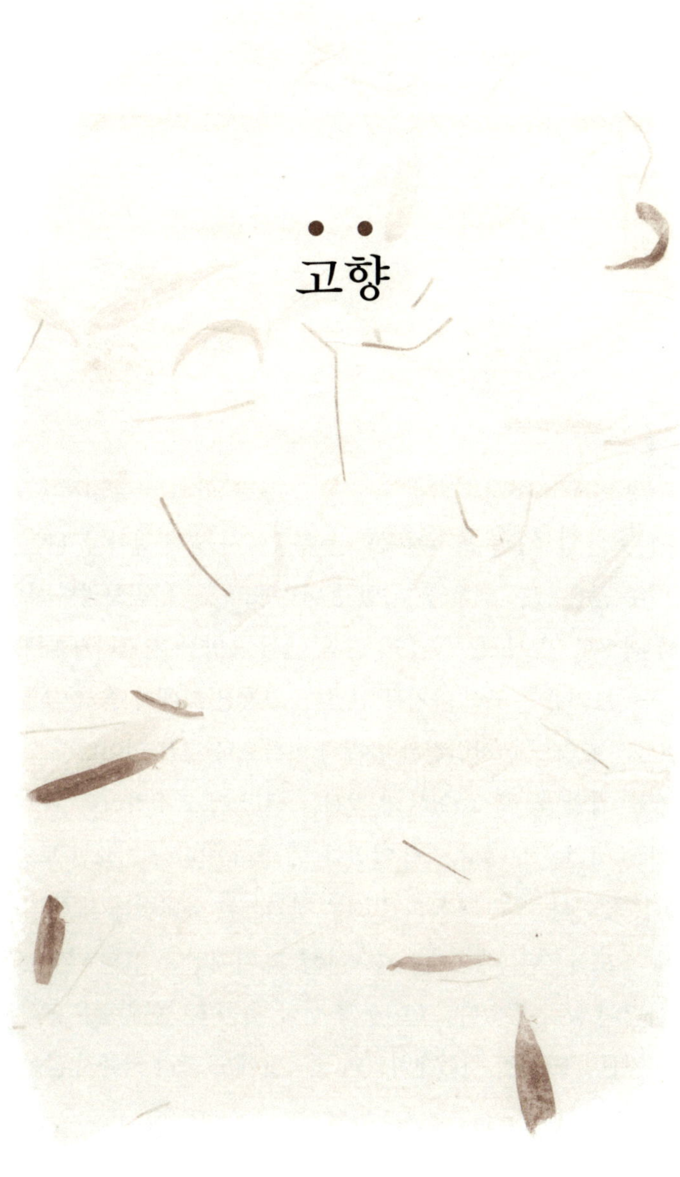

고향

대구에서 서울로 올라오는 차중에서 생긴 일이다. 나는 나와 마주 앉은 그를 매우 흥미 있게 바라보고, 또 바라보았다. 두루마기 격으로 기모노를 둘렀고, 그 안에서 옥양목 저고리가 내보이며, 아랫도리엔 중국식 바지를 입었다. 그것은 그네가 흔히 입은 유지기름종이 모양의 번질번질한 암갈색 피륙으로 지은 것이었다. 그리고 발은 감발발감개을 하였는데 짚신을 신었고, 고부가리짧게 깎은 머리로 깎은 머리엔 모자도 쓰지 않았다. 우연히 이따금 기묘한 모임을 꾸미는 것이다. 우리가 자리를 잡은 찻간에는 공교롭게 세 나라 사람이 다 모였으니, 내 옆에는 중국 사람이 기대었다. 그의 옆에는 일본 사람이 앉아 있었다. 그는 동양 삼국 옷을 한 몸에 감은 보람이 있어 일본말도 곧잘 철철대거니와 중국말에도 그리 서툴지 않은 모양이었다.

　"도꼬마데 오이데 데쓰까^{어디까지 가십니까?}"

하고 첫마디를 걸더니만 도쿄가 어떠니, 오사카가 어떠니, 조선 사람은 고추를 끔찍이 많이 먹는다는 둥, 일본 음식은 너무 싱거워서 처음에는 속이 뉘엿거린다는^{메스꺼워 자꾸 토할 듯하다는} 둥 횡설수설 지껄이다가 일본 사람이 엄지와 검지 손가락으로, 짧게 끊은 꼿꼿한 윗수염을 비비면서 마지못해 까딱까딱하는 고개와 함께,

　"소오데쓰까^{그렇습니까?}"

란 한마디로 코대답^{건성으로 하는 대답}을 할 따름이요, 잘 받아주지 않으매 그는 또 중국인을 붙들고 실랑이를 하였다.

　"니상 나얼취^{어디까지 가십니까?}"

　"니싱 섬마^{이름이 무엇입니까?}"

하고 덤벼보았으나 중국인 또한 그 기름 낀 뚜우한^{말이나 행동이 둔한} 얼굴에 수수께끼 같은 웃음을 띨 뿐이요, 별로 대꾸를 하지 않았건만 그래도 무에라고 연해 웅얼거리면서 나를 보고 웃어 보였다. 그것은 마치 짐승을 놀리는 요술쟁이가 구경꾼을 바라볼 때처럼 훌륭한 제 재주를 갈채해달라는 웃음이었다.

　나는 쌀쌀하게 그의 시선을 피해버렸다. 그 주절대는 꼴이 어쭙잖고 밉살스러웠다. 그는 잠깐 입을 닫치고 무료한 듯이 머리를 더걱더걱 긁기도 하며, 손톱을 이로 물어뜯기도 하고, 멀거니 창밖을 내다보기도 하다가 암만해도 주절대지 않고는 못 참겠던지 문득 나

에게로 향하며,

“어디꺼정 가는기오?”

라고 경상도 사투리로 말을 붙인다.

“서울까지 가요.”

“그런기오? 참 반갑구마. 나도 서울꺼정 가는데. 그러면 우리 동행이 되겠구마.”

나는 이 지나치게 반가워하는 말씨에 대하여 무어라고 대답할 말도 없고, 또 굳이 대답하기도 싫기에 덤덤히 입을 닫쳐버렸다.

“서울에 오래 살았는기오?”

그는 또 물었다.

“육칠 년이나 됩니다.”

조금 성가시다 싶었으되 대꾸 않을 수도 없었다.

“에이구, 오래 살았구마. 나는 처음길초행길인데 우리 같은 막벌이꾼이 차를 내려서 어디로 찾아가야 되겠는기오? 일본으로 말하면 기진야도노동자 합숙소 같은 것이 있는기오?”

하고 그는 답답한 제 신세를 생각했던지 찡그려 보였다.

그때 나는 그의 얼굴이 웃기보다 찡그리기에 가장 적당한 얼굴임을 발견하였다. 군데군데 찢어진 정성드뭇한듬성듬성 흩어져 있는 눈썹이 올올이 일어서며, 아래로 축 처지는 서슬에 양미간에는 여러 가닥 주름이 잡히고, 광대뼈 위로 뺨살이 실룩실룩 보이자 두 볼은 쪽 빨아든다. 입은 소태소태나무의 껍질나 먹은 것처럼 왼편으로 삐뚤어지게 찢어 올라가고, 죄던 눈엔 눈물이 괸 듯 삼십 세밖에 안 되어 보이는 그 얼굴이 십 년가량은 늙어진 듯하였다. 나는 그 신산스러운 사는 것이 힘들고 고생스러운 표정에 얼마쯤 감동이 되어서 그에 대한 반감이 풀려지는 듯하였다.

"글쎄요. 아마 노동 숙박소란 것이 있지요."

노동 숙박소에 대해서 미주알고주알 묻고 나서,

"시방 가면 무슨 일자리를 구하겠는기오?"

라고 그는 매달리는 듯이 또 채쳤다.

"글쎄요. 무슨 일자리를 구할 수 있을는지요."

나는 내 대답이 너무 냉랭하고 불친절한 것이 죄송스러웠다. 그러나 일자리에 대하여 아무 지식이 없는 나로서는 이 외에 더 좋은 대답을 해줄 수 없었던 것이다. 그 대신 나는 은근히 물었다.

"어디서 오시는 길입니까?"

"흠, 고향에서 오누마."

하고 그는 '휘' 한숨을 쉬었다.

그러자 그의 신세타령의 실마리는 풀려나왔다.

그의 고향은 대구에서 멀지 않은 K군 H란 외딴 동리였다. 한 백 호 남짓한 그곳 주민은 전부가 역둔토역토와 둔토. 역토는 역에 딸린 논밭과 지방에 주둔한 군대의 경비를 충당하기 위한 논밭를 파먹고 살았는데, 역둔토로 말하면 사삿집개인의 살림집 땅을 부치는 것보다 떨어지는 것이 후하였다. 그러므로 넉넉지는 못할망정 평화로운 농촌으로 남부럽지 않게 지낼 수 있었다. 그러나 세상이 뒤바뀌자 그 땅은 전부가 동양척식 주식회사의 소유에 들어가고 말았다. 직접으로 회사에 소작료를 바치게나 되었으면 그래도 나으련만, 소위 중간 소작인이란 것이 생겨나서 저는 손에 흙 한번 만져보지도 않고 동척^{동양척식주식회사}엔 소작인 노릇을 하며, 실작인에게는 지주 행세를 하게 되었다. 동척에 소작료를 물고 나서, 또 중간 소작인에게 긁히고 보니 실작인의 손에는 소출^{논밭에서 나는 곡식}의 삼 할도 떨어지지 않았다. 그 후로 '죽겠다', '못 살겠다' 하는 소리는 중이 염불하듯 그들의 입길에서 오르내리게 되었다. 남부여대하고^{남자는 지고 여자는 인다는 뜻으로, 가난한 사람들이 살 곳을 찾아 이리저리 떠돌아다니고} 타처로 유리하는^{이리저리 떠돌아다니는} 사람만 늘고 동리는 점점 쇠진해갔다.

지금으로부터 구 년 전, 그가 열일곱 살 되던 해 봄에^{그의 나이는 실상 스물여섯이었다. 가난과 고생이 얼마나 사람을 늙히는가} 그의 집안은 살기 좋다는 바람에 서간도^{백두산 부근의 만주 지방}로 이사를 갔었다. 쫓겨가는 운명이거든 어디를 간들 신신하랴^{마음에 들게 시원스러우랴}. 그곳의 비옥한 전야^{논밭으로 이루어진 들}도 그들을 위하여 열려질 리 없었다. 조금 좋은 땅은 먼저 간 이가 모조리 차지하였고, 황무지는 비록 많다 하나 그곳 당도하던 날부터 아침거리 저녁거리 걱정이라, 무슨 형세로 적어도 일 년이란 장구한 세월을 먹고 입어가며 거친 땅을 팔 수 있으랴. 남의 밑천을 얻어서 농사를 짓고 보니, 가을이 되어 얻는 것은 빈주먹뿐이었다. 이태^{두 해} 동안을 사는 것이 아니라 억지로 버텨갈

제, 그의 아버지는 우연히 병을 얻어 타국의 외로운 혼이 되고 말았다. 열아홉 살밖에 안 된 그가 홀어머니를 모시고 악으로 악으로 모진 목숨을 이어가는 중 사 년이 못 되어 영양 부족한 몸이 심한 노동에 지친 탓으로 그의 어머니 또한 죽고 말았다.

"모친꺼정 돌아갔구마. 돌아가실 때 흰죽 한 모금도 못 자셨구마."
하고 이야기하던 그는 문득 말을 뚝 끊는다. 그의 눈이 번들번들함은 눈물이 쏟아졌음이리라.

나는 무엇이라고 위로할 말을 몰랐다. 한동안 머뭇머뭇 있다가 나는 차를 탈 때에 친구들이 사준 정종병 마개를 뺐다. 찻잔에 부어서 그도 마시고 나도 마셨다. 악착한 운명이 던져준 깊은 슬픔을 술로 녹이려는 듯이 연거푸 다섯 잔을 마신 그는 다시 말을 계속하였다.

그 후 그는 부모 잃은 땅에 오래 머물기 싫었다. 신의주로, 안동현으로 품을 팔다가 일본으로 또 벌이를 찾아가게 되었다. 규슈 탄광에 있어도 보고, 오사카 철공장에도 몸을 담아보았다. 벌이는 조금 나았으나 외롭고 젊은 몸은 자연히 방탕해졌다. 돈을 모으려야 모을 수 없고, 이따금 울화만 치받치기 때문에 한곳에 주접^{한때 머물}^{러 삶}을 하고 있을 수 없었다. 화도 나고 고국산천이 그립기도 해서 훌쩍 뛰어나왔다가 오래간만에 고향을 둘러보고 벌이를 구할 겸 서울로 올라가는 길이라 한다.

"고향에 가시니 반가워하는 사람이 있습디까?"

"반가워하는 사람이 다 뭔기오. 고향이 통 없어졌더마."

"그렇겠지요. 구 년 동안이나 퍽 변했겠지요."

"변하고 뭐고 간에 아무것도 없더마. 집도 없고, 사람도 없고, 개한 마리도 얼씬을 않더마."

"그러면, 아주 폐농이 되었단 말씀이오?"

"흥, 그렇구마. 무너지다 만 담만 즐비하게 남았더마. 우리 살던 집도 터야 안 남았는기오. 암만 찾아도 못 찾겠더마. 사람 살던 동리가 그렇게 된 것을 혹 구경했는기오?"

하고 그의 짜는 듯한 목은 높아졌다.

"썩어 넘어진 서까래^{지붕판을 만들고 추녀를 구성하는 가늘고 긴 재목}, 뚤뚤 구르는 주추^{주춧돌}는 꼭 무덤을 파서 해골을 헐어 젖혀놓은 것 같더마. 세상에 이런 일도 있는기오? 백여 호 살던 동리가 십 년이 못 되어 통 없어지는 수도 있는기오, 후!"

하고 그는 한숨을 쉬며, 그때의 광경을 눈앞에 그리는 듯이 멀거니 먼 산을 보다가 내가 따라준 술을 꿀꺽 들이켜고,

"참! 가슴이 터지더마, 가슴이 터져."

하자마자 굵직한 눈물 두어 방울이 뚝뚝 떨어진다.

나는 그 눈물 가운데 음산하고 비참한 조선의 얼굴을 똑똑히 본 듯싶었다.

이윽고 나는 이런 말을 물었다.

"그래, 이번 길에 고향 사람은 하나도 못 만났습니까?"

“하나 만났구마. 단지 하나.”

“친척 되는 분이던가요?”

“아니구마. 한 이웃에 살던 사람이구마.”

하고 그의 얼굴은 더욱 침울했다.

“여간 반갑지 않으셨겠지요?”

“반갑다마다. 죽은 사람을 만난 것 같더마. 더구나 그 사람은 나와 까닭도 좀 있던 사람인데…….”

“까닭이라니?”

“나와 혼인 말이 있던 여자구마.”

“하아!”

나는 놀란 듯이 벌린 입이 닫히지 않았다.

“그 신세도 내 신세만이나 하구마.”

하고 그는 또 이야기를 계속하였다.

그 여자는 자기보다 나이 두 살 위였는데, 한 이웃에 사는 탓으로 같이 놀기도 하고 싸우기도 하며 자라났다. 그가 열네 살 적부터 그들 부모 사이에 혼인 말이 있었고, 그도 어린 마음에 매우 탐탁하게 생각하였다. 그런데 그 처녀가 열일곱 살 된 겨울에 별안간 간 곳을 모르게 되었다. 알고 보니 그 아비 되는 자가 이십 원을 받고 대구 유곽^{많은 창녀를 두고 매음 영업을 하는} 집에 팔아먹은 것이었다. 그 소문이 퍼지자 그 처녀 가족은 그 동리에서 못 살고 멀리 이사를 갔는데, 그 후로는 물론 피차에 한번 만나보지도 못하였다.

이번에야 빈 터만 남은 고향을 구경하고 돌아오는 길에 읍내에서 그 아내 될 뻔한 댁과 마주치게 되었다.

처녀는 어떤 일본 사람 집에서 아이를 보고 있었다. 궐녀^{그 여자}는 이십 원 몸값을 십 년을 두고 갚았건만 그래도 주인에게 빚이 육십 원이나 남았는데, 몸에 몹쓸 병이 들어 나이 늙어져서 산송장이 되니까 주인 되는 자가 특별히 빚을 탕감해주고 작년 가을에야 놓아준 것이었다. 궐녀도 자기와 같이 십 년 동안이나 그리던 고향에 찾아오니까 거기에는 집도 없고, 부모도 없고, 쓸쓸한 돌무더기만 눈물을 자아낼 뿐이었다. 하루해를 울어 보내고 읍내로 들어와서 돌아다니다가 십 년 동안에 한 마디, 두 마디 배워두었던 일본말 덕택으로 그 일본인 집에 있게 되었던 것이었다.

"암만 사람이 변하기로 어째 그렇게도 변하는기오? 그 숱 많던 머리가 훌렁 다 벗어졌더마. 눈은 푹 들어가고, 그 이들이들하던^{번들번들} 윤기가 돌고 부들부들하던 얼굴빛도 마치 유산^{황산}을 끼얹은 듯하더마."

"서로 붙잡고 많이 우셨겠지요?"

"눈물도 안 나오더마. 일본 우동집에 들어가서 둘이서 정종만 한 열 병 따라 뉘고 헤어졌구마."

하고 가슴을 짜는 듯한 괴로운 한숨을 쉬더니만 그는 지난 슬픔을 새록새록 자아내어 마음을 새기기에 지쳤음이더라.

"이야기를 다 하면 무얼 하는기오?"

하고 쓸쓸하게 입을 다문다.

나 또한 너무도 참혹한 사람살이를 듣기에 쓴물이 났다.

"자, 우리 술이나 마저 먹읍시다."

하고 우리는 주거니 받거니 한 됫병을 다 말리고 말았다.

그는 취흥에 겨워서 우리가 어릴 때 멋모르고 부르던 노래를 읊조렸다.

벗섬이나 나는 전토는
신작로가 되고요—
말마디나 하는 친구는
감옥소로 가고요—
담뱃대나 떠는 노인은
공동묘지 가고요—
인물이나 좋은 계집은
유곽으로 가고요—

−1926년

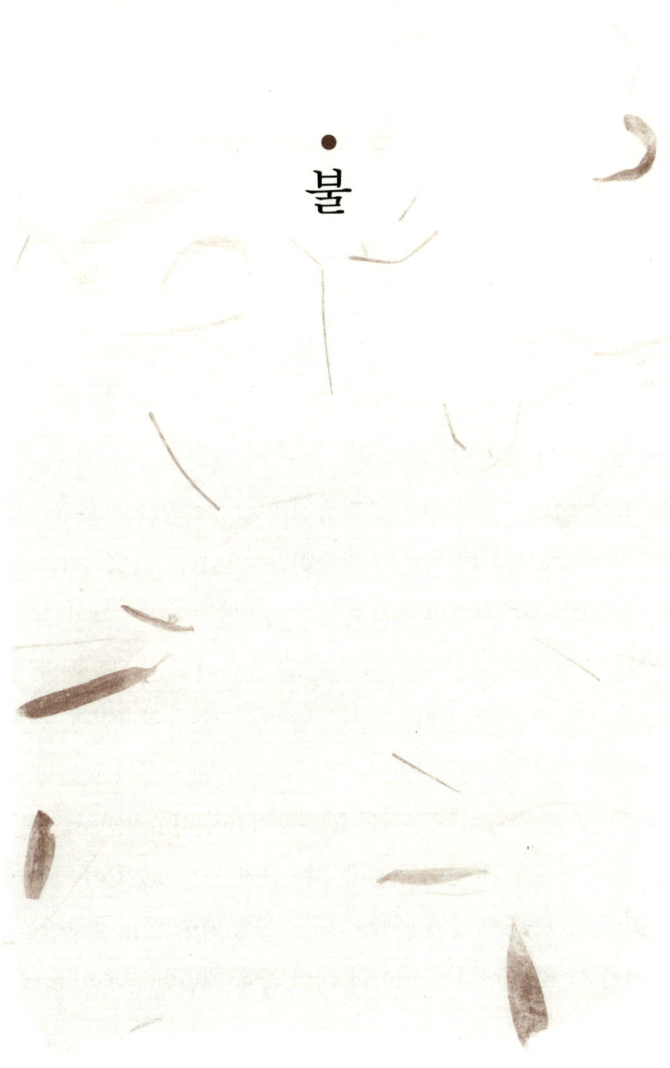

불

시집온 지 한 달 남짓한 금년에 열다섯 살밖에 안 된 순이는 잠이 어릿어릿한 가운데도 숨길이 갑갑해짐을 느꼈다. 큰 바위로 내리누르는 듯이 가슴이 답답하다. 바위나 같으면 싸늘한 맛이나 있으련마는, 순이의 비둘기 같은 연약한 가슴에 얹힌 것은 마치 장마 지는 여름날과 같이 눅눅하고 축축하고 무더운데다가 천근의 무게를 더한 것 같다. 그는 복날 개와 같이 헐떡였다. 그러자 허리와 엉치엉덩이가 뻐개내는 듯 쪼개내는 듯 갈기갈기 찢는 것같이 산산이 바수는 것같이 욱신거리고 쓰라리고 쑤시고 아파서 견딜 수 없었다. 쇠막대 같은 것이 오장육부를 한편으로 치우치며 가슴까지 치받쳐 올라 콱콱 뻗지를 때엔 순이는 입을 딱딱 벌리며 몸을 위로 추스른다. 이렇듯 아프니 적이나 하면 잠이 깨련만 온종일 물 이기,

절구질하기, 물방아 찧기, 논에 나간 일꾼들에게 밥 나르기에 더할 수 없이 지쳤던 그는 잠을 깨려야 깰 수 없었다. 그렇다고 그가 혼수상태에 떨어진 것은 물론 아니니,

'이러다간 내가 죽겠구먼! 죽겠구먼! 어서 잠을 깨야지, 깨야지.' 하면서도 풀칠이나 한 듯이 죄어 붙는 눈을 뜰 수 없었다. 흙물같이 텁텁한 잠을 물리칠 수 없었다. 연해 입을 딱딱 벌리며 몸을 추스르다가 나중에는 지긋지긋한 고통을 억지로 참는 사람 모양으로 이까지 빠드득빠드득 갈아붙였다. 얼마 만에야 무서운 꿈에 가위눌린 듯한 눈을 어렴풋이 뜰 수 있었다.

제 얼굴을 솥뚜껑 모양으로 덮은 남편의 얼굴을 보았다. 함지박만 한 큰 상판의 검은 부분은 어두운 밤빛과 어우러졌는데 번쩍이는 눈깔의 흰자위, 침이 게 흐르는 입술, 그것이 비뚤어지게 열리며 드러난 누런 이만 무시무시하도록 뚜렷이 알아볼 수 있었다. 그러자 가뜩이나 큰 얼굴이 자꾸자꾸 부어오르더니 주악빛^{찹쌀가루에 대추를 이겨 섞은 떡의 붉은빛}으로 지져놓은 암갈색의 어깨판도 따라서 확대되어서 깍짓동^{콩이나 팥의 깍지를 줄기가 달린 채로 묶은 큰 단}만 하게 되고 집채만 하게 된다. 순이는 배꼽에서 솟아오르는 공포와 창자를 뒤트는 고통에 몸을 떨었다가 버르적거렸다가^{팔다리를 내저으며 몸을 자꾸 움직이다가} 하면서 염치없는 잠에 뒷덜미를 잡히기도 하고 무서운 현실에 눈을 뜨기도 하였다.

그 고통으로부터 겨우 벗어난 때에는 유월의 단열밤^{짧은 밤이} 벌

써 새었다. 사내의 어마어마한 윤곽이 방이 비좁도록 움직이자 밖으로 나간다. 들에 새벽일 하러 나감이리라. 그제야 순이도 긴 한숨을 쉬며 잠을 깰 수 있었다. 짙은 먹칠이나 한 듯하던 들창들어서 여는 창이 잿빛으로 변하여 가물가물한 가운데 노랏노랏이 삿자리의 눈이 드러난다. 윗목에 놓인 허술한 경대거울을 달아 세운 화장대 위에 번들번들하는 석경유리로 만든 거울이라든지 머리맡 벽에 걸려 있는 누룩장이라든지 '원수의 방'이 분명하다. 더구나 제 등때기 밑에는 요까지 깔려 있다.

'이것은 어찌 된 셈인가?'

순이는 정신을 차리며 생각해보았다. 어젯밤에 그가 잔 데는 여기가 아닐 테다. 밤이 되면 으레 당하는 이 몹쓸 노릇을 하루라도 면하려고 저녁 설거지를 마치자마자 아무도 몰래 헛간으로 숨었다. 단지 둘밖에 안 남은 볏섬을 의지 삼아 빈 섬거적짚으로 만든 물건을 엮거나 뜯어낸 거적을 깔고 두 다리를 쭉 뻗칠 사이도 없이 고만 고달픈 잠에 떨어지고 말았다. 그런데 어찌 또 방으로 들어왔을까? 그 원수놈이 육욕에 번쩍이는 눈알을 부라리며 사면팔방으로 찾다가 마침내 그를 발견하였으리라. 억센 팔로 어렵지 않게 자는 그를 안아다가 또 '원수의 방'에 갖다놓았음이리라. 그러고는 또 원수의 그 노릇…….

이런 생각을 끝도 맺기 전에 흐리터분한 잠이 다시금 그의 사개물러난 몸네 모퉁이를 들쭉날쭉하게 만들어 끼워 맞추게 된 부분의 틈이 벌어짐. 몹시 피곤한 몸을 비유함을 엄습하였다.

집안이 떠나갈 듯한 시어미의 소리가 일어났다.

"안 일어났니! 어서 쇠죽을 끓여야지!"

그 소리가 끝나기도 전에 순이는 발딱 몸을 일으킨다. 한 손으로 눈을 비비며, 또 한 손으로 남편이 벗겨놓은 옷을 주섬주섬 총망히^{매우 급하고 바쁘게} 주워 입는다. 그는 시방껏 자지 않았던가? 그 거동을 보면 자기는 새로 정신을 한껏 모으고 호령일하^{명령이나 분부가 한 번 떨어짐}를 기다리던 군사에 질 바 없었다. 그러니만큼 자던 잠결에도 시어미의 호령은 무서웠음이다.

총총히 마루로 나오니 아직 날은 다 밝지 않았다. 자욱한 안개를 격해서^{사이를 두고} 광채를 잃은 흰 달이 죽은 사람의 눈깔 모양으로 희멀겋게 서쪽으로 기울고 있다.

저녁에 안쳐놓은 쇠죽솥에 가자 불을 살랐다^{붙였다}. 비록 여름일망정 새벽 공기는 찼다. 더욱이 으스스 한기를 느끼던 순이는 번쩍하고 불붙는 모양이 좋았다. 새빨간 입술이 날름날름 집어주는 솔가지를 삼키는 꼴을 그는 흥미 있게 구경하고 있었다. 고된 하룻밤으로 말미암아 더욱 고된 순이의 하루는 또 시작되었다.

쇠죽을 다 끓이자 아침밥 지을 물을 또 아니 이어올 수 없었다. 물동이를 이고 두 팔을 치켜 그 귀^{모서리}를 잡으니 겨드랑이로 안개 실린 공기가 싸늘하게 기어들었다. 시냇가에 나와서 물동이를 놓고 한 번 기지개를 켰다. 안개에 묻힌 올망졸망한 산과 등성이는 아직도 몽롱한 꿈길을 헤매는 듯, 엊그제 농부를 기뻐 뛰게 한 큰비의 덕택으로 논이란 논엔 물이 질번질번한데^{넉넉하고 윤택한데} 흰 안개와 어우러지니 마치 수은이 엉킨 것 같고 벌써 옮겨놓은 모들은 파릇파릇하게 졸음 오는 눈을 비비고 있다. 이런 가운데 저 혼자 깨었다는 듯이 시내는 쫄쫄 소리를 치며 흘러간다. 과연 가까이 앉아서 들여다보니 샛말간^{매우 산뜻하게 맑은} 그 얼굴은 잠 하나 없는 눈동자와 같다.

순이는 퐁 하며 바가지를 넣었다. 상처가 난 데를 메우려는 듯이 사방에서 모여든 물이 바가지 들어갔던 자리를 둥글게 에워싸며 한동안 야료^{까닭없이 트집을 잡고 함부로 떠들어 댐}를 치다가 그리 중상은 아니라고 안심한 것같이 너르게 너르게 둘레를 그리며 물러나갔다. 순이는 자꾸 물을 퍼냈다.

한 동이를 여다 놓고 또 한 동이를 이러왔을 제, 그가 벌써부터 잡으려고 애쓰던 송사리 몇 마리가 겁 없이 둥실둥실 떠다니는 걸 보았다. 욜랑욜랑하는^{몸의 일부를 가볍게 흔들며 잇따라 움직이거나 촐싹거리는} 그 모양이 퍽 얄미웠다. 숨소리를 죽이고 가만히 두 손을 넣어서 움키려 하였건만 고놈들은 용하게 빠져 달아나곤 한다. 몇 번을 헛애만 쓴 순이는 고만 화가 더럭 나서 이번에는 돌멩이를 주워다가 함부로 물속의 고기를 때렸다. 제 얼굴에, 옷에 물만 튀었지 고놈들은 도무지 맞지를 않았다. 짜증이 나서 울고 싶다. 돌질로 성공을 못할 줄 안 그는 다시금 손으로 움켜보았다. 그중에 불행한 한 놈이 마침내 순이의 손아귀에 들고 말았다. 손 새로 물이 빠져가자 제 목숨도 잦아가는 것에 독살^{악에 받쳐 생긴 모질고 사나운 기운}이 난 듯이 파득파득하는 꼴이 순이에게는 재미있었다.

얼마 안 돼서 가련한 물짐승이 죽은 듯이 지친 몸을 손바닥에 붙이고 있을 때, 잔인하게도 순이는 땅바닥에 태질을 쳤다. 아프다는 듯이 꼼지락하자 고만 작은 목숨은 사라졌지만 그래도 안 죽었거니 순이는 손가락으로 건드려보았다. 그래서 일순간 전에는 파득파득하고 살았던 그것이 벌써 송장이 된 것을 깨닫자 생명 하나를 없앴다는 공포심이 그의 뒷덜미를 집었다. 그 자리에서 곧 송사리의 원혼이 날 듯싶었다. 갈팡질팡 물을 긷고 돌아서는 그는 누가 뒤에서 머리카락을 잡아당기는 듯하였다.

눈코를 못 뜨게 아침을 치르자마자 그는 또 보리를 찧어야 한다. 절구질을 하노라니 허리가 부러지는 것 같다. 무거운 절구에 끌려서 하마터면 대가리를 절구통 속에 찧을 뻔도 하였다. 팔이 떨어지는 것 같다. 그래도 그는 깽깽하며 끝까지 절구질을 안 할 수 없었다.

또 점심이다. 부랴부랴 밥을 다 지어서는 모심기하는 일꾼^{거기는 자기 남편도 끼었다}에게 밥을 날라야 한다. 국이며 밥을 잔뜩 담은 목판이 그의 정수리를 내리누르니 모가지가 자라의 그것같이 움츠려지는 것은 물론이려니와 키까지 졸아든 듯하였다. 이래가지고 떼어놓기 어려운 발길을 옮기며 삽짝^{사립문. 나뭇가지를 엮어서 만든 문짝} 밖을 나섰다.

샛말갛게 갠 하늘에 구름 한 점도 없고 중천에 솟은 해님이 불같은 볕을 내리 퍼붓고 있었다. 질펀한 들에는 '흙의 아들'이 하얗게 흩어져 응석 피우듯 어머니의 기름진 젖가슴을 철벅거리며 모내기에 한창 바쁘다. 그들이 굽혔다 폈다 하는 서슬에 옷으로 다 여미지 못한 허리는 새까맣게 지져놓은 듯하고 염치없이 눈에까지 흘러드는 팥죽 같은 땀을 닦노라고 얼굴은 모두 흙투성이가 되었다. 그래도 한시라도 속히, 한 포기라도 많이 옮기려고 골똘한 그들은 뼈가 휘어도 괴로운 한숨 한번 쉬지 않는다. 도리어 그들은 노래를 부른다. 가장 자유로운 곡조로 가장 신나게 노래를 부른다.

땅은 흠씬 젖은 물을 끓는 햇발에 바래고 있다. 논두렁에 엉클어진 잡풀들은 사람의 발이 함부로 밟음에 맡기며 발이 지나가기를 기다려 고개를 쳐들고 부신 햇발에 푸른 웃음을 올리고 있다. 거기는 굳세게 힘 있게 사는 생명의 기쁨이 있고, 더욱더욱 삶을 충실히 하려는 든든한 노력이 있었다. 간단히 말하면 건강이 넘치는 천지였다. 불건강한 물건의 존재를 허락하지 않는 천지였다.

이 강렬한 광선의 바다의 싱싱한 공기를 마시기엔 순이의 몸은 너무나 불건강하였다. 눈이 핑핑 내둘리며 머리가 어찔어찔하다. 온몸을 땀으로 미역 감기면서도 으쓱으쓱 한기가 들었다. 빗물이 괸 데를 건너뛰려 할 제, 물속에 잠긴 태양이 번쩍하자 그의 눈앞은 캄캄해졌다. 문득 아침에 제가 죽인 송사리란 놈이 퍼드덕하고 내달으며 방어만치나 어마어마하게 큰 몸뚱이로 그의 가는 길을 막았다. 속으로 '악' 외마디소리를 치며 몸을 빼쳐 달아나려고 할 제, 그는 고만 무엇이 무엇인지 분간을 못하게 되었다. 누가 저의 머리채를 잡아서 회술레^{옛날 목을 벨 죄인을 처형하기 전에 얼굴에 회칠을 한 후 사람들 앞에 내돌리던 일}를 돌리는 듯한 느낌이었다. 그럴 사이에 그는 벼락 치는 소리를 들은 채 정신을 잃었다.

한참 만에야 순이는 깨어났건만 본정신이 다 돌아오지는 않았다. 어리둥절하게 눈만 멀뚱거리고 있는 사이 점심밥을 이고 나가던 일, 너른 들에서 눈을 부시게 하던 햇발, 길을 막던 송사리 생각이 차례차례로 떠올랐다. 그러면 '이고 가던 점심은 어떻게 되었는가?' 하면서 휘 사방을 둘러볼 겨를도 없이 그는 외마디소리를 치며 몸을 소스라쳤다. 또다시 그 '원수의 방' 에 누웠을 줄이야! 미친 듯이 마루로 뛰어나왔다. 그의 눈은 마치 귀신에게 홀린 사람 모양으로 두려움과 무서움에 휘둥그래졌다.

마당에 널어놓은 밀을 고밀개^{고무래. 곡식을 그러모으고 펴는 데 쓰는 기구}로 젓고 있는 시어미는 뛰어나오는 며느리에게 날카로운 눈총을 던졌다. 국과 밥을 모두 못 먹게 만든 것은 그만두더라도 몇 개 안 남은 그릇을 깨뜨린 것이 한없이 미웠으되, 까무러치기까지 한 며느리를 일어나자마자 나무라기는 어려웠음이리라.

"인제 정신을 차렸느냐? 왜 더 누워서 조리를 하지 방정을 떨고 나오니. 어서 방으로 들어가서 누워 있으려무나."

부드러운 목소리를 짓느라고 매우 애를 쓰는 모양이다.

그래도 순이는 비실비실하는 걸음걸이로 부득부득 마당으로 내려온다.

"방에 들어가서 조리를 하래도 그래."

이번에는 언성이 조금 높아진다.

"싫어요, 싫어요. 괜찮아요."

순이는 방에 다시 들어가기가 죽기보다 싫었다.

"또 고분고분히 말을 안 듣고 억지를 부리는군."

하다가 속에서 치받치는 미움을 걷잡지 못하겠다는 듯이, 고밀개 자루를 거꾸로 들 사이도 없이 시어미는 며느리에게로 달려들었다.

"요 방정맞은 년 같으니, 어쩌자고 그릇을 다 부수고 아실랑아실랑 나오는 건 뭐냐. 요 염치없는 년 같으니. 저번 장에 산 사발을 두 개나 산산조각을 맨들고……."

하고 푸념을 섞어가며 고밀개 자루로 머리, 등, 다리 할 것 없이 함부로 두들기기 시작한다. 순이는 맞아도 아픈 줄을 몰랐다. 으스러지는 듯이 찌뿌드드한 몸에 툭툭하고 떨어지는 매가 도리어 괴상한 쾌감을 일으켰다.

"요런 악지^{잘 안될 일을 무리하게 해내려는 고집} 센 년 좀 보아! 어쩌면 맞아도 울지 않고 요렇게 있담."

하고 또 한참 매질을 하다가 스스로 지친 듯이 고밀개를 집어던지며,

"요년, 보기 싫다. 어서 부엌에 가서 저녁이나 지어라."

순이는 또 시키는 대로 부엌에 들어가서 밥을 안쳤다.

그럭저럭 하루해는 저물어간다. 으슥한 부엌은 벌써 저녁이나 된 듯이 어둑어둑해졌다. 무서운 밤, 지겨운 밤이 다시금 그를 향하여

시커먼 아가리를 벌리려 한다. 해질 때마다 느끼는 공포심이 또다시 그를 엄습하였다. 번번이 해도 번번이 실패하는 밤, 피할 궁리로 하여 그의 좁은 가슴은 쥐어뜯겼다. 그럴 사이에 그 궁리는 나서지 않고 제 신세가 어떻게 불쌍하고 가엾은지 몰랐다. 수백 리 밖에 부모를 두고 시집을 온 일, 온 뒤로 밤마다 날마다 당하는 지긋지긋한 고생, 더구나 오늘 시어미한테 두들겨 맞은 일이 한없이 서럽고 슬퍼서 솟아오르는 눈물을 걷잡을 수 없었다. 주먹으로 씻다가 팔까지 젖었건만 눈물은 그치지 않았다.

그때였다. 누가 뒤에서 그의 어깨를 흔들었다. 순이는 무심코 돌아보자마자 간이 오그라 붙는 듯하였다. 낮일을 다 하고 돌아왔음이리라. 그의 남편이 몸을 굽혀서 어깨너머로 그를 들여다보고 있지 않은가. 그 볕에 그은 험상궂은 얼굴엔 어울리지 않게 보드라운 표정과 불쌍해하는 빛이 역력히 흘렀다. 그러나 솔개에 치인 병아리 모양으로 숨 한번 옳게 쉬지 못하는 순이는 그런 기색을 알아볼 여유도 없었다.

"왜 울어, 울지 말어, 울지 말어!"
라고 꺽센 목을 떨어뜨리며 위로를 하면서 그 솥뚜껑 같은 손으로 우는 순이의 눈을 씻어주고는 나가버린다.

남편을 본 뒤로는 더욱 견딜 수 없었다. 가슴을 지질러서 무거운 물건으로 내리눌러서 숨길을 막는 바위, 온몸을 바스러뜨리는 쇠몽둥이, 시방껏 흐르던 눈물도 간 데 없고 다시금 이 지긋지긋한 '밤 피할 궁리'에 어린 머리를 짰다. 아니 밤 탓이 아니다. 온전히 그 '원수의 방' 때문이다. 만일 그 방만 아니면 남편이 또한 눈물을 씻어주고 나갈 따름이다. 그 방만 아니면 그런 고통을 주려야 줄 곳이 없을 것이다. 고 '원수의 방'을 없애버릴 도리가 없을까? 입때 방을 피하려다가 뜻을 이루지 못한 순이는 인제 그 방을 없애버릴 궁리를 하게 되었다.

밥이 보그르르 넘었다. 순이는 솥뚜껑을 열려고 일어섰을 제, 부뚜막에 얹힌 성냥이 그의 눈에 띄었다. 이상한 생각이 번개같이 그의 머리를 스쳐간다. 그는 성냥을 쥐었다. 성냥 쥔 그의 손은 가늘게 떨렸다. 그러자 사면을 한번 돌아다볼 겨를도 없이 그 성냥을 품속에 감추었다. 이만하면 될 일을 왜 여태껏 몰랐던가 하면서 그는 생그레 웃었다.

그날 밤에 그 집에는 난데없는 불이 건넌방 뒤꼍 추녀로부터 일어났다. 풍세를 얻은 불길이 삽시간에 온 지붕에 번지며 훨훨 타오를 제, 그 뒷집 담 모서리에서 순이는 근래에 없이 환한 얼굴로 기뻐 못 견디겠다는 듯이 가슴을 두근거리며 모로 뛰고 세로 뛰었다.

―1925년

희생화

1

어머님은 우리 남매를 데리고 사직골 막바지에 쓸쓸한 가정을 이루었다.

우리 아버지는 내가 세 살 먹던 가을에 돌아가셨다 한다. 어머님께서 시시로 눈물을 머금고 아버지께서 목사로 계시던 것이며, 그 열렬한 웅변이 죄 많은 사람을 감동시켜 하나님을 믿게 하던 것이며, 자기 몸은 조금도 돌아보지 아니하고 교회 일에 진심갈력^{마음과 힘을 있}_{는 대로 다함}하던 것을 이야기하신다. 나보다 사 년 맏이인 누님은 이 말을 들을 적마다 그 맑고 고운 눈에 눈물이 어렸다. 철모르는 나는 그 이야기보다 어머님과 누님이 우는 것이 슬퍼서 눈물을 흘렸다.

집안은 넉넉지는 아니하나마 많지 않은 식구라, 아버지 생전에 장만해주신 몇 섬지기^{논밭 넓이의 단위}나 추수하는 것으로 기한^{굶주리고 헐벗어 배고프고 추움}은 면할 수 있었다.

아버지의 감화인지는 모르나 어머님은 우리 남매를 학교에 다니게 하였다. 벌써 십여 년 전 일이라 누님 공부시키는 데 대하여 별별 비평이 다 많았다. 그러나 어머님은 무슨 까닭에 여자 교육이 필요한 것인 줄은 모르셨겠지마는 아마 여자도 교육시키는 것이 좋은 줄로 아신 것 같다.

2

누님은 십팔 세의 꽃 같은 처녀로 ○○학교 여자부 사년급에 우등 성적으로 진급되고, 나도 그 학교 이년급에 진급되던 해 봄의 일이다. 나의 손을 붉게 하고 내 얼굴을 푸르게 하던 추위는 없어진 지 오래다. 햇볕은 따뜻하고 바람 끝은 부드럽다. 잔디밭에는 새싹이 돋아나고 개나리와 진달래는 벌써 산야를 붉고 누르게 수놓았다.

어느덧 버드나무 얽힌 곳에 꾀꼬리는 벗을 찾고 아지랑이 희미한 하늘에 종달새는 높이 떴다. 우리 집 뜰 앞에 심어둔 두어 나무 월계화도 춘군^{春君}의 고운 빛을 나도 받았노라 하는 듯이 난만히^{꽃이 활짝 피어 화려하게} 피었다.

하룻날 떠오르는 선명한 햇빛이 어렴풋이 조이는 듯한 아침 안개에 위황한 휘황찬란한 금색을 흩을 적에 누님은 가늘게 숨 쉬는 춘풍에 머리카락을 날리며 어린 듯이 월계화를 바라보고 섰다. 쏘아오는 햇발이 그의 눈을 비추니 고개를 갸웃하며 한 손을 이마 위에 얹고 눈을 스르르 감더니 아직도 어슴푸레하게 조이는 월계화 그늘에 몸을 숨기매 이슬 젖은 꽃송이가 누님의 뺨을 스친다. 손으로 가벼이 이 화판 꽃잎을 만지며 고개를 숙여 꽃을 들여다본다.

나도 한참 누님과 월계화를 바라보다가 학교에 갈 시간이나 안 되었나 하고 방에 걸린 시계를 보니 아니나 다를까 벌써 시간이 다 되어간다. 급히 건넌방에 들어가 책보를 싸가지고 나오며,

"누님, 어서 학교에 가요, 벌써 시간이 다 되었어요."

"응, 벌써!"

하고 누님은 내 말에 놀라 돌아서더니 허둥허둥 건넌방에 들어가 책보를 싸더니 또 망연히 앉아 있다.

"어서 가요."

나는 조급히 부르짖었다. 누님은 또 한 번 놀라 몸을 일으켰다.

요사이 누님이 하는 일이 매우 이상하였다. 그 열심으로 하던 공부도 책을 보다가 말고 망연히 자실하여 자기의 존재를 잊을 정도로 얼이 빠져 먼 산만 멀거니 바라보고 있을 적이 많았다. 누님이 잠은 어머님을 모시고 큰방에서 자되, 공부는 나를 데리고 건넌방에서 하였으므로 누님이 정신 잃고 앉은 것을 여러 번 보았다.

그날 밤 새로 한 시나 되어 잠을 깨니 갑자기 뒤가 보고 싶었다. 나는 급히 일어나 뒷간에 갔다. 뒤를 보고 나오니 이미 이지러진 어스름 반달이 중천에 걸려 있다. 나는 달을 쳐다보며 한 걸음 두 걸음 마당 가운데로 나왔다. 뜰 앞 월계화는 희미한 달빛에 어슴푸레하게 비치는데 꽃 사이로 허여스름한 무엇이 보인다. 자세히 보니 누님이 꽃에다 머리를 파묻고 서 있다. 그의 흰 옥양목 겹저고리가 내 눈에 띔이라. 왜 누님이 저기 저러고 서 있나? 온 세상의 따뜻한 봄의 환희에 싸여 고요히 잠든 이 밤중에 무슨 까닭으로 나와 섰나? 나는 어린 가슴을 두근거리며,

"누님, 거기서 무엇해요?"

내 소리에 깜짝 놀랐는지 몸을 흠칫하더니 아무 대답이 없다. 가만가만 가까이 가서 어깨를 가볍게 흔들었다. 숨을 급히 쉬는지 등이 들먹들먹한다. 나오는 울음을 물어 멈추는지 가늘고 떨리는 오열 성 목메어 우는 소리이 들린다. 나는 바짝 대들어 누님의 얼굴을 보았다.

분결 분이 곱고 부드러운 결 같은 두 손 사이로 보이는 얼굴은 발그레하였다. 나는 웬일인가 하고 얼굴 가린 두 손을 힘써 떼었다. 두 손은 젖어 있었다. 누님의 두 눈으로 눈물이 흘러내린다. 구슬 같은 눈물이 점점이 월계화에 떨어진다. 월계화는 그 눈물을 머금어 엷은 명주로 가린 듯한 달빛에 어렴풋이 우는 것 같다. 누님의 머리는 불덩이같이 더웠다.

"왜 안 자고 나왔니……."

하며 내 손을 밀치는 그 손은 떠는 듯하였다. 나는 목멘 소리로,

　"누님, 왜 우셔요? 네?"

하고 내 눈에도 눈물이 핑 돌았다.

　이슬에 젖은 꽃향기는 사랑의 노래와 같이 살근살근 가슴을 여위고 따뜻한 미풍은 연애에 타는 피처럼 부드럽게 뺨을 스쳐 지나간다. 이런 밤에 부드러운 창자에 느낌이 없으랴! 꽃다운 마음에 수심이 없으랴!

　철모르는 나는,

　"누님, 어서 들어가셔요."

하고 누님의 손목을 이끌었다. 맥이 종작없이^{종잡을 수 없이} 뛰는 것을 감각하였다. 누님은 눈물을 씻으며,

　"먼저 들어가거라, 나도 곧 들어갈 것이니……."

하였다.

　"대관절 웬일이야요? 어데가 편찮으셔요?"

　"아니, 공연히 마음이 뒤숭숭하구나."

하더니 한 손으로 월계화 가지를 부여잡고 이마를 팔에다 대며 흑흑 느끼며 운다.

　으스름 달빛은 쓰린 이별에 우는 눈의 시선같이 몽롱하게 월계화 나무 위에 흘러 있다.

3

　이틀 후 공일날 누님과 나는 창경원 구경을 갔다. 창경원 벚꽃이 한창이란 기사가 수일 전부터 신문에 게재되고 일기도 화창하므로 구경꾼이 구름같이 모여들어 넓으나 넓은 어원예전에, 궁궐 안에 있던 동산이나 후원이 희도록 덮여 있다. 과연 벚꽃은 필대로 피어 동물원에서 식물원 가는 길 양편에는 만단홍금온갖 붉은빛의 명주을 펼친 듯하다.

　"국주國柱야, 우리는 동물원은 그만두고 저 잔디밭에 앉아 꽃구경이나 실컷 하자."

　누님은 찬성을 구하는 듯이 나를 들여다보며 묻는다. 나도 짐승 곁에 가니 야릇한 무슨 냄새가 나던 것을 생각하고,

　"그럽시다."

라고 곧 찬성하였다. 우리는 길옆 잔디밭 은근한 편 소나무 밑에 좌정자리 잡아 앉음하였다. 붉은 놀 같은 꽃 다리 밑으로 지나가는 흰옷 입은 유객돌아다니며 구경하는 사람들은 꽃빛에 비치어 불그스름해 보이는 것이 말할 수 없는 춘흥을 자아낸다. 어린 나도 따뜻한 듯한 부드러운 듯한 봄의 기쁨을 깨달아 웃는 낯으로 누님을 돌아보니, 누님은 나직이 한숨을 쉬며 고개를 숙이더니 푸른 풀 사이에 핀 노란 꽃을 하나 꺾어 뺨에다 댄다. 무슨 걱정이나 있는 듯이 눈살을 찌푸렸다. 나는 그날 밤에 누님이 월계화 사이에서 울던 광경을 가슴에 그리면서 유심히 누님의 행동을 살폈다.

누님이 얼굴에 수심을 띤 것이 퍽 애처로워서 무슨 이야기를 하여 누님의 흥미를 끌까 하고 곰곰 생각하며 이리저리 살폈다.

우연히 식물원 편을 바라보다가 그곳을 가리키고 누님을 흔들며,

"저기를 좀 보셔요."

하였다. 웬일인지 누님은 깜짝 놀란다. 곤한 잠을 깬 사람에게 흔히 있는 표정으로 내가 가리키는 곳을 바라본다. 거기서 우리 학교 교복을 입은 학생 하나가 이리로 내려온다. 그는 우리 학교 사년급 급장이었다. 누님이 한참 멀거니 바라보다가 두 추파이성의 관심을 끌기 위해 은근히 보내는 눈길가 마주친 것 같다. 누님은 고개를 숙였다. 나는 누님의 귀밑이 발그레해진 것을 보았다. 누님이 내 무릎을 꼭 잡으며,

"거기 무엇이 있다고 날더러 보라니?"

간신히 귀에 들리리만큼 말하였다.

"아야! 아이고 아파요. 왜 저이를 모르셔요. 그이가요, 이번에 첫째로 사년급에 진급한 이야요. 공부를 썩 잘하고 또 재주가 비범하대요. 게다가 얼굴이 저렇게 잘났겠지요."

나는 바로 내나 그런 듯이 기뻐하면서 입에 침이 없이 칭찬하였다. 누님은 부끄럽게 웃으며,

"왜 내가 그를 모른다니, 사 년이나 한 학교에 다녔는데……. 그래서 그 사람 보라고 사람을 흔들고 야단을 했니?"

"그러믄요…… 그런데요, 어저께 내가 누님보다 좀 일찍이 나왔지요? 집에 오니까 어머님 친구 몇 분이 오셨는데, 누님 칭찬이 야

단입디다. ‘어쩌면 인물도 그다지 잘나고 재주도 그렇게 좋고, 참 복 많이 받았습니다’ 라구요. 나는 그 말을 듣고 춤이라도 출 듯이 기뻐했어요. 저 사람도 장하지만 누님은 더 장해요.”

나는 그 사람을 너무 칭찬하여 행여나 누님이 그에게 질까 보아서 또 한참 누님을 추어올렸다. 누님은 또 얼굴을 붉히며,

“너는 별소리를 다 하는구나. 누가 네게 칭찬 듣고 싶다디.”

우리가 이런 수작을 하는 틈에 그가 벌써 우리 앞을 지나가며 슬쩍 누님을 보았다. 두 시선은 또 한 번 마주쳤다. 누님의 얼굴은 갑자기 다홍빛을 띠었다. 그가 중인총중^{많은 무리 가운데}에 섞여 점점 멀어가는 양을 누님이 물끄러미 바라본다. 그는 나가버렸다. 누님의 눈이 이리로 도는 바람에 그 사람의 뒤 꼴을 보는 누님을 도적해보던 내 눈이 잡혔다.

“너는 남의 얼굴을 왜 빤히 들여다보니?”
하고 누님의 얼굴은 또다시 붉어졌다.

“보기는 누가 보아요.”
하고 나는 빙그레 웃었다.

4

그 이튿날 아침에 누님은 좀처럼 바르지 않던 분을 약간 바르며

더럽지도 않은 옷을 벗고 새 옷을 갈아입었다.

"네가 오늘은 웬일이냐?"

하고 어머님이 의아해하신다. 누님이 머뭇머뭇하더니 어린애 모양으로 어머님 가슴에 안기며,

"제가 오늘은 퍽 잘나 보이지요?"

하고 웃는다. 그 웃음과 함께 누님의 얼굴에 홍조가 퍼진다. 과연 오늘은 누님이 더 어여뻐 보였다. 두 손으로 기운 없이 뒤로 큰 방문을 짚고 비스듬히 문에다 몸을 반만 실려 웃는 양이 말할 수 없이 어여뻤다. 어린 우유에 분홍 물을 들인 듯한 두 뺨은 부풀어오른 듯하고 장미꽃빛 같은 입술이 방실 벌어지며 보일 듯 말 듯이 흰 이가 반짝거린다. 춘산^{春山}을 그린 듯한 눈썹은 살짝 위로 치어오른 듯하며 그 밑에서 추수^{가을철의 맑은 물. 맑고 깨끗한 사람의 얼굴빛을 비유하는 말}가 맑은 눈이 웃음의 가는 물결을 친다.

어머님이 누님을 보고 웃으시며,

"언제는 못났디."

"그런데 오늘은요?"

누님이 되질러 묻는다.

"오냐, 오늘은 더 이뻐 보인다."

"어머님, 정말이야요?"

하고 누님은 또 방긋 웃는다. 수색^{부끄러운 빛}에 싸인 희색이 드러난다.

"오늘은 정말 더 이뻐 보인다. 너의 부친이 보셨던들 작히 기뻐

하시겠니.”

하시며 어머님의 눈에는 눈물이 스르르 어렸다. 곱게 빛나던 누님의 얼굴에도 구름이 낀 것 같다. 그러나 얼마 안 되어 그 구름이 스러지고 또다시 기쁨과 희망의 빛이 번쩍 어린다.

우시는 어머님을 민망하게 바라보던 누님이 지은 듯한 슬픈 어조로,

“어머님, 마음 상하지 마셔요.”

하였다.

“얘, 시간 다 되었겠다. 내 걱정일랑 말고 어서 학교에나 가거라.”

하고 어머님은 눈물을 삼키셨다.

우리는 책보를 끼고 나섰다. 학교 문턱에 들어서니 종소리가 들린다. 우리는 달음박질하여 들어갔다. 전 학도가 다 모였다. 모두 행렬과 번호를 마치자,

“기착^{차렷}, 경례, 출석원 도합 ○○명!”

이라 하는 카랑카랑한 소리가 들렸다. 그는 사년급 급장의 소리다. 이 소리가 끝나자 여자부 편에서도 이와 같은 호령과 보고를 하는 소리가 들렸다. 그는 옥을 바수는 듯한 날카로운 소리였다. 그는 우리 누님의 소리다. 오늘은 웬 셈인지 이 두 소리가 나의 어린 가슴을 뛰게 하였다.

그다음 토요일 하학한 후에 교우회가 모인다고 사년급 학도들이 학교 문을 걸고 파수^{경계하여 지킴}를 보며 철없는 일, 이년급들이 나가

는 것을 막아섰다. 우리가 늘 모이는 강당에 들어가니 벌써 이편에는 남학생, 저편에는 여학생이 빽빽이 앉아 있었다. 나도 거기 앉았노라니 무엇이니 무엇이니 하고 한참 야단들이더니 얼마 안 되어 사년급생이 흰 종잇조각을 돌리며,

"지육부智育部 간사 투표권이요, 한 장에 한 명씩 쓰시오."

하며 외친다. 내 곁에 앉은 녀석이 똑똑한 체로,

"유기명 투표야요, 무기명 투표야요?"

하고 묻는다.

"물론 무기명 투표지요."

아까 외치던 사년급생이 대답한다. 저편에서,

"무기명 투표란 무엇이오?"

하는 녀석이 있다.

"그것도 모르면서 회會할 적마다 집에만 가려고 하지! 무기명 투표란 것은 선거자의 이름을 쓰지 않는 것이오."

꾸짖는 듯이 그 사년급생이 말하고 기색이 엄숙하다. 나는 무의식적으로 단박 사년급 급장 이름을 썼다. 필경 남자부에서는 최다 점으로 그가 선거되고, 여자부에서는 최다 점으로 우리 누님이 선거되었다.

그 후부터 누님이 간사회 한다, 지육부 간사회 한다 하고 저녁 먹고 나가면 밤 아홉 점, 열 점이나 되어 돌아오는 일이 빈번히 있었다. 그 회에 갈 적마다 안 보던 거울도 보고 늘어진 머리카락도 쓰

다듬어 올리며 옷고름도 고쳐맸다.

하룻밤은 누님이 지육부 간사회 한다고 저녁 먹고 나가더니 열 점이나 되어도 돌아오지 않는다. 어머님은 별별 염려를 다 하시다가,

"네 누이가 여태껏 돌아오지를 않니, 회는 벌써 끝났을 것인데. 너 좀 가보아라."

나는 두루마기를 입고 집을 나와 사직골 막바지로부터 광화문통에 가는 길로 타박타박 걸어간다. 달도 없는 오월 그믐밤이었다. 전등도 별로 없고 행인도 희소한^{매우 드물고 적은} 어둠침침한 길을 걸어가려니 무시무시한 생각이 난다. 나는 무서운 생각을 쫓느라고 발을 쾅쾅 구르며 '하나, 둘' 하고 달음박질하였다. 한참 뛰어가니 숨이 헐떡거리고 진땀이 흐른다. 모자를 벗어 부채질하면서 천천히 걸어간다. 내 앞 멀지 않은 곳에서 이리로 향하여 젊은 남녀가 짝을 지어 올라온다. 그는 남학생과 여학생이었다. 그와 누님이었다. 나는 가슴이 설렁하며 일종의 호기심이 일어났다. 살짝 남의 집 담 모퉁이에 은신하였다. 둘은 내가 거기 숨어 있는 줄도 모르고 영어로 무어라고 소곤거리며 지나간다. 그중에 이 말이 제일 똑똑히 들렸다. 그때는 몰랐지만 지금 생각하니 아마 이 말인 것 같다. 그가,

"Love is blind^{사랑은 맹목적이라지요}."

라니까 누님은 소리를 죽여 웃으며,

"But, our love has eyes^{그런데 우리의 사랑은 보는 사랑이지요}."

하였다.

그들이 지나가자 나도 가만가만 뒤를 따랐다. 어두운 속이라 누님의 흰 적삼이 퍽 눈에 뜨인다. 전등 켠 뉘 집 대문 앞을 지날 때에 나는 그의 바른손이 누님의 왼손을 꼭 쥔 것을 보았다.

나는 웬일인지 싱긋이 웃었다. 그들이 행여나 나를 돌아볼까 보아서 발자취를 죽이고 남의 담에 몸을 비비대며 꽤 멀리 떨어져 갔다. 우리 집 가까이 와서 둘이는 걸음을 멈추더니 서로 악수를 하고, 또 악수를 하는 것 같았다. 연연히^{애틋할 정도로 그립게} 서로 떠나기를 싫어하는 것 같다. 한참이나 그리하다가 그가 손을 놓고 또 무어라고 한참 수군거리더니 그가 돌아서 온다. 누님은 우리 집 문 앞에 서서 한참이나 그의 가는 양을 바라보고 서 있다. 그는 또 내 곁으로 지나간다. 그의 걸음걸이는 허둥허둥하였다.

그가 지나간 후 나는 달음박질하여 집에 돌아왔다. 대문턱에 들어서니 어머님과 누님의 문답하는 소리가 들린다.

"왜 그처럼 늦었니? 나는 별별 근심을 다 했다."

"오늘은 상의할 일이 좀 많아서……."

누님이 머뭇머뭇한다.

"그 애는 어디로 갔나, 같이 오지를 않았니? 오는 길에 못 봤어?"

어머님이 묻는다.

"그 애가 어디로 갔을꼬…… 길에서 만났을 것인데."

누님이 걱정한다.

나는 안방 문을 열고 시침을 뚝 따고,

“누님 인제 왔어요?”

하고 빙그레 웃었다. 어머님은 놀라며,

“너 뺨에, 옷에 맨 흙투성이니 웬일이냐?”

하신다.

“담에 붙어 와…… 아니야요. 저저…….”

하고 누님을 보고 빙글빙글 웃었다. 누님의 얼굴은 또 빨개졌다.

5

그 후 더운 날 달밤에 누님은 친구하고 어디를 간다, 어디를 간다 하고 자주자주 나갔다. 누님은 늘 나를 따돌리고 혼자 나갔으므로 푸른 물 잦아진 곳과 달빛 고요한 데서 그와 누님이 만나 꿀 같은 사랑의 속살거림을 몇 번이나 하였는지 나는 모른다.

누님이 출입이 잦고 기색이 수상하였던지 어머님이,

“인제 네가 어디 나가거든 꼭 네 동생을 데리고 다녀라.”

하신 뒤로는 누님이 집에 들면 공연히 짜증을 내며 하염없는 수색이 적막한 화용 꽃처럼 아름다운 얼굴을 휩쌌다. 그리고 때때로 머리가 아프다 하며 이불을 쓰고 누웠다.

하루는 우리가 점심을 마친 후 누님이 날더러,

“너, 나하고 남산공원 산보 가련?”

하였다. 그때는 유월 염천몹시 더운 날씨이라 더운 기운이 사람을 찌는 듯하였다. 나도 거기 가서 서늘한 공기도 마시고 무성한 초목으로부터 뚝뚝 돋는 취색남파랑에 땀난 몸을 씻으리라 생각하고 곧,

"네."

하였다.

우리는 광화문통에서 전차를 타고 진고개를 거쳐 남산공원을 올라갔다. 저편 언덕 위에 그가 기다리기가 지루하다는 듯이 앉았다가 일어섰다가 하는 것이 보였다. 누님이 갑자기 돌아서 나를 보며,

"너 이것 가지고 진고개 가서 과자 좀 사와! 응?"

하며 돈 이십 전을 주었다. 나는 급히 진고개로 나왔다. 얼른 과자를 사가지고 가본즉, 그와 누님은 그림자도 보이지 않는다.

'어디로 갔을까?'

나는 누님이 무슨 위험한 곳에나 간 것같이 가슴이 팔딱거렸다. 이리저리 아무리 살펴도 그들은 없다. 나는 이편으로 기웃기웃, 저편으로 기웃기웃하였다. 한참이나 취색이 어린 남산 정상을 쳐다보다가 또다시 걸어갔다. 한동안 걸어가도 보이지 않는다.

'아이고, 어디로 또 그만 가버렸어. 이리로는 아마 안 갔나 보다.'

하고 돌아서 오던 길로 도로 온다. 갔던 길로 도로 오려니 퍽 먼 것 같다.

'에이그, 그동안에 내가 퍽도 걸었네.'

속으로 중얼중얼하였다. 골딱지가 나니까 더 더운 것 같다. 대기

는 햇불에 와글와글 끓는 것 같다. 나는 이 대기에 잠겨 몸이 삶아지는지, 땀이 줄줄 흘러내리고 숨은 헐떡헐떡 차오른다. 모자를 벗으니 머리에서 김이 무럭무럭 난다. 나는 부글부글 고여 오르는 심술을 억지로 참으며, 아까 그가 섰던 곳까지 돌아왔다.

"어디로 갔을까? 저리로 가보자."

혼잣말로 투덜거리고 아까 갔던 반대 방향으로 걸어갔다. 한동안 걸어가도 그들은 또 보이지 않는다. 참고 참았던 짜증이 일시에 폭발이 되었다. 잔디밭에 털썩 주저앉아 엉엉 울었다. 풀들을 쥐어뜯으며 한참 울다가 하도 내가 어린애 같은 것이 부끄럽고 우스웠다. 그렁그렁한 눈물을 씻고 히히 한번 웃은 뒤 이리저리 또 살펴보기 시작하였다. 저편, 좀처럼 사람 눈에 뜨이지 않을 소나무 그늘 밑에 그들이 나란히 앉아 있는 것을 보았다. 나는 잃었던 보배를 발견한 듯이 기뻐하였다.

'누님, 거기 계셔요!' 고함을 지르고 뛰어가려다가 '에라, 무슨 이야기를 하는지 좀 엿들으리라' 하고 어느 밤에 그들의 뒤를 따라가던 모양으로 가만가만 걸어 가까이 갔다. 한낮이므로 유객 하나 없고 바람 한 점 불지 않는다. 더운 공기는 기름 언 것같이 조금도 파동이 없다. 남이 들을까 보아서 가만가만히 하는 이야기도 낱낱이 내 귀에 들렸다.

"물론 그렇게 해야지요. 그런데 요사이는 어째 볼 수가 없어요?" 하고 그가 말하였다.

"어머님께서 어디 나가게 하셔야지요. '나가거든 꼭 네 동생을 데리고 다녀라' 하시겠지요. 그래서 오늘도 같이 왔지요."

그리고 누님이 웃으며 말을 이어,

"딴 이야기하느라고 잊었어요. 기다린다고 오죽 지루하였겠어요."

"한 시간이나 넘어 기다렸어요. 오늘도 아마 못 오시는가 보다 하고, 그만 가버릴까까지 하였어요."

"네? 가버릴까 하였어요? 제가 언제 약속 어긴 일이 있어요. 저는 어찌 급했든지 점심을 먹는데 밥이 입으로 들어가는지 코로 들어가는지 몰랐어요."

둘이 웃는다. 나도 웃었다. 나는 드디어 어린애가 꽃에 앉은 나비를 잡으러 갈 때에 가는 걸음걸이로 한 걸음, 두 걸음 가까이 갔다. 사랑하는 이들은 다디단 이야기에 얼이 빠져 사람 오는 줄도 모른다. 그들 앉은 소나무 뒤에 살짝 붙어 섰다. 두 어깨가 닿아 있고 누님의 풀린 머리카락이 그의 뺨을 스친다. 그와 누님의 눈과 입에는 정이 찬 웃음이 넘친다. 그러다가 두 손길을 마주 잡고 실신한 사람 모양으로 서로 들여다본다. 누님의 몸으로부터 발산하는 따뜻하고 향기로운 기운에 나도 싸인 것 같았다. 나는 와락 달려들며,

"누님, 여기 계셔요? 나는 어디 가셨다고…… 아이, 사람 애도 퍽도 먹이시지!"

둘은 깜짝 놀랐다. 누님의 모시적삼이 달싹달싹하는 것을 보고 누님의 가슴이 팔딱거리는구나 하였다. 그는 시치미를 뚝 따려 하

였으나 '부끄럼'이란 원소가 얼굴에 퍼뜨리는 붉은빛을 감출 길이
없었다.

"에그, 나는 누구라구. 퍽도 놀랐다."

누님은 두근거리는 가슴을 한 손으로 어루만지며 말하였다. 누님
이 그를 향하며,

"이 애가 제 동생이야요. 아직 철이 안 나서, 많이 사랑해주셔요."
한 뒤 나를 보고 그를 눈으로 가리키며,

"너 이이 보고 이후일랑은 형님이라 하여라."

"어째서 형님이라 해요?"

내가 애를 먹였다. 누님의 얼굴은 새빨개지며 나를 흘겨본다.

"왜 누님 성나셨소? 그러면 형님이라 하지요."
하고 어리광을 부리며,

"형님, 누님, 과자 잡수셔요."
하고 쥐었던 과자를 앞에 내놓았다.

누님이 나를 보고 방그레 웃으며,

"우리는 먹기 싫으니 너 혼자 저쪽에 가서 먹고 있거라. 우리 갈
때 부를 것이니……."

나도 길게 방해 놓기가 싫었다. 과자를 쥐고 나와 풀밭에 앉아 먹
으면서 혼잣말로,

"내 뱃속에 영감쟁이가 열둘이나 들어앉아 있는데 어린애로만
여기지……."

하고 웃었다.

그 긴긴 해가 벌써 서산에 걸렸다. 낙조에 비치는 녹수와 방초^{향기롭고 꽃다운 풀}는 불이 붙은 것같이 붉어 보인다.

나는 이 동안에 퍽도 심심하였다. 풀을 자리 삼아 눕기도 하고 기지개도 켜고 몸을 비비 틀기도 하며 곡조도 모르는 창가를 함부로 부르기도 하였다. 이제나 올까, 저제나 부를까 고대고대해도 그들의 그림자는 얼씬도 아니한다. 무슨 이야기가 그렇게 많은고. 아마 사랑하는 사람끼리의 이야기는 끝이 없는가 보다. 벌써 이야기한 것이 수만 마디가 넘건마는 말 몇 마디 못하여 해는 어이 쉬이 가나 하는 것이다.

남산 밑 풀과 나무에 빛나던 붉은빛은 점점 걷히고 모색^{날이 저물어 가는 어스레한 빛}이 가물가물 쳐들어온다. 햇빛은 쫓기어 남산 정상을 향하여 자꾸 기어 올라가더니 남산 맨 꼭대기에 움츠리고 앉았을 뿐이다. 검푸른 저문 빛이 남산 밑을 에워싸자 정상에 비치는 햇빛조차 스러지고 저편 하늘에 붉은 놀이 흰 구름을 붉고 누렇게 물들인다.

나는 참다 못하여 몸을 일으켜 그곳으로 갔다. 어두운 빛에 놀랐는지 그들도 일어섰다. 나는 걸음을 멈추고 나무로 깎아 세워놓은 사람 모양으로 주춤 섰다. 누님의 걱정스러운 떨리는 소리가 나의 귀막을 울림이라.

"K씨! 우리가 목전^{눈앞}의 즐거움만 다행히 여겨 그냥 이리 지내다 가는 우리의 꿈 같은 행복이 끝에는 소태 같은^{맛이 몹이 쓴} 고통으로 변할 것 같아요. 우리 각각 꼭 아까 말한 것과 같아야 됩니다.”

“아무럼요! 꼭 그리해야 될 텐데…… 아까도 말했지만 우리 집은 워낙 완고라…….”

그의 말은 떨렸다.

나는 가슴이 선뜻하였다. 무슨 말을 하였나? 무슨 일을 하려는가? 엿듣지 못한 것이 한이 되었다. 둘은 이리로 걸어온다. 누님의 눈은 약간 발그레하였다. 그 고운 뺨에 눈물 흔적이 보였다. 나는 또 웬일인가 하고 가슴이 선뜻하였다.

6

그날 밤에 나의 어린 소견에도 별별 생각을 다 하고 씩씩히 잠도 잘 자지 못하였다. 내가 어렴풋이 잠을 깰 적마다 큰방에서 어머님과 누님이 무어라고 이야기하는 소리가 간단없이(끊임없이) 들렸다.

새로 한 점이나 되어 내가 또 잠을 깨니 큰방에서 훌쩍훌쩍 우는 소리가 들린다. 울음 섞인 어머님의 말소리가 난다.

“그래, 네가 요사이 늘 탈기(몹시 지쳐서 기운이 빠짐)를 하고 행동이 수상하더라…… 나는 허락한다 하더래도 만일 그 집에서 안 된다면 네 신세가 어떻게 되니…… 네가 다만 하나 있는 어미 몰래 그 사람과 약혼한 것이 괘씸하다. 아비 없이 너를 금옥같이 길러내어 이런 일이 날 줄이야! 남편이 없다고 너까지 나를 업수이 여기는 게지……."

누님은 흑흑 느끼며,

"어머님, 잘못하였습니다. 무어라고 말씀을 여쭈어야 좋을지…… 친하기도 전에 말씀 여쭙기도 부끄러운 일이고…… 친한 뒤에는 몇 번이나 말씀 여쭈려 하였지만 입이 잘 떨어지지를 않았어요…… 들어주셔요. 암만 어머님이라도 그때는 부끄러웠어요. 인젠 서로 약혼까지 해놓으니 몸과 마음이 달아 부끄러움도 돌아볼 수 없게 되었어요. 그래서 뻔뻔스럽게 여쭌 것이야요. 어머님 말씀같이 그가 저를 잊을 리는 없어요. 버릴 리는 없어요. 그다지 다정한 그가 그럴 리가 있다고요? 어제 공원에서 단단히 맹세하였습니다. 각각 부모님께 여쭈어 들으시면 이 위에 더 좋은 일이 없거니와 만일 그렇지 않거든 멀리멀리 달아나겠다구요. 배가 고프고 옷이 차더라도 부모도 못 보고 형제도 못 보더라도 둘이 같이만 있으면 행복이라구요. 온갖 고난과 갖은 고통을 달게 겪겠다구요. 정말 그래요. 저도 그 없으면 미칠 것 같아요. 어머님이 허락을 아니하신다 할 것 같으면 저는 이 세상에 살아 있을 것 같잖아요."

밀려오는 물을 막았던 방축을 무너버릴 때에 물밀 듯이 누님이 말하였다. 흔히 순결한 처녀가 사랑의 불을 가슴속에 깊이깊이 숨겨두고 행여나 남이 알까 보아서 전전긍긍하며 홀로 간장을 태우다가도 한번 자기 친한 이에게 발설하기 시작하면 맹렬히 소회^{마음에 품고 있는 회포}를 베푸는 것이다.

나는 가슴을 울렁거리며 안방에 건너왔다.

누님은 어머님 무릎에 머리를 파묻고 울며, 어머님은 누님의 등에다 이마를 대고 운다. 나도 한참 정연히우뚝하게 섰다가 어머님 곁에 앉았다. 어머님을 흔들며 목멘 소리로,

"어머님, 우지 마셔요."

이 말을 마치자 가슴이 찌르르해지며 흐르는 눈물을 금할 길이 없었다. 어머님은 눈물을 삼키고 누님을 흔들며,

"이 애, 이 애, 그만 그쳐라."

누님은 더 섧게 운다.

"이 애, 남부끄럽다. 그만두어라. 오냐, 네 원대로 하마. 그도 한 번 데리고 오너라."

어머님은 동곳을 빼었다힘이 모자라 복종한다는 것을 비유함. '여자가 수약이나 위모칙강여자는 비록 약하나 어머니는 강하다' 이란 말은 어찌 생각하고 한 소리인고.

이틀 후, 누님이 그를 데리고 왔다. 그의 곱상스러운 얼굴과 얌전한 거동이 어머님의 사랑을 이끌었다. 참 내 딸의 짝이라 하였다. 애녀의 평생이 유탁하다의탁할 수 있다 하였다. 단꿈이 꾸이리라 하였다. 기쁜 날이 오리라 하였다. 더구나 맑은 눈과 까만 눈썹이 내 딸과 흡사하다 하였다. 누님과 그가 영어로 말하는 양을 보고 뜻도 모르면서 웃으셨다. 재미스러운 딸의 장래 가정을 꿈꾸고 사랑스러운 외손자를 꿈꾸었다.

그 후부터는 남의 이목을 피해가며 몇 번이나 서로 맞추어서 길게 기다려가지고 살짝이 만나던 애인들은 자유로이 우리 집에서 만나 웃고 즐기게 되었다.

7

어떤 날 저녁에 그가 우리 집에 왔다. 그때 마침 어머님은 어디 가시고 나와 누님만 단둘이 있었다. 나는 와락 내달으며,

"형님, 오셔요."

라고 반갑게 인사하였다. 누님도 반가이 맞으며,

"요사이는 왜 오시지 아니하셔요?"

"아니, 내가 언제 왔는데."

하고 그는 지어서 웃는다.

누님은 눈을 스르르 감으며 무엇을 생각하는 듯하더니,

"오늘이 칠월 초열흘이고, 초칠일이 공일이라…… 공일날 오시고 오늘 처음이지요?"

"그래요, 한 사흘밖에 더 되었어요?"

"사흘! 저는 한 삼 년이나 된 듯하였어요. 사흘 만에 한 번 만나? 멀어요! 퍽 멀구말구요. 사흘이 그다지 가까운 것 같습니까?"

하고 누님은 무엇을 찾는 듯이 그를 바라본다.

　“사흘 만에 한 번씩 와도 장하지요.”

하고 그는 또 웃는다.

　“장해요! 사흘 동안에 제가 몇 번이나 문밖을 내다보는지 아셔요? 저는 온갖 걱정을 다 했지요. 몸이나 편찮으신가, 꾸중이나 뫼셨는가…….”

하고 목소리는 전성^{떨리는 소리}을 띠어가며 눈에는 눈물이 괴어진다.

　“저는 우리 일에 대하여 무슨 큰 걱정이나 생겼나 하고 얼마나 애간장을 태웠는지요!”

하고는 눈물이 그렁그렁 넘쳐흐른다.

　“아니야요! 여하간 죄 없이 잘못하였습니다.”

하고 그는 눈살을 찌푸리고 선웃음을 치며,

　“어린애 모양으로 걸핏하면 울기는 왜 울어요. 저 동생 부끄럽지 않아요. 그런데^{갑자기 어조를 야릇하게 변하며} 내가 어지^{어제}도 올라카고 아레^{그제}도 올라켔지마는 올라칼 때마다 동무가 찾아와서 올 수가 있어야지.”

　울던 누님이 웃음을 띠었다. 나도 웃었다.

　그는 대구 사람이다. 그의 부모는 아직도 대구에서 산다. 서울 있는 오촌 당숙 집에 그는 유숙하고 있다. 그는 서울 온 지가 벌써 오륙 년이 지났으므로 사투리는 거의 안 쓰게 되었으나 때때로 우리를 웃기려고 야릇한 말을 하였다.

　“올라카고 갈라카고.”

흉내를 내며 나는 방바닥에 뚤뚤 굴러가며 웃었다. 그는 시치미를 뚝 따고,

"남 이야기하는데 웃기는 와 웃소. 참 얄궂다."

하였다. 누님은 어떻게 웃었는지 얼굴이 붉어가지고 배를 움켜쥐고 숨찬 소리로,

"그만두셔요, 그만 웃기셔요."

한참 동안 우리는 이렇게 웃고 즐기다가 나를 누님이 또 심부름을 시켰다. 무슨 심부름이던가 생각이 안 난다. 그가 오기만 하면 누님이 '무엇 좀 사오너라, 어디 좀 갔다 오너라' 하고, 늘 나를 따돌렸다.

"에그, 누님도 왜 나를 따돌려."

투덜투덜하면서 집을 나왔다. 반달은 비스듬히 푸른 하늘에 걸려 있다. 만경창파^{한없이 넓고 푸른 바다}에 외로이 떠나가는 일엽편주^{한 척의 조그마한 배}와 같았다.

나 없는 동안에 그들이 무슨 이야기를 하는지 듣고 싶어서 급히 오느라고 오는 것이 한 시간이나 넘어 걸렸다. 나는 벌써 엿듣기에 익숙하여 사뿐 중문에 들어서며 가만히 살펴보니 애인들은 달 비치는 월계화 나무 밑에 평상을 내놓고 나란히 앉아서 무어라고 소곤거린다. 나는 숨소리도 크게 안 쉬고 귀를 기울였다.

"그러면 어째요? 어머님께서는 좀처럼 올라오시지 않을 것이고…… 왜 그러면 상서^{웃어른에게 글을 올림}로 이 사정을 못 아뢸 것이야 있어요?"

누님의 애타는 소리가 들린다.

"글쎄요. 몇 번이나 상서를 썼지만…… 부치지를 못하겠어요."

"만일 차일피일하다가 딴 데 혼인을 정해놓으시면 어째요?"

"정해놓아도 안 가면 그만이지요."

"그러면 어렵지 않아요?"

"그런데 오촌 당숙 내외분은 아마 이 눈치를 아시는 것 같아요."

"네?"

"아마 그런 것 같아요. 그래서 집에 무슨 통기^{기별을 보내어 알게 함}가 있었는지 할아버지께서 일간 올라오신대요."

"올라오시면 죄다 여쭙겠단 말씀이구려."

"글쎄요. 그런데 우리 할아버지는 참 호랑이 같은 어른이라…… 완고, 완고, 참 완고신데…… 나도 어찌할 줄을 모르겠어요. 그래서 밤에 잠이 잘 오지 않아요."

하고 머리를 긁적긁적하고 눈살을 찡그리더니 또 말을 이어,

"오늘 또 아버지께서 하서^{웃어른이 주신 글월}하셨는데 '이번 울산 김 승지 집에서 너를 선보러 간다니 행동을 단정히 하여라' 하는 뜻입 니다. 참 기막힐 일이야요."

하고 한숨을 내쉰다.

"부모님께 하루바삐 이 사정을 여쭙지 않으면 큰일 나겠습니다 그려."

누님의 안타까운 소리가 들린다.

"여하한 꾸중을 모시더라도 장가를 못 가겠다 할 테야요! 조금도 걱정 마셔요."

그는 결심한 듯이 고개를 들며 단연히결연한 태도로 말하였다.

밝은 달은 애타는 양인두 사람의 가슴을 나는 몰라라 하는 듯이 저리로 저리로 미끄러져가며 더운 공기에 맑은 빛을 흩날린다. 월계화는 더욱 붉고 더욱 곱다. 진세정신에 고통을 주는 복잡하고 어수선한 세상의 우수와 고뇌를 나는 잊었노라 하는 것 같았다.

8

그 이튿날 일어난 누님의 얼굴은 해쓱하였다. 머리카락이 흩어질 대로 흩어진 것을 보아도 작야어젯밤에 잠을 못 이루어 몇 번이나 베개를 고쳐 벤 것을 가히 알리라. 누님이 사랑의 맛이 쓰고 떫은 것을 처음으로 맛보았도다. 행복의 해당화를 꺾으려면 가시가 손을 찌르는 줄 비로소 알았도다.

하루가 가고 이틀이 가고 어느덧 일주일이 지내었건만, 누님이 오늘이나 와서 호음좋은 소식을 전해줄까, 내일이나 와서 희식기쁜 소식을 알려줄까 고대고대하는 그는 코끝도 보이지 않는다내가 학교에를 가도 그를 볼 수 없었고, 누님도 이때부터 심사가 산란하여 학교에 못 갔었다.

이 동안에 누님은 어찌 애를 태웠던지 양협두 뺨에 고운 빛이 사라져가고 눈언저리는 푸른 기를 띠고 들어갔다. 입술은 까뭇까뭇 타 들어가고 두 팔은 맥없이 늘어졌다.

일주일 되던 날 누님은 생각다 못하여 편지 한 장을 주며,

"너 이 편지 가지고 그 댁에서 그가 있거든 전하고, 못 보거든 도로 가지고 오너라."

하였다.

전일에 그를 따라 한 번 그 집에 갔던 일이 있으므로 그 집을 자세히 알아두었다. 그 집 대문에 들어서니 행랑예전에, 대문 안에 죽 벌여서 지어 주로 하인이 거처하던 방 사람도 없고 그가 있던 사랑문도 닫혀 있다.

안에서 기운찬 노인의 성난 말소리가 귀를 울린다.

"이놈, 아직 학생이니 장가를 못 가겠다? 핑계야 좋지. 이놈, 괘씸한 놈, 들으니 네가 어떤 여학생을 얻어가지고 미쳐 날뛴다는구나! '아니야요'란 다 무엇이야. 부모가 들이는 장가는 학생이라 못 가겠고, 학생 신분으로 계집은 해도 관계찮으냐. 이놈, 고약한 놈! 네 원대로 그 학교나 마치고 장가들일 것이로되, 벌써 어린놈이 못 견뎌서 여학생을 얻으니 무엇을 얻으니 하니 그냥 두다간 네 신세를 망치고 가문을 더럽힐 테야! 그래서 하루바삐 정혼하고 혼수까지 보냈는데 지금 와서 가느니 마느니 하면 어찌하잔 말이냐. 암만 어린 놈의 소견이기로…… 그 집은 울산 일판어떤 지역의 전부에 유명한 집안이라 재산도 있고, 양반도 좋고…… 다 된 혼인을 이편에서 퇴혼하면 그 신부는 생과부로 늙으란 말이냐. 일부함원에 오월비상여자가 한을 품

으면 오뉴월에도 서리가 내림이란 말도 못 들었어! 죽어도 못 가겠다? 허허, 이놈, 박살할 놈! 조부모도 끊고 부모도 끊고 일가친척도 끊으려거든 네 마음대로 좀 해보아라."

나는 이 말을 들으니 소름이 쭉 끼쳤다. 한편으로는 분하기 짝이 없었다. 깨끗한 누님이 이다지 모욕을 당한 것이 절절이 분하였다. 곧 들어가 분풀이나 할 듯이 작은 눈을 흡뜨고 고사리 같은 손을 불끈 쥐었다.

"허허, 이놈, 괘씸한 놈! 에이 화나. 거기 내 두루막 내."

하는 그 노인의 우렁찬 소리가 또 들린다. 나는 간담이 서늘하였다. 그 노인이 신을 찍찍 끌고 이리로 나오는 것 같다. 나는 무서운 증이 나서 급히 달음박질하여 그 집을 나왔다.

9

그날 밤 어머님 잠드신 후 누님이 살짝 내게로 건너와서,

"이 애, 너 본 대로 좀 이야기해다고, 응?"

이 말을 하는 누님의 얼굴은 고뇌와 수괴^{부끄럽고 창피함}의 빛이 보인다. 어린 동생에게 애인의 말을 물어도 부끄러워하였다. 나는 입을 다물고 묵묵히 앉았다. 차마 그 이야기를 할 수 없었다.

"왜 또 심술이 났니? 어서 이야기를 좀 하려무나. 편지를 도로 가

지고 온 것을 보니 형을 못 만났니? 만나도 못 전했니? 혹은 무슨 일이 났더냐? 남의 속 고만 태우고, 어서 좀 이야기해다고. 가련한 네 누이의 청이 아니냐.”

이 말소리는 애완처량^{가련하고 쓸쓸함}하였다. 나의 어린 가슴이 찌르는 듯하여 눈물이 넘쳐나온다. 이다지 나에게 정답게 구는 누님이 가슴에 그리던 꿀 같은 장래가 물거품으로 돌아가고 만 것이 슬펐음이라. 그리고 순결한 우리 누님이 그 노인에게 ‘어떻다’든가 ‘계집을 했다’든가 하는 더러운 소리를 들은 것이 이가 떨렸다.

나는 비분한 어조로 그 집에서 들은 것을 이야기하였다. 정신없이 듣고 있던 누님은 내 말이 끝나자 기운 없이 쓰러지며 이 이야기를 들을 적부터 괴었던 눈물이 불덩이 같은 뺨을 쉴 새 없이 줄줄 흘러내린다.

“누님! 누님!”

하고 나도 누님의 가슴에 안겨 울었다.

이럴 즈음에 누가 대문을 가볍게 흔들며 떨리는 소리로,

“S씨, S씨, 주무셔요?”

한다. 누님은 이 소리를 듣고 얼른 일어났다. 애인의 음성은 이럴 때라도 잘 들리는 것이다. 나올 듯 나올 듯하는 울음을 입술로 꼭 다물어 막으며 급히 나갔다. 대문 소리가 나더니,

“K씨, 오셔요.”

하며 우는 소리가 들린다. 나도 나갔다. 둘은 서로 붙들고 눈물비가

요란히 떨어진다. 누님이 울음 반 말 반으로,

"저는 또다시…… 못…… 뵈올 줄…… 알았지요."

하였다. 그도 흑흑 느끼며,

"다 내 잘못이야요."

하였다.

"저 까닭에 오늘 매우 꾸중을 뫼셨지요?"

"어떻게 알았어요?"

누님이 내가 편지를 가지고 그 집에 갔다가 내가 들은 이야기를
하였다. 그리고 우는 소리로,

"좀 들어가셔요."

하였다.

"아니야요, 명일^{내일}은 할아버지께서 꼭 데리고 가실 모양이야요.
지금 곧 멀리멀리 달아나려고 합니다. 그래서 이런 말이나 몇 마디
할 양으로 왔어요."

누님은 자기의 귀를 의심하는 듯이,

"네? 멀리멀리 가셔요? 부모를 버리시고 형제도 버리시고 멀리
가셔요? 제 신세는 벌써 불쌍하게 되었습니다. 불쌍한 저 때문에 전
정^{앞길}이 구만 리 같은 당신을 또 불행하게 만들 것이야 무엇 있습니
까? 절랑 영영 잊으시고 부모님 말씀대로 장가드셔요. 장가드시는
이하고나 백 년이 다 진토록^{다하여 없어지도록} 정다운 짝이 되어주셔요.
아들 낳고 딸 낳고…… 저의 모든 것을 바쳐도 당신이 행복되신다

면 그만이 아니야요? 곧 당신의 기쁨이 제 기쁨이 아니야요? 당신의 행복이 제 행복이 아니야요? 한숨 쉬고 눈물 흘리면서도 당신의 행복의 그늘에서 웃어볼까 합니다.”

열정 찬 눈으로부터 하염없이 흘러내리는 눈물에 적막한 화용이 아롱진다.

“아아, S씨를 내 손으로 불행하게 만들고 나 혼자 행복을…… 사랑을 떠나 행복이 있을까요? 나에게 행복을 줄 S씨가 눈물바다에 허우적거릴 때 나 혼자 행복의 정상에서 내려다보면 웃을 수 있을까요? 없어요! S씨 없고는 나 혼자 행복을 누릴 수 없어요!”

“제 불행은 제 손으로 만든 것입니다. 그러나 우리가 오늘날 이렇게 된 것이 당신의 잘못도 아니고 저의 잘못도 아니야요. 그 묵고 썩은 관습이 우리를 이렇게 만든 것입니다. 그러하지만 저 때문에 당신의 마음을 수란_{시름이 많아 정신이 어지러움}하게 만든 것 같아서 어떻게 가엾고 애달픈지 몰라요. 그런데 이 위에 더 당신을 영영 불행하게 하겠어요? 당신이 행복되신다면 저는 오늘 죽어도 아깝잖아요.”

“안될 말씀입니다. 그런 말씀을 들을수록…… 기가 막혀요! 해야 늘 그 말이니까 길게 말할 것 없이 나는 가겠어요. S씨, 부디 안녕히.”

그는 흐르는 눈물을 씻으며 결심한 듯이 돌아서서 가려 한다.

“K씨!”

안타까운 떠는 소리로 부르더니 북받쳐 나오는 울음이 말을 막는다. 그는 또 한 번 돌아다보고,

"S씨! 부디 안녕히……."

말을 마치자 그는 떨어지지 않는 발길을 돌려 마음은 이리로 몸은 저리로 멀어간다…….

나는 심장을 누가 칼로 싹싹 에이는 것 같았다.

10

그 후 그는 어디로 갔는지 영영 소식을 들을 수 없고, 누님은 시름시름 병들기 시작하여 날이 가고 달이 갈수록 병은 점점 깊어온다.

이슬 젖은 연화^{연꽃}같이 불그스름하던 얼굴이 청색 창경^{창문에 단 유리}에 비치는 이화^{배꽃}처럼 해쓱하였다. 익어가는 능금같이 혈색 좋던 살이 서리 맞은 황엽^{노랗게 물든 식물의 잎}처럼 빼빼 말라간다. 거슴츠레한 눈은 흰 눈물에 붉어졌다. 그러다가 차마 볼 수 없이 바싹 말라버렸다. 마치 백골을 엷은 백지로 덮어두고 물을 흠씬 뿜어놓은 것같이 되고 말았다. 마침내 한강 얼음 얼고 남산에 눈 쌓일 제, 누님은 그에게 한숨을 주고 눈물을 주던 이 세상을 떠나버렸다.

아아 사랑아, 사랑의 불아! 네가 부드럽고 따뜻한 듯하므로 철없는 청춘들은 그의 연하고 부드러운 심장에 너를 보배로만 여겨 간직한다. 잔인한 너는 그만 그 심장에다 불을 붙인다. 돌기둥 같은 불길이 종작없이 오른다. 옥기^{옥같이 깨끗하고 고운 피부}조차 타버리고 홍안^{혈색}

좋은 얼굴도 타버리고 금심^{비단 같은 마음}도 타버리고 수장^{시문의 재능이 풍부함}을 이르는 말도 타버린다! 방 안에 켰던 촛불 홀연히 꺼지거늘, 웬일인가 살펴보니 초가 벌써 다 탔더라! 양협이 젖던 눈물 갑자기 마르거늘, 무슨 연유 묻잤더니 숨이 벌써 끊겼더라!

-1920년

우편국에서

연진체 구좌저금을 난생처음으로 찾아본 이야기다. 물론 진출인^{어음이나 환 따위를 발행한 사람}은 내가 아니다. 부끄러운 말이나, ○○잡지사에서 원고료로 돈 십 원을 주는데 그것이나마 현금이 없다고 그 어음 조각을 받게 된 것이다.

주머니에 쇠천 샐 닢도 없어서^{돈이 없음을 이르는 말} 쩔쩔매던 판이니 그것이나마 어떻게 고마웠던지 몰랐다. 무슨 살 일이나 생긴 듯이 지정한 광화문국으로 내달았다. 상식이 넉넉지 못한 나는 이것도 보통위체금 찾던 표만 들어뜨리면^{집어서 속에 넣으면} 될 줄 알았다.

"여보, 수취인의 이름을 써야 하지 않소?"

까무잡잡한 얼굴에 어울리지 않게 팔자수염을 거사린^{힘있게 빙빙 돌려서 포개어지게 한} 사무원이 나의 들이민 그 표를 한번 뒤집어보더니 꾸짖는 듯이 말을 하였다.

"네, 그렇습니까?"

하고 나는 내 이름 아닌 ×××이란 이름을 뒷장 '우금정확수취후야 右金正確受取後也'라고 박힌 밑에 써가지고 또 되밀었다. 마침 돈 찾으러 온 사람이 두엇 있기 때문에 나는 한 십 분가량 기다리는 수밖에 없었다. 그리고 날더러 ×××이냐고 물으면 내가 틀림없는 본인이라고 대답할 것을 생각하고 있었다.

"여기 국명을 쓰고, 여기 진출인의 성명을 써야 하지 않소?"

하고 그 사무원은 또다시 그 표를 내쳤다.

나는 비위가 좀 틀렸지만 하는 수 없이 또 시키는 대로 하였다. 그제야 사무원은 그 말썽 많은 어음 조각을 받고, 그 대신 십삼 번이란 목패를 내주었다. 인제야 돈을 찾았구나 하고 속으로 기뻐할 겨를도 없이 그 사무원은 명령적 어조로,

"한두 시간쯤 기다리시오."

나는 적지 않게 실망하였다.

"두 시간을 기다려요?"

"두 시간은 기다려야 합니다. 통지가 와야 하니깐."

"네?"

"체신성에서 통지가 와야 됩니다."

체신성의 관리 된 것을 자랑하는 듯이 체신성이란 말에 힘을 주었다.

'그러면 동경에서 통지가 와야 된단 말이오?'

하고 한마디를 지르려다가,

"네, 그렇습니까?"

하고 물러서는 수밖에 없었다.

두 시간! 벤치에 한 십 분 동안 걸터앉았다가 나는 몸을 일으켰다.

"좀 속히 될 수 없을까요?"

"두 시간은 있어야 됩니다. 어디 다녀와도 좋습니다."

사무원은 귀찮은 듯이 말을 던졌다. 나는 그 말대로 하였다. 지루한 두 시간을 보낸 뒤에 나의 모양은 또다시 우편국에 나타났다.

"통지가 왔습니까?"

"안 왔습니다."

또 기다리는 수밖에 없다.

나는 초조하여 견딜 수 없다. 뿐만 아니라 벌써 새로 석 점을 반이나 지났으니, 오래지 않아 넉 점이 되고 보면 시간이 지났다고 안 줄 것이 염려다.

"오늘 내로 찾을 수 있을까요?"

"그렇게 되겠지요."

"좀 속히 찾을 수 없을까요?"

"글쎄요. 통지가 오지 않습니다그려."

사무원도 매우 딱해하는 모양이었다.

속이 부글부글 괴어오르는 _{울분 따위의 감정이 속에서 끓어오르는} 것을 꿀꺽

꿀꺽 참으며 기다리는 동안에 감발한 체전부^{우편집배원}가 네모난 궤짝을 들고 들어오더니 그 사무원에게 그것을 내밀었다. 나는 즉각적으로 그 함 속에 소위 통지가 들어 있음을 깨닫고 벌떡 몸을 일으켰다. 아니나 다를까, 그 함이 잘각하고 사무원의 손에서 열리자, 아까 내가 준 그 말썽꾸러기 진체구좌표가 튀어나온다.

나는 시원스러움과 기쁨을 한꺼번에 느끼면서 그 사무원 앞으로 다가들었다. 그다지 여러 번 말을 주고받았으니 나의 얼굴만 보면 묻지 않고 돈을 내줄 줄 알았다. 그러나 그 사무원은 나를 물끄러미 바라보면서도 나에게는 아무 상관이 없는 것처럼, 또는 나 말고 다른 사람을 부르는 것처럼 큰 소리로 외쳤다.

"×××이 있소?"

나는 ×××이 누구인가 하였다. 남의 일에 동정하는 것처럼 눈을 이리저리 돌리며 부르는 사람을 찾을 찰나였다.

"노형이 ×××이오?"

나는 쥐어질린^{주먹으로 힘껏 내지른} 듯이 가슴이 꿈틀하였다. 나는 ○○○이거늘 ×××란 웬 말인가. '아니오'란 성난 소리가 불쑥 목구멍까지 치밀다가 문득 '네, 그렇소' 해야 될 것을 번개같이 깨달았다. 하건만 웬일인지 시원스럽게 대답이 나오지 않았다. 나는 눈을 멀뚱거리며 얼없이^{얼이 빠져 정신이 없이} 사무원을 바라보며 있을 뿐이었다.

"노형이 ×××이오?"

사무원은 괴이하다 하는 듯이 다시금 채쳐 물었다.

“네?”

네 말을 당초에 알아듣을 수 없다는 듯이 나도 채쳐 물었다.

“노형이 본인이오?”

나는 또 당황하였다. 나는 물론 본인이 아니다. 이런 데 쓰는 공인적 사기를 모르는 바 아니로되, 내 속에 들어앉은 자아는 무의식한가운데 완명하게 고집이 세고 사리에 어둡게 저자기를 주장하고 있었다. 나는 무슨 중대한 죄나 범하려는 때처럼 온몸을 떨고 있었다.

일순간 뒤에 나의 고개가 밑으로 끄덕임과 같이 기어들어가는 소리로 간신히,

“네.”

하였다. 그러면서도 나는 나의 허위가 발각되어 돈을 안 주는 것은 아닐까 하는 공겁 두려워하고 겁을 냄이 없지 않았으되, 그 사무원이 내가 본인이 아닌 줄 간파하고 돈을 치러주지 않았으면 하는 기대가 내 속 어디엔지 움직이고 있었다.

그러나 사무원은 의심 없이 돈을 내주었다. 나는 돈을 받기는 받았으되 소태나 먹은 듯이 마음이 쓸쓸하였다……

-1923년

피아노

궐은²는 가정의 단란에 흠씬 심신을 잠기게 되었다. 보기만 해도 지긋지긋한 형식상의 아내가 궐이 일본 ×××대학을 졸업하자마자 불의에 죽고 말았다. 궐은 중등교육을 마친 어여쁜 처녀와 신식 결혼을 하였다. 새 아내는 비스듬히 가른 머리와 가벼이 옮기는 구두 신은 발만으로도 궐에게 만족을 주고 남았다. 게다가 그 날씬날씬한 허리와 언제든지 생글생글 웃는 듯한 눈매를 바라볼 때에 궐은 더할 수 없는 행복을 느꼈다. 살아서 산 보람이 있었다.

부모의 덕택으로 궐은 날 때부터 수만 원 재산의 소유자였다. 수년 전 부친이 별세하시자 무서운 친권의 압박과 구속을 벗어난 궐은 인제 맏형으로부터 제 모가치를 타기로 되었다.

새 아내의 따뜻한 사랑을 알뜰살뜰히 향락하기 위함에 번루^{번거로}

운 근심과 걱정 많고 방해 많은 고향 ××부를 떠난 궐은 바람 끝에 꽃 날리는 늦은 봄에 서울에서 신살림을 차리기로 하였다. 우선 한 스무남은 칸 되는 집을 장만한 그들은 다년의 동경대로 포부대로 이상적 가정을 꾸미기에 노력하였다. 마루는 도화심목^{마호가니} 테이블을 놓고 그 주위를 소파로 둘러 응접실로 만들었다. 그리고 안방은 침실, 건넌방은 서재, 뜰아랫방은 식당으로 정하였다. 놋그릇은 위생에 해롭다 하여 사기그릇, 유리그릇만 사용하기로 하고 세간도 조선 의걸이^{위는 옷을 걸 수 있고, 아래는 반닫이로 된 장}, 삼층장 같은 것은 거창스럽다 하여 전부 폐지하였다.

누구든지 그 집에 들어서면 첫눈에 띄는 것은 마루의 정면 바람벽^{방을 둘러막은 둘레의 벽} 한가운데 놓인 체경^{몸 전체를 비추어볼 수 있는 큰 거울} 박힌 양복장과 그 양편 화류목으로 만든 소쇄한^{맑고 깨끗한} 탁자에 아기자기하게 얹힌 사기그릇, 유리그릇이리라.

식구라야 단둘뿐인데 찬비^{예전에, 반찬 만드는 일을 맡아 하던 여자 하인}와 침모^{남의 집에 매여 바느질을 맡아 하고 일정한 품삯을 받는 여자}를 두고 보니 지어미의 할 일도 없었다. 지아비로 말해도 먹을 것이 넉넉한 다음에야 인재를 몰라주는 이 사회에 승두미리^{파리머리만큼 작은 이익을 비유하는 말}를 다툴 필요도 없었다. 독서, 정담, 화투, 키스, 포옹이 그들의 일과였다.

이 외에 그들의 일과가 있다고 하면 이상적 가정에 필요한 물품을 사들이는 것이리라. 이상적 아내는 놀랄 만한 예리한 관찰과 치밀한 주의로써 이상적 가정에 있어야만 할 물건을 찾아냈다. 트럼

프, 손톱 깎는 집게 같은 것도 그 중요한 발견의 하나였다.

하루는 아내는 그야말로 이상적 가정에 없지 못할 무엇을 깨달았다. 그것은 '내가 어째 입때 그것 생각이 안 났는고' 하고 스스로 놀랄 만한 무엇이었다. 홀로 제 사색이 주도한데^{주의가 두루 미쳐 빈틈없이 찬찬한데} 연거푸 만족의 미소를 띠며, 마침 어디 출입하고 없는 남편의 돌아옴을 기다리기에 제삼자로서는 상상도 할 수 없이 지루하였다.

남편이 돌아오자마자 아내는 무슨 긴급한 일을 말하려는 사람 모양으로 회오리바람같이 달려들었다.

"나 오늘 또 하나 생각했어요."

"무엇을?"

"그야말로 이상적 가정에 없지 못할 물건이야요."

남편은 빙그레 웃으며,

"또 무엇을 가지구 그러우?"

"알아맞혀 보셔요."

아내의 눈에는 자랑의 빛이 역력하였다.

"무엇일까……."

남편은 먼 산을 보기도 하고 이리저리 세간을 둘러도 보며 진국으로 이윽히 생각하더니 면목 없는 듯이,

"생각이 안 나는걸……."

하고 무안 새김으로 또 한 번 웃었다.

"그것을 못 알아맞히셔요?"

아내는 뱉는 듯이 한마디를 던졌다. 한동안 남편의 얼굴을 생글생글 웃는 눈으로 물끄러미 바라보고 있다가, 무슨 중대한 사건을 밀고하려는 사람 모양으로 입술을 남편의 귀에다 대고 소곤거렸다.

"피아노."

"옳지, 피아노!"

남편은 대몽 크게 좋은 일이 생길 징조로 보이는 길한 꿈이 방성하였다는 바야흐로 깨달았다는 듯이 소리를 질렀다. 피아노가 그들에게 행복을 줄 것을 상상만 해도 즐거웠다. 멍하게 뜬 남편의 눈에는 벌써 피아노 건반 위로 북같이 쏘다니는 아내의 보얀 손이 어른어른하였다.

그 후, 두 시간이 못 되어 훌륭한 피아노 한 대가 그 집 마루에 여왕과 같이 임어 그 자리에 왕림함 하였다. 지어미, 지아비는 이 화려한 악기를 바라보며 기쁨이 철철 넘치는 눈웃음을 교환하였다.

"마루에 무슨 서기 상서로운 기운 가 뻗친 듯한걸요."

"참 그래, 온 집안이 갑자기 환한 듯한걸."

"그것 보시오, 내 생각이 어떤가."

"과연 주도한걸. 그야말로 이상적 아내 노릇할 자격이 있는걸."

"하하하……."

말끝은 웃음으로 마쳤다.

"그런데 한번 쳐볼 것 아니오? 이상적 아내의 음악에 대한 솜씨를 좀 봅시다그려."

하고 사나이는 행복에 빛나는 얼굴을 아내에게로 향하였다.

계집의 번쩍이던 얼굴은 갑자기 흐려지고 말았다. 궐녀의 상판은 피로 물들인 것같이 새빨개졌다. 궐녀는 억지로 그런 기색을 감추려고 애를 쓰며 기어들어가는 목소리로,

"먼저 한번 쳐보셔요."

하였다. 이번에는 사나이가 서먹서먹하였다. 답답한 침묵이 한동안 납덩이같이 그들을 누르고 있었다.

"그러지 말고 한번 쳐보구려. 그렇게 부끄러워할 거야 무엇 있소?"

이윽고 남편은 달래는 듯이 말을 하였다. 그러나 그 소리는 자리가 잡히지 않았다.

"나…… 칠 줄 몰라."

모기 같은 소리로 속살거린 아내의 두 뺨에는 물이 흐른다. 눈에는 눈물 그림자가 어른거렸다.

"그것을 모른담."

하고 남편은 득의양양한 웃음을 웃고는,

"내 한번 치지."

하고 피아노 앞에 앉았다. 궐도 또한 이 악기를 매만질 줄 몰랐다. 함부로 건반 위를 치훑고 내리훑을 따름이었다. 그제야 아내도 매우 안심된 듯이 해죽 웃으며 이런 말을 하였다.

"참, 잘 치십니다그려."

—1922년

유린

　　××여학교 삼년급생 정숙은 새로 한 점이 넘어 주인집에 돌아왔지만 여름밤이 다 밝지도 않아 잠을 깨었다. 이 짧은 동안이나마 그는 잠을 잤다느니보다 차라리 주리죄인의 두 다리를 한데 묶고 다리 사이에 주릿대를 끼워 비트는 형벌난장을 맞은 사람 모양으로 송장같이 뻐드러져 있었다. 뒤숭숭한 꿈자리에 가위눌리고만 있었다. 물같이 흐른 땀이 입은 옷과 이불을 흠씬 적시고 있었다.

　　어째 제 주위의 모든 것이 변한 듯싶었다. 그는 의아히 여기듯이 이리저리 시선을 던졌다.

　　새벽빛은 허여스름하게 미닫이에 깃들이고 있다. 맞대 놓인 두 책상 위에 세워 있는 책들이 희미하게 보인다. 제 곁에는 깊이 잠든 정애의 까만 머리가 흰 베개 위에 평화롭게 얹혀 있다. 이불이고,

요고, 베개고 변한 것은 하나도 없었다. 모든 것이 있던 그대로 있었다. 변해진 것은 제 자신이었다.

그는 어젯밤에 겪은 일을 생각하려 하였다. 그러나 그 경과는 부연 안개에나 가린 듯이 흐리멍덩하였다. 몹쓸 악몽을 꾸기는 꾸었으되, 모두 어떠한 것이든지 회상할 수 없는 모양으로.

그러나 문득 어슴푸레한 박명해가 뜨기 전이나 해가 진 후 얼마 동안 주위가 희미하게 밝은 상태 가운데 빙그레 웃는 K의 얼굴이 뚜렷하게 나타났다. 그 웃음은 남의 불행을 기뻐하는 듯한 '흥, 네가 인제는 내 것이로구나' 하는 듯한 모욕과 조소가 몰린 신랄한 그것이었다.

그는 무서워 못 견디는 것처럼 몸을 부르르 떨었다. 그러자마자 제 당한 일이 또렷또렷하게 가슴에 떠오르기 비롯하였다.

정숙은 사피타사양해 거절하고 피하지 못하여 K의 강권하는 포도주 잔을 받아들었다. 그리고 그 달콤한 붉은 물을 조금씩 조금씩 오래오래 마셨다. 그때에는 어지럼증도 걷혔고, 하녀가 가져다 놓은 덴뿌라 소바튀김을 올린 메밀국수의 뜨거운 국물이 따스하게 정숙의 창자에 흐르고 있을 적이었다.

"그것 보시오. 내 말이 거짓말인가. 설탕같이 달지 아니하오?"

K는 수없이 반복한 제 말을 증명이나 하는 듯이 이런 말을 하고 있었다. 정숙은 포도 물이 발그레하게 젖은 입술로부터 컵을 떼면서 그 말을 시인하는 것처럼 빙그레 웃었다.

"저는 인제 고만하겠습니다. 얼굴이나 붉으면 어찌하게요?"

정숙은 두 컵에 새로이 꽃물이 펑펑하고 쏟아지는 것을 바라보면서 미리 거절하였다.

"이것은 술이 아니래도 또 그러십니다그려. 얼굴이 붉을 리야 조금도 없지요."

라고 K는 확신 있는 어조로 또 재우쳤다^{재촉했다}.

"아니야요. 고만두십시오. 정말 못 먹겠습니다."

하고 정숙은 K의 들어주는 술잔을 밀쳤다.

"괜찮아요. 설령 얼굴이 조금 붉어진다 한들, 밤에 어디 보입니까?"

"그래도……."

"그래도 어쩌하단 말입니까? 내 말만 믿으시오. 이것은 술이 아닙니다."

하고 K는 그 잔을 정숙의 입에 들이댔다.

"에그, 인 주셔요."

정숙은 술이 옷에 쏟칠까 염려하여 그 잔을 받아들었다. 그리고 무슨 쓴 약이나 먹을 때같이 얼굴을 찡기고 있다.

"그냥 쭉 들이마십시오."

K는 제 잔을 단숨에 들이마시고 또 한 번 재촉하면서 앞으로 다가들었다. 붉은 액체는 또 조금씩 조금씩 빨려 들어가기 시작하였다. 사나이의 거친 숨결이 계집의 얼굴에 서릴 만치 그들의 거리는 좁았다.

"그것 잡숫기가 그렇게 어렵습니까?"

라고 K는 조급히 부르짖을 사이도 없이 안을 듯이 한 팔을 정숙의 어깨너머로 돌리며, 한 손으로 입술에 댄 컵을 밀었다. 정숙은 몸에 불이 흐름을 느꼈다. 기계적으로 열린 목구멍으론 달금한^{감칠맛이 있게 꽤 단} 물이 쏟아져 넘어갔다. 야릇하게 흥분된 애젊은^{앳되게 젊은} 육체는 부들부들 떨었다. 심장의 미친 듯한 고동이 귀를 울렸다.

정열에 뜨인 네 눈은 서로 잡아먹을 듯이 마주보고 있었다. 정숙의 뺨은 화끈화끈 타는 듯하였다.

"정숙 씨!"

란 말이 떨어지자마자 정숙은 회오리바람같이 가슴에 앉히는 남성을 느꼈다. 녹신녹신한 가냘픈 허리는 쇠깍지^{쇠갈퀴} 같은 팔 안에 들고 말았다. 그럴 겨를도 없이 뜨거운 두 입술은 부딪쳤다. 이 열렬한 키스는 양성의 육체를 단 쇠끝같이 자극하였다. 그것은 온전히 정신이 착란한 찰나였다…….

일 분 뒤에 정숙의 풀린 머리는 베개 위에 흩어져 있었다. 아무것도 보이지 않고 아무것도 들리지 않았다. 여기는 동물적 본능이 제대로 지배하고 있었다.

얼마 후 정신이 든 정숙은 검게 빛나는 K의 눈을 보았다. 그리고 쇠뭉치같이 등을 돌리고 있는 남성의 팔을 느끼자, 제 몸을 빼려고 애를 썼다.

K는 감았던 팔을 슬며시 풀면서 빙그레 웃었다. 그 웃음이야말로 악마의 웃음, 그것이었다. 정숙은 소름이 쪽 끼쳤다. 그제야 모든

것을 알았다. 그는 다시 헤어날 수 없는 구렁에 깊이 빠지고 말았다. 눈물이 샘솟듯 눈언저리에 넘쳤다. 그는 공포로 하여 울었다. 절망으로 하여 울었다. 목숨보다 더한 순결을 잃은 것이 슬펐다. 꽃다운 처녀를 길이 작별함이 슬펐다. 그것은 남성에게 짓밟힌 여성의 속절없는 눈물이었다.

정숙은 더할 수 없이 흥분한 머리 가운데 무섭게도 분명하게 또 한 번 그 최후의 찰나를 경험하였다.

잠이 그의 뺨 위에 그린 장미꽃빛은 어느 결에 사라지고 말았다. 그 대신 죽은 사람의 얼굴에만 볼 수 있는 납빛이 그 자리를 차지하였다. 그러나 어제저녁은 얼마나 아름다웠는가!

찌는 해는 드디어 불볕을 거두고 말았다. 눈빛 같은 구름이 봉오리 봉오리 하늘가에 피어올랐다. 밝은 달이 그 신비롭고 서늘한 빛을 온 누리에 펼쳤다. 이런 밤에 뭍을 떠난 사람을 떠나 애인과 단둘이 일엽편주에 몸을 실리고, 귀 없고 눈 없는 수국^{바다의 세계}으로 헤맴은 얼마나 시적이랴! 미적이랴!

어제저녁에 정숙은 이 시경^{시의 경지}에 취할 수 있었다. 이 미미^{좋은 맛}를 맛볼 수 있었다. K와 단둘이 꿀 같은 사랑을 속살거리면서 돈짝만 한^{엽전 크기만 한} 배로 한강의 흐름을 지키고 있었음이다. 달빛 깔린 푸른 하늘은 꿈결같이 물속에 가로누워 있었다. 그 위를 지나가는 배는 마치 제애^{끝이 닿는 곳}도 없는 명랑한 공간에 일렁대는 듯하였다.

'뚜ㅡ' 하는 기적이 맑은 공기를 뚫자 우루루우루루하며 철교를 지나가는 바퀴 소리도 음악적이었다.

서늘한 강바람이 사르륵하며 불기도 한다. 엷고 가는 외겹 모시적삼 속에 든 정숙의 살은 선득선득하기도 하였다. 물결이 철썩하고 뱃머리를 때리기도 하였다. 은가루 같은 수연작은 물방울이 퍼져서 생긴 자욱한 물안개이 눈앞에 흩어지며 선체가 비틀거렸다. 두 몸은 슬쩍슬쩍 닿았다. 그 자릿자릿한 접촉이 정숙을 얼마나 황홀케 하였으랴!

정숙은 무한한 행복을 느꼈다. 마침내 바람머리바람만 쏘이면 머리가 아픈 병를 앓으리만큼 언제든지 이 행락재밌게 놀고 즐겁게 지냄을 누리고 싶었다. 할 수만 있으면 은하수 끝까지라도 저어 가고 싶었다.

배에서 내린 그는 어질어질하였다. 전차에 흔들리매, 속이 뉘엿뉘엿하여 견딜 수 없었다. 간신히 남대문까지 와서는 K의 권고로 전차에서 내렸다. 진정을 해야 된다는 구실 밑에 거기서 멀지 않은 K의 머물고 있는 이 일본 여관으로 끌려갔다.

행복의 절정이 절망의 심연이 될 줄이야!

정숙은 어젯밤에 지낸 일이 꿈이라 하였다. 암만해도 있을 수 없는 사실인 것 같았다. 하나 뒤미처 제 가슴을 누르고 있던 불덩이 같은 남자의 몸뚱어리를 생각하고, 괴로운 한숨을 내쉬는 수밖에 없었다.

방 안은 점점 밝아온다. 정확하고 분명한 아침빛이 조이는 듯한 잿빛을 쫓고 구석구석으로 희게 퍼졌다.

그는 문득 갈고리에 걸린 제 치마를 보았다. 오랫동안 습관이 저도 모를 사이에 그것을 거기 걸었음이리라. 모시치마는 짓비벼놓은 듯이 구겨져 있었다. 그 구김살 하나하나가 무서운 일의 가지가지를 설명하고 있는 듯하였다.

그는 불현듯 몸을 일으켰다. 그것을 벗기자, 소리가 안 나도록 가만가만히 구김살을 펴기 시작하였는데, 정애의 이불자락이 움질움질할 때마다 차디찬 빗발이 온몸에 흩뿌리는 듯하였다.

정애는 눈을 떴다. 일어나 앉은 정숙을 보더니,

"어젯밤에 어데 갔던?"

이라고 묻는다.

정숙의 가슴은 방망이질하였다. 대답할 말이 없어 머뭇머뭇하다가 돌차간 눈 깜짝할 사이에 이렇게 꾸며댔다.

"저어…… 청년회 음악회에 갔었지."

이 최초의 거짓말이 입에서 떨어지자 청정하고 순결하고 자랑 높던 처녀는 그림자를 감추었다. 영원히 송두리째 사라지고 말았다. 그와 반대로 허위에 싸인 비열하고 추악한 별다른 생물이 정숙의 속에 꾸물거리고 있었다.

정애가 옷을 입고 세수를 하는 동안 정숙은 맑은 눈에 정신을 모아 그의 하는 양을 살폈다. 문득 제 동무는 옥이나 구슬같이 깨끗하고 영롱하거늘, 자기는 짓밟힌 지렁이 모양으로 구역이 날 듯이 더러운 것임을 깨달았다. 그러고 보니 정애의 움직이는 곳에만 일광이 비치어 밝기도 하고 즐겁기도 하건마는, 저 있는 데는 먹장같이 검고 검은 암흑이 휩싸고 있는 듯도 하였다.

정애가 이렇게 정숙의 눈에 보임은 오늘이 처음이었다. 정애는 얼굴이 검고 맵시도 없는 여자였다. 그 위로 치어오른 코와 쪽 빤 볼은 정숙의 오묘한 그것과 불그레한 뺨 모습과는 야릇한 대조였다. 또 재주를 말해도 정숙의 그것이, 정애의 따르래야 따를 수 없는 것이었다.

한 학교 한 연급^{학년}에 다니며 한 주인에 있으면서도 정숙은 노상 그를 업수이 여겼었다……. 미완

−1922년

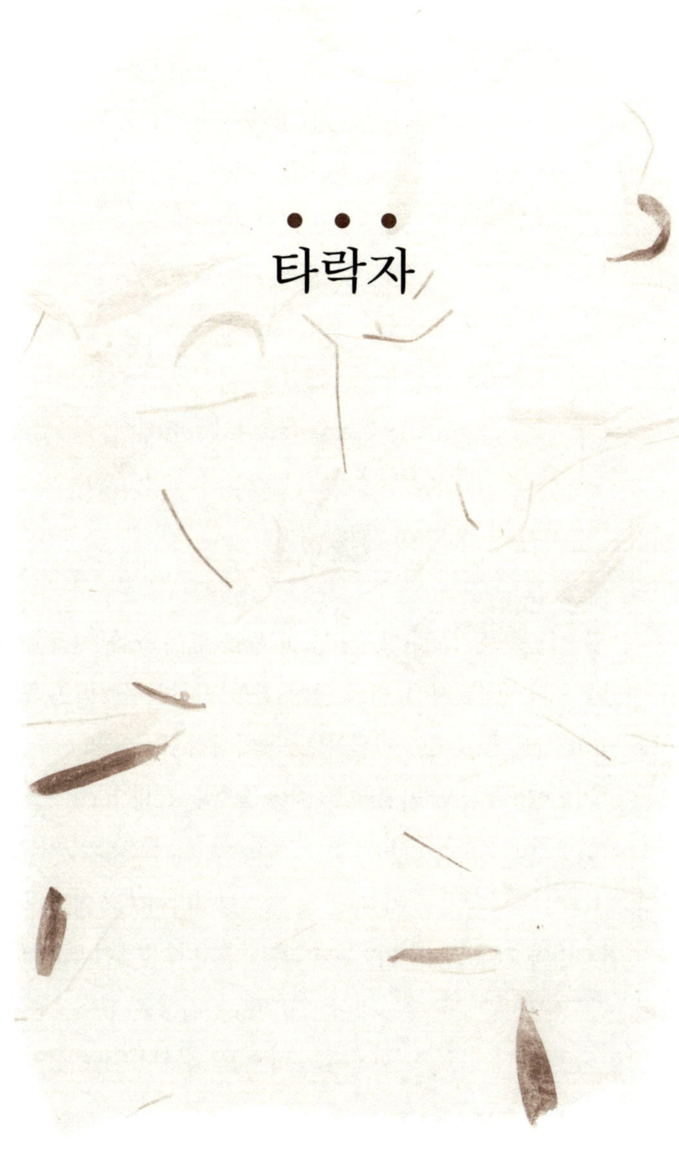

타락자

1

우리 둘이C와 나 **명월관 지점에** 왔을 때는 오후 일곱 점이 조금 지났을 적이었다. 봄은 벌써 반이 가까웠건만 찬바람이 오히려 사람의 살점을 에는 작년 이월 어느 날이었다.

우리가 거기 간 것은 우리 사社에 처음 들어온 K군의 초대를 받은 까닭이었다. 이런 요리점술과 요리를 파는 집에 오기가 그날이 처음은 아니다. 처음이 아니라면 많이 다닌 것 같지만 그런 것도 아니니 이번까지 어울려야 겨우 세 번밖에는 더 안 된다. 나는 이런 연회석에 참례할참여할 적마다 매우 즐거웠다. 기다란 요리상을 중심으로 여러 사람이 둘러앉아 웃고 떠들며 술도 마시고 요리도 먹는 것이 좋았음이라. 아니 그것보다도 나의 가슴을 뛰게 한 것은 기생을 볼 수 있음이었다. 친할 수 있음이었다.

"무엇 때문에?"

이 물음에 답하기 전에 나는 잠깐 나의 경우를 설명해두고 싶다. 나는 일본에서 공부를 하다가 중도에 폐학 안 할 수 없게 된 사람이다. 그것은 어느덧 이 년 전의 일이다.

나도 공부할 적에는 모범적 학생, 유망한 청년이란 칭찬을 들었다. 기실 그것이 허예^{실속이 없는 명예}가 아니었다. 남은 히비야 운동장에서 뛰고 아사쿠사구 놀이터에서 정신을 잃을 때에도 나는 한 자라도 알려 하며 두 자라도 배우려 하였다. 나는 공일도 모르고 휴일에도 쉬지 않았다. 나의 유일의 벗은 서책뿐이었다. 나에게 위안을 주고 오락을 주는 것은 오직 지식뿐이었다. 창틈으로 새어오는 찬 바람에 잠이 깨어지고 선선한 달빛이 찬물처럼 외로운 베개를 적시는 새벽, 사향^{고향을 그리워하며 생각함}의 눈물을 뿌리다가도 갑자기 머리맡에 두었던 책을 집어들었다. 이다지 나는 공부에 열광적이었다. 공부만 하고 보면 위대한 인물이 될 수 있다, 내가 숭배하는 영웅호걸도 따를 수 있다, 그보다 지나간들 무엇이 어려우랴! 나는 까마득하나마 광채 찬란한 장래를 꿈꾸었다. 나의 환영은 희망의 붉은 꽃이 필 대로 핀 꽃밭 사이로 떠돌았다. 물론 나는 이 꿈을 믿었다. 이 환영을 참으로 여겼다.

그러나 심술궂은 운명은 그것을 흥뎅이치고^{흥글방망이놓고, 남의 일이}

잘되지 못하게 방해하고 말았다. 불의에 오촌 당숙이 별세하시니 나는 그의 입후 양자로 들어감가 안 될 수 없었다. 팔십이 넘은 종조모님의 홀손자가 되고 삼십이 남짓한 당숙모님의 외아들이 되고 말았다. 인제는 집을 떠날 수 없다. 바다를 건너 일본에 가기는커녕 며칠 시골만 다녀와도 할머님과 어머님이 우시며 부시며 집안이 호젓한 것을 하소연하신다.

꿈은 깨어졌다. 환영은 사라졌다. 광명이 기다리던 앞길에 잿빛 안개가 가렸다. 희망의 불꽃은 거물거물 사라져간다. 날이 감을 따라 달이 감을 따라 가슴을 캄캄하게 하는 실망의 구름장 넓게 퍼진 두꺼운 구름 덩이만 두꺼워갈 뿐이었다. 나의 혼은 얼마나 이 크나큰 손실에 오열하였는지, 신음하였는지! 마침내 돛대 꺾어진 배 모양으로 이리 비틀 저리 비틀 하게 되고 말았다.

'되는대로 되어라! 위인이 다 무엇이랴! 인생이란 물거품의 그림자에 불과한 것이다!'

밤새도록 잠 한숨 안 자고 머릿속에서 온갖 신기루를 쌓아올리다가 그것이 싸늘한 현실에 무참히 깨어질 때 이런 자포자기하는 생각을 일으키기도 하였다. 공부할 동안 끊었던 담배도 어느 결엔지 잇게 되었다. 때때로 '화난다! 화난다!' 하고는 술을 찾기도 하였다. 술은 본래 못 먹음은 아니니, 어릴 적부터 맛도 모르면서 부친의 잡수실 술을 도둑해서 한 모금 두 모금 홀짝홀짝 마셨다. 그래도 중간에 그것을 절금 엄하게 금지함하였으니 정말 공부에 심신을 바친 나는 그것을 생각할 겨를도 없었다. 담배와 술을 먹게 된 때는 집에서 나온 지 한 일 년이나 되었으리라.

술을 먹는대도 요리점에서 버금적하게 먹을 처지가 아니라 그런 처지야 만들려면 만들 수 있지만 그까지는 아직 타락되지 않았다 십 전어치나 이십 전어치나 받아다가 집에서 자작할 뿐이었다. 거배소수 수편수 술을 드니 시름이 없어지나 시름은 다시 시름을 가져온다는 이백의 시를 고쳐 인용함 란 격으로 주기 술기운 는 도리어 화증을 돕는다. 화 풀 곳은 없다. 어찌 되든 집을 휙 나오는 수밖에 없다.

나오기는 나왔지만 발 돌릴 곳이 없다. 서울서 학교에 다닌 적도 없고, 또 교제를 싫어하는 나라 어느 친구 하나 없다. 있대도 나의 화풀이 받을 벗은 아니다. 지향 없이 종로 네거리를 헤맬 따름이다. 남산공원에나 올라가서 저도 모를 소리를 지르기도 하고 한껏 흥분하여 혼자 우는 것이 고작이다.

그 후 내가 ○○사에 들어가자 오늘처럼 사우 회사 동료 의 초대를 받아 요리점에 간 일이 있다. 거기서 나는 기생이란 물건을 보았다. 여염집 일반 살림집 여자에게서는 좀처럼 볼 수 없는 어여쁜 표정, 옷이 몸에 들러붙은 듯한 아름다운 맵시, 교묘한 언사, 유혹적 웃음이 과연 그럴 듯하였다. 묵묵히 보고만 있는 나에게도 위안을 주고 쾌락을 주는 것 같았다. 답답하던 가슴이 한결 풀리는 듯싶었다. 싸늘하던 심장에 따뜻한 피가 흐르는 듯싶었다.

‘이럴 때에 기생이나 아는 것이 있었으면……’

쓸쓸히 덮쳐오는 환멸의 비애에 가슴을 물어뜯기다가 흔히 이런 생각을 하게 되었다. 전자^{지난번}에는 기생이라면 남의 피를 빨고 뼈를 긁어내는 요물이고 사갈^{뱀과 전갈. 남을 해치거나 심한 혐오감을 주는 사람을 비유함}이라 하였다. 그런 데 드나드는 사람조차 사람으로 알지 않았다. 부랑자, 타락자…… 말 못할 인간이라 하였다.

"유위유망^{쓸모도 있고 희망도 있음}한 꽃다운 청춘에 무슨 노릇을 못해서 화류계에서 세월을 보낸단 말입니까. 그들은 제 일평생을 그르칠 뿐만 아니라 그 해독을 제 자손에까지 끼쳐 제 가족을 멸망시키고 제 민족을 멸망시키는 사회의 죄인이고 인류의 죄인이 아닐 수 없습니다."

어떤 연설회에서 얼굴을 붉혀가며 이렇게까지 절규한 일도 있었다. 그때의 나, 지금의 나, 변한들 어찌 이다지도 변하랴! 인제 길거리에서 혹 기생들과 서로 지나치면 문득 가슴이 꿈틀함을 느꼈다. 나는 그 치마 뒷자락을 홀린 듯이 돌아보기도 하고, 슬쩍 코에 앉히는 그 매력 있는 향기를 주린 듯이 들여마시기도 하였다.

어느 날 나는 마침내 소위 토벌^{무력으로 쳐 없앰}까지 하게 되었다. 그것은 사우C가 심심파적^{심심풀이}이란 구실 밑에 놀러를 가자 함이었다.

이 C란 이는 몸집이 작고 짧으며 머리가 곱슬곱슬한 사람인데 그 홍갈색으로 반질반질하는 얼굴은 '맑은 것, 단단한 것에 다 닮아보았다' 하는 듯하였다. 나는 그 재사영롱한^{재치 있고 광채가 찬란한} 농담을 좋아하며, 또 나보다 근 이십 년 맏이건만 조금도 연장자로 자처치 않는 데 감복하였다. 그리고 그의 여관이 우리 집 가까이 있기 때문에 우리는 자주로이 상종하게 되었다. 그도 몇 해 전 주머니가 넉넉할 때에는 화류계에 많이 놀았다 한다. 그의 말을 빌리건대, 그는 화류항리^{기생 따위의 노는계집이 모여서 사는 거리 가운데}에 백전노장^{노련한 사람}이었다.

우리는 어둠침침한 행랑뒷골^{예전에, 서울 종로를 중심으로 양쪽에 벌여 있던 가게 뒤쪽의 좁은 골목}로 돌았다. 나는 어디가 어딘지 잘 알지도 못하였다. 다만 C의 뒤만 따른다. C의 번지 보는 성냥불이 몇 번 번쩍하였다. 그럴 적마다 나의 가슴에도 희망과 기대가 번쩍였다. 그래도 '나는 같이 안 왔소'라고 변명하는 듯이 늘 몇 걸음 물러서서 고개를 돌리고 있었다. 번지는 자꾸 틀렸다. 어느 때는 속 깊이 들어갔던 골목을 도로 나오기도 하였다. 헛되이 성냥개비만 허비하였다. 인제 희망은커녕 '웬걸 거길라구' 미리 실망조차 할 지경이었다. 그리고 C가 속히 그 집이 그 집이 아닌 줄 알고 딴 데로 갔으면 하였다. 다리가 아프다. 찾던 집을 찾기는 찾았다. C는 대문을 살그머니 열더니 그 안으로 사라졌다.

"이리 오너라."

라고 부르는 소리가 들린다. 웬일인지 나의 가슴은 닥쳐올 중대한 일을 기다리는 사람 모양으로 뛰놀았다. 펄떡하고 행랑방 문 여는 소리가 난다.

"기생 있소?"

"기생집 아니야요."

하는 퉁명스러운 말이 끝나자마자 '탁' 하고 성낸 듯이 문을 닫는 것 같다.

"대단히 잘못했구려. 고런 것, 나하고 오늘 저녁에 만나자 해놓고 고만 이사를 간담."

C는 비위 좋게 거짓말을 뿌리고 웃으며 나왔다. 그날 밤 원정은 실패였다.

"공연히 남을 끌고만 다니지."

도로 그 골목을 걸어나오며 나는 C를 원망하였다.

"꼭 보아야 멋인가? 이렇게 다니는 것이 운동도 되고 좋지. 우리가 어디 다니고 싶어 다니나, 하도 갑갑해서 그러지."

"그것은 그래."

나는 동의를 하면서도 어째 무엇을 잃은 듯이 섭섭함을 어찌할 수 없었다.

2

시간은 이미 일곱 점 반이나 되었건만 손들은 오히려 모여들지 않았다. 넓다는 명월관 지점 일 호실은 쓸쓸하게 비어 있다. 손이라고는 C와 나 외에 우리를 초대한 K와 그의 절친한 친구로 이 연회의 설계자고 준비원인 D가 있을 뿐이었다. 아니, 그들뿐은 아니다. 우리가 들어올 때 밥을 먹다가 일어선 기생 둘도 있다.

그의 하나는 한 번 본 일이 있는 계선桂仙이란 것이었다. 그는 이미 기생으로 노老자를 붙일 만한 나쎄그만한 나이를 속되게 이르는 말 다. 삼십 가까웠으리라. 그도 한창 당년일이 있는 바로 그 해에는 어여쁜 자태와 능란한 가무로 많은 장부의 간장을 녹였다 한다. 어느 이름난 대관을 감투 끝까지 빠지게도 만들었다 한다. 그러나 지금 보는 나의 눈에는 그런 일이 거짓말인 듯싶을 만큼 그의 얼굴은 사람을 끄는 무슨 힘도 없었다. 두 뺨은 부은 듯이 불룩하고 이마는 민 듯이 훌렁하였다. 더구나 그 시들한 살빛에는 벌써 늙은 그림자가 깃들인 것 같다. 하건만 여성으로는 차마 못 들을 음담외설이 날 적마다 그 검은 눈을 스르르 감아 붙이며 흥흥하는 콧소리와 함께 그 뜨거운 입술을 비죽비죽하는 것은 음탕 그것이었다. 거기 옛날 솜씨의 남은 자취를 찾으려면 찾을 수 있을는지!

그렇다고 그에게 나와 고향을 같이한 명예 있음조차 부정할 수 없다. 더구나 그가 나를 처음 볼 때,

"저이가 아무 지배인의 아우가 아닌가요?"

라고 C에게 물었으리만큼 그는 지금 어느 시골 ○○회사 지배인으로 있는 우리 형님을 잘 알았다. 어린 나를 몇 번 보기조차 하였다 한다. 따라서 그는 기생 중 나를 아는 오직 한 사람이었다.

또 하나는 처음 보는 기생이었다. 나의 주의는 처음부터 그에게

로 끌렸다. 공평하게 말하면 그 또한 미인 축에 끼지는 못할는지 모르리라. 이마는 조금 좁고 코끝은 약간 옥은^{안쪽으로 조금 오그라진} 듯하였다. 하나 그 어여쁜 뺨볼과 귀여운 입언저리가 그런 결점을 감추고도 남았다. 그것보다 그 어린 우유 모양으로 하늘하늘한 앳된 살이 더할 수 없이 아름다웠다. 적어도 그날 밤에는 그렇게 보였다.

"너 요사이 나지미^{단골손님} 많이 정했니? 그래, 나는 네 나지미 될 자격이 없단 말이냐? 나도 좀 되어보자꾸나, 응?"

몇 만금 부모의 재산을 오입^{남자가 아내가 아닌 여자와 성관계를 가지는 일}의 구덩이에 쓸어넣고 그 대신 몇 곡조 노래와 몇 마디 농담을 얻은 D는 그 통통하게 살찐 손을 늘여 그 기생의 손목을 잡고 빙글빙글 웃어가며 이런 말을 하였다. 그들은 밥을 다 먹고 상도 치운 때였다.

"네, 좋습니다."

하고 그 기생은 가볍게 고개를 끄덕인다.

"그래, 정말이냐?"

"네, 좋습니다."

하고 대어드는 D를 밀치며 문득 소리를 쳐 웃는다. 입술이 귀염성 있게 방싯 열리며 하얀 쌀알 같은 찬찬한 이 사이에 드문드문 섞인 금니가 유혹적으로 번쩍인다. 나의 입술에도 어느 결에 웃음이 흘렀다.

"흥흥, 논을 팔란 말이지. 밭을 팔란 말이지. 에이고, 요런 것."

D는 손으로 그의 뺨을 치고, 쳤다느니보다는 스치고 물러앉는다.

"이리 좀 오게그려."

기생을 보면 감질이 나서 못 견디는 C는 애교의 웃음을 흘리며 그 기생을 부른다. 그때 나는 C와 한자리에 앉아 있었다. 가슴이 출렁하였다.

"우리가 어째 여태껏 서로 만나지 못했담."
하고 채 앉지도 않은 그의 손을 잡아당기며 C는 말을 붙이기 시작하였다.

"이름이 무엇?"

"춘심春心이야요."

"고향이 어디야?"

"○○이야요."

나는 먼저 그가 나와 한 고을 사람임을 기뻐하였다.

"서울 온 지 얼마나 되었나?"

"한 삼 년 되지요."

"이건 참 내가 너무 고루하군."

C는 인제 내 판이라 하는 듯이 일변 몸을 그리로 다가가며, 일변 그 독특한 농담을 늘어놓기 비롯하였다. C의 하는 양은 마치 열 번, 스무 번 보아 친히 아는 듯하였다. 나는 물끄러미 그들의 하는 양을 보고만 있었다. 나의 눈에는 요술쟁이가 입으로 오색 종이를 뽑아냄을 구경하는 촌뜨기의 그것 모양으로 의아와 경탄의 빛이 있었으리라. 보기 사납기도 하였다. 부럽기도 하였다. 어찌하면 저렇게도

말을 잘 붙일 수 있는가. 가느다란 손을 함부로 쥘 수 있는가. 한시 바삐 C의 대신에 내가 그와 말을 하였으면, 손을 쥐었으면 하였다. 선망에 타고 있는 나의 눈은 맛난 음식을 먹는 어른의 입만 바라보는 어린애의 그것 같았으리라.

어느덧 C의 팔은 비스듬히 춘심을 안고 있다. 사랑을 속살거리는 애인들처럼 C의 입술은 춘심의 귀에 닿을 듯 말 듯하다.

"에그, 점잖은 이가 그게 무슨 말씀이야요."

하고 춘심은 몸을 빼친다^{억지로 빠져나오게 한다}.

"점잖기에 그런 말을 하지. 어린애가 그런 소리를 하던."

하고 C는 제 말솜씨에 만족한 것같이 빙그레 웃었다.

춘심은 나에게 곁눈질하며 빈정대는 듯이 방긋 웃는다. 마침 그 순간인즉, 나도 춘심을 보고 웃을 때였다. 그것은 C의 재담 때문이 아니다. 아까부터 생각하고 생각하던 춘심에게 건넬 묘한 말을 얻고 나오는 줄 모르게 띤 웃음이라. 그런데 의외에 두 웃음은 마주쳤다. 어째 내 마음을 춘심에게 꿰뚫려 보인 듯싶어 나는 하염없이 얼굴을 붉혔다. 그래도 나의 가슴에는 기쁜 물결이 출렁하고 퍼지는 듯하였다.

'나를 좋아하는가 보다.'

하는 생각이 나의 피를 끓게 하였다.

우연히 오고 간 이 웃음이 둘 사이에 거멀못^{터지거나 벌어진 곳, 벌어질 염려가 있는 곳에 겹쳐서 박는 못}을 친 듯이 그와 나를 달라붙게 하는 듯싶었다. 나는 그만 무조건으로 그가 정다웠다. 뜻도 모를 무슨 말이 불쑥 올라온다. 그 찰나였다. 밀장옆으로 밀어서 여닫는 문이 고이 열리며 보얀 얼굴과 푸른 치마가 얼씬한다. 그다음 순간에 나는 누구를 향하는지 모르게 한 팔을 짚고 인사하는 기생을 보았다.

그 기생도 계선이보다 나이 많았으면 많았지 어리지는 않으리라. 그리고 그 얼굴이야! 분으로 메우고 메운 보람도 없이 드문드문한 손티약간 곱게 얽은 얼굴의 마맛자국, 까뭇까뭇한 주근깨, 깎은 듯한 뺨, 그야말로 아무렇게나 생긴 것이었다.

'저까짓 것을 왜 불렀을까?'

나는 속으로 의아히 여길 지경이었다.

"형님, 인제 오셔요?"

춘심은 반갑게 부르짖으며 불현듯 몸을 일으킨다. 몹시 시달리는 C로부터 벗어날 핑계 얻음을 못내 기뻐하는 듯이.

C는 아무 일도 없었던 모양으로 시침을 뚝 떼고 그 곱슬곱슬한 머리를 쓰다듬으며 그제야 손들이 모이지 않음을 깨달은 것같이,

"왜들 오지를 않아?"

라고 하였다.

그와 나의 거리는 멀어지고 말았다. 그에게 말을 건넬 절호한 기회를 놓치고 말았다. 장차 수십 명이나 올 테니 그는 어느 틈에 끼일는지! 누구하고 꿀 같은 이야기를 주고받을는지! 나는 하릴없이 뒷전만 보고 있을 뿐이다.

'에이, 못생긴 것!'

나는 마음속으로 애닯게 부르짖었다.

저희끼리 모인 그들은 이야기꽃을 필 대로 피게 한다. 연잎에 실비 뿌리듯 속살속살하기도 하며, 때때로 옥반^{옥돌로 만든 쟁반이나 밥상}을 깨뜨리듯 때구루루 하고 웃기도 하였다. 나는 어린 듯이 그들을 바라보고 있었다. 계선이가 눈으로 나를 가리키며 춘심이더러 무어라 무어라 하는 듯하였다. 그는 고개를 까딱까딱하기도 하고 슬쩍슬쩍 나에게 시선을 던지기도 하였다.

'내 말 하는가 보다.'

하고 나는 눈을 내리감았다. 얼굴에 춘심의 시선을 느끼면서.

사람들은 여덟 점이나 되어 모여들기 시작하였다. 서로 맞춰둔 것같이 한 사람 뒤를 한 사람이 잇고, 그 사람이 채 자리도 잡기 전에 다른 사람이 들어왔다. 어느 결에 갈고리란 갈고리는 모자와 외투가 빈틈없이 걸렸다.

"인제 기생 소리나 한마디 들읍시다."

한동안 늘 하는 인사와 무미한 대화가 끝나고 잠깐 무료한 침묵이 있은 후 누군가 이런 제의를 하였다.

"그것 좋지요."

다른 소리가 찬성을 한다.

"그래 볼까요."

'그런 일이면 내가 도맡았지요' 하는 듯한 얼굴로 D는 말을 하였다. 그의 쉰 듯한 소리는 보이를 불렀다. 퉁명스럽게 꾸짖는 듯이 보이에게 분부하기 시작하였다.

가야금이 들어왔다. 장구가 들어왔다. 갈강갈강한^{가래 따위가 목구멍}
^{에 걸려 숨 쉴 때마다 조금 거칠게 나는 소리나 그 모양} 보이는 가야금을 잊기도 하고, 장구가 소리가 잘 안 나기도 하여 D에게 톡톡히 꾸중을 모셨다. 하건만 그 보이는 '그런 야단이야 밤마다 만납니다' 하는 듯이 그 하이칼라^{머리털을 밑의 가장자리만 깎고 윗부분은 남겨서 기르는 남자의 서양식 머리 모양}
한 머리를 긁적긁적하고 허리를 굽실굽실하며 연해연방 '네, 네' 하고 시키는 대로 하였다.

먼저 춘심이가 가야금을 뜯기로 하였다. 그는 나에게 등을 향하고 줄을 검사하기 비롯하였다.

'저 계집애가 왜 돌아앉어!'

나는 화증을 냈다. 그다지 나는 그의 얼굴을 보기나마 언제든지 계속하고 싶었다.

줄도 골랐고, 저희끼리 문의도 끝난 듯, 우는 듯한 구슬픈 가야금 가락에 맞추어 느리고 순한 춘심의 소리가 섞여 들렸다.

가자 가자 어서 가

이수 건너 백로가―

말소리는 뚝 끊겼다. 모든 사람의 시선은 그리로 몰렸다. 그리고 제각기 고대 음률에 지식이 있어 그 잘잘못을 가릴 듯이 귀를 기울이고 있다. 그 지식의 발표로 어느 구절에,

"좋다."

기경선자죽은 뒤에 고래를 타고 하늘로 올라갔다는 이백을 가리킴 간 연후

공추월지단단속절없이 밝은 가을 달만 둥글게 떠 있음

자라 등에다 저 반달 실어라

우리 고향을 어서 가―

노랫가락은 멋있게 슬쩍 넘어간다.

흥흥하는 콧소리가 여기저기서 일어난다. 나도 부지불식간에 흥흥하고 말았다. 그 노래는 마치 봄바람 모양으로 나의 마음을 어루만져주었다. 그 서슬에 얼어붙은 무엇이 스르르 풀리는 듯싶었다. 그 무엇이 활개를 벌리고 우쭐우쭐 춤을 추는 것 같기도 하였다. 그렇지 않으면 어깨가 우쭐우쭐할 리가 있으랴! 이럴수록 그 노래의 임자가 보고 싶었다.

'그 표정이 어떨까? 그 입술이…… 저 맞은편 사람에게 무슨 말을 하는 척하고 슬그머니 그의 정면에 가 앉을까?'

절묘한 낙상생각이 미치거나 일의 결말이 남이다! 그러나 나의 몸은 무엇으로 동여맨 것같이 꼼짝도 할 수 없었다. 나의 눈은 박힌 듯이 그의 뒤 꼴에 어리고 있었다. 앞으로 굽힐 적마다 반질하고 빛나는 그

의 머리, 연분홍 숙고사 삶아 익힌 명주실로 짠 비단 저고리 밑에서 곰실곰
실 움직이는 어깨의 윤곽, 들었다 굽혔다 하는 팔, 꾸깃꾸깃한 치마
주름…… 이 모든 것보다도 가야금 줄 위에서 남실남실 춤추는 보
얀 손가락이 나의 넋을 사르고 말았다. 보면 볼수록 그 모든 것에 미
가 더하고 매력이 더하였다. 때때로 정신이 아찔해지며 모든 것이
한데 뒤범벅도 되었다. 그 고사 무늬가 서로 뭉쳐지기도 하고 치마
주름이 한데로 몰려지기도 하였다. 어슴푸레한 어둠 가운데서 보얀
손가락만 파뜩파뜩하기도 하였다. 나중에는 모든 것이 아물아물해
지며 눈앞에 불꽃이 주렁주렁 흩어진다.

3

요리상은 들어왔다. 우리는 그것을 가운데 놓고 둘러앉았다. 기
생들은 술병을 들고 서 있다.

이윽고 비교적 나이 좀 많은 편의 두 노기 늙은 기생 는 자리를 잡고
앉았다. 그런데! 춘심은! 그는 잠깐 나의 안계 눈으로 바라볼 수 있는 범위 에
서 사라졌다. 나는 얼른 좌석을 둘러보았다. 없다! 웬일인가? 그러
다가 나는 마침내 아무의 곁에도 안 앉고 오히려 나의 등 뒤에 서 있
는 그를 발견하였다. 그때의 기쁨은 여간 몇천 원 잃었던 돈을 찾은
것에 비할 것이 아니었다.

찾기는 찾았지만 내 곁에 앉을지 말지는 그래도 미지수다. 감이 그저 떨어지기를 기다리랴. 못 올라 따겠거든 나무를 흔들기라도 해야 한다. 그것조차 못할 지경이면 고 밑에 입이라도 벌리고 누워야 한다. 앉히려는 뜻만이라도 보여야 한다. 나는 뭉그적뭉그적 몸을 한편으로 밀어 그의 앉을 자리를 비워놓았다. 그리고 '이리로 앉아요!'란 말을 풍긴 눈치로 몇 번 그를 슬쩍슬쩍 쳐다보았다. 남의 눈치는 빌어먹게도 못 알아준다. 하다 하다 못해 나는 내 곁에 앉은 P에게 눈끔쩍이를 하였다. 이것은 정말 나의 피땀을 흘린 마음의 노력이었다. P는 춘심을 힐끗 쳐다보더니,

"이리 앉지!"

대수롭지 않게 한마디를 던졌다.

그 당장에 그냥 뻣뻣이 서 있었다. 이 짧은 찰나가 나에게는 얼마나 길었으랴! 이윽고 소루룩 코에 앉히는 향기 실린 실바람을 느낄 제, 그는 벌써 사뿐하고 나의 왼편 P의 오른편에 앉아 있었다. 펄떡펄떡 고동하는 나의 가슴의 장단 맞춤으로 나의 한옆을 스치는 그의 옷이 사르르 하고 그윽한 소리를 냈다.

그와 나는 서로 댈 듯 말 듯이 앉게 되었다. 이것은 우연인 듯싶어도 우연이 아니다. 이 많은 사람 가운데 하필 나의 곁을 취하랴. 여기 무슨 깊은 의미가 있어야 되리라. 암만해도 나에게 마음이 있는가 보다. 그렇지 않으면 나의 등 뒤에서 있을 리도 없을 것이다. 그도 나 모양으로 나를 알고 친하기를 마음 그윽이 갈망하고 있었

으리라. 이런 생각을 한 나는 말할 수 없는 환희를 느꼈다. 자석에 끌리는 쇠끝 모양으로 우리 둘의 사이는 점점 다가들어 갔다. 그의 팔과 가장 스치기 쉽도록 나의 팔은 슬며시 내려놓였다. 나의 손은 그 부드러운 살에 대기 전에 먼저 그 보들보들한 옷자락에 더할 수 없는 쾌미^{쾌감}를 맛보았다.

나는 술잔을 비우고 또 비웠다. 아니 비우고 견딜 건가. 그 힘을 받아야만 나에게로 날아오는 행복을 꼭 잡을 수 있다. 아니라, 그의 보얀 손이 재불동하며 방울방울이 잇달아 떨어진 이 술이야말로 행복 그것이 아니랴! 적어도 행복의 구름을 걸러 내린 감로수^{맛이 썩 좋은 물}가 아닐 수 없다. 우리는 말만 하면 속에 잡아넣은 행복이 날아 갈까 두려워하는 것같이 그는 묵묵히 부어주고 나는 묵묵히 마셨다. 나의 마음은 실실이 풀어졌다. 그러면서 한껏 긴장하고 있었다. 평일과 달라 술은 좀처럼 취해 오르지 않는다. 정신은 잔을 거듭할수록 더욱 말똥말똥해갈 뿐이었다. 그의 손을 쥐자면서도, 그의 얼굴을 보자면서도, 그와 말을 하자면서도 나는 헛되이 시선을 딴 데로 돌려 너절한 남의 말참례를 하고 있었다.

술은 열 잔이 넘어갔다. 그제야 조금 얼근한 듯하였다. 나는 담배 하나를 집어들었다.

"성냥 없소?"

라고 나는 그에게 첫말을 건넸다. 그것도 그가 담배 붙이는 것을 본 까닭이었다. 그는 성냥 한 개비를 그었다. 나는 으레 붙여줄 줄 알고 담배 문 입을 내밀었다. 하나 그는 불을 붙여주려고도 하지 않고 그것을 나에게 준다. 나는 실망도 하고 섭섭도 하였다. 하지만 붙여 달랄 용기는 없었다. 하릴없이 그것을 받았다. 실망한 빛이 나의 안색에 드러났으리라. 그다음 순간에 그 앵두빛 같은 입술이 방실 열리며 나에게 무어라고 소곤거렸는가! 그는 마치 변명하는 듯이 방긋 웃으며,

"불을 붙여주면 안 된대요."

이것은 더 의외였다.

"어째 그래?"

"저……."

매우 말하기 어려운 듯이 망설거리다가 또 한 번 방글 하고는 말을 이어,

"저…… 정이 갈린대요. 왜 저…… 첫날밤에 신부가 신랑의 담뱃불을 붙여주면 소박맞는다는 이야기가 있지 않아요?"

꿀 같은 말이다! 아무리 부끄럼 많은 도련님이라 한들, 이에 미쳐서야 말문이 안 터지랴!

"그러면 나에게 소박 만날까 걱정이란 말이지?"

나는 뚫을 듯이 그의 얼굴을 들여다보며 다그쳐 물었다.

그는 부끄러운 듯이 시선을 피하며 의미 있게 웃기만 한다. 그 아름다운 입술이란! 모든 것을 잊고 열렬한 키스를 하고 싶었다. 그것은 못하나마 나의 손만은 어느 결에 상 밑에서 그의 녹신녹신한 손

을 꼭 쥐고 있었다. 이 말끝을 잃어서는 안 된다. 무슨 말이든지 해야 될 것 같다. 하나 아까 생각해놓은 절묘한 언사는 다 어디로 갔는지! 씻은 듯이 잊고 말았다. 사람의 말을 흉내 내는 앵무새 모양으로 남의 늘 하는 말을 되풀이하는 수밖에 없었다.

"이름이 무엇?"

"춘심이야요."

"고장이 어디?"

"○○이야요."

"나도 ○○사람이야."

"참말씀이야요?"

"그러면 거짓말할까?"

"네……."

하고 고개를 까딱까딱하였다. 그의 손가락이 살금살금 나의 손 안을 누르고 있다.

나는 또 술을 한 잔 마셨다.

"자꾸 술만 잡수셔서 어찌합니까? 진지를 좀 드시지요."

담긴 밥이 그대로 남아 있는 밥보시기를 가리키며 그는 자랑스럽게 권하였다.

"나는 괜찮아. 참, 밥 좀 먹지."

"싫어요."

그는 고개를 흔든다.

나는 밥보시기를 그의 앞에 갖다놓으며,

"시장할 것을 그래, 좀 먹어요."

"아니, 먹기 싫어요."

"그러면 무엇 딴것이라도 먹어야지."

"아까 잔뜩 먹었어요."

우리는 벌써 사랑이 흠씬 든 애인끼리 하는 모양으로 서로 생각하며 서로 아끼고 있다.

문득 여러 사람의 웃는 소리가 우레같이 나의 이막^{고막}을 울린다. 나는 깜짝하며 고개를 들었다. 모든 시선은 우리에게로 몰렸다. 모든 웃는 얼굴은 이리로 향하여 있다.

"미남자는 다른걸."

"○○야 오죽이 이뻐야지."

"아암, ○○ 보고 안 반하면 눈 없는 기생이지."

"둘의 얼굴이 한판에 박아놓은 듯이 같은걸."

"저런 부부가 있었으면 좀 어울릴까."

"별소리를 다 하네. 오늘 밤에라도 되면 그뿐이지."

모든 사람은 웃음 섞어 이렇게 떠들었다. 나의 얼굴은 모닥불을 담아 붓는 듯이 화끈화끈하였다. 그것은 부끄럼의 불 때문뿐이 아니다. 빨간 행복의 불꽃도 방글방글 피고 있었음이라.

그러나 나의 얼굴과 그의 얼굴이 같다 함에는 불복이었다. 살갗이 흰 것은 서로 어금버금할는지^{서로 엇비슷하여 큰 차이가 없는지} **모르리라**

마는 나의 오목한 코끝과 알맞은 이마 넓이는 그의 그것들이 발 벗고 따를 바 아니다. 말이 났으니 말이지, 나의 얼굴은 남에게 그리 뒤지리만큼 못생긴 것은 아니었다. 더구나 나의 눈은 C의 말을 들으면 가을 물같이 맑은데 은은한 정파^{인정이나 사랑의 정이 실린 물결}가 도는 듯한 것이었다.

"자네에게는 계집이 많이 따르리니."

한 것은 어느 친구가 나를 비평한 말이다. 나도 어째 그럴 듯싶었다. 우선 오늘 밤으로 말하면 나는 벌써 춘심이가 나에게 홀린 줄 알았다. 저는 기생으로 예사로이 하는 짓이라도 나에게는 의미심장한 것이었다. 물론 나도 그에게 마음이 기울어졌으리라 하되 그것은 여성으로의 그의 아름다움에 끌림이요, 그가 나보다 잘나서 그런 것은 아니다. 그것은 그렇다 하고, 여러 사람의 칭찬이 기쁘기는 하였다. 그 기림이 춘심으로 하여금 나의 잘난 것을 다시금 깨닫게 하는 점에 있어 더욱 기뻤다. 나는 빙그레 득의양양한 웃음을 웃었다.

"둘이 한데만 붙어 앉아 쓰나. 춘심이! 이리도 좀 오게그려."

나의 맞은편에 앉은 M이 그 험상궂은 상에 어울리지 않는 간악한 웃음을 띠며 그를 부른다. 나는 어이없이 M을 바라보았다. 나의 눈은 감때사나운^{사람이 억세고 사나운} 형이 제 장난감을 보자고 할 때 쳐다보는 어린 아우의 그것 모양으로 그것을 빼앗길까 하는 두려움과 또 그것을 빼앗지 말아달라는 애원이 섞여 있었으리라.

그는 그리로 갔다. 하건만 나는 의연히^{전과 다름없이} 기뻤다. 그가 가도 그저 안 간 까닭이다. 몸을 일으키는 그 찰나에 그 아름다운 얼굴을 나에게로 돌리며 눈웃음을 쳤다.

'잠시라도 나리 곁을 떠나기는 참 싫어요. 그래도 기생 몸 되어 손님이 부르는데 안 갈 수 없습니다. 눈 한번 깜짝할 동안만 참아주셔요. 내가 곧 돌아올 테니⋯⋯.'

그의 추파는 이렇게 말하는 듯하였다.

'될 수 있는 대로 얼른 오게. 벌써 오나!'

나도 눈으로 이렇게 일렀다.

M은 음흉한 웃음을 껄껄 웃으며 그의 손을 잡아 이끌 사이도 없이 안반^{떡판} 같은 제 무릎 위에 올려 앉힌다.

'저런! 남에게 저렇게 쉬운 일이 나에게는 왜 그리 어렵던가?'

"이것을 좀 보아. 어떤가?"

M은 춘심의 어깨에 머리를 누이며 나를 보였다.

"어떻기는 무엇이 어때?"

나는 태연히 말을 하였다마는 나의 귀에도 그 소리가 억지로 지은 것같이 울림을 어찌할 수 없었다.

"오쟁이를 짊어지고도 ^{자기 아내가 다른 남자와 간통한다는 뜻} 분하지 않어?"

"아이고, 참 죽겠는걸."

이번에는 한 불 넘어보았다. 그래도 자리 잡힌 소리는 아니었다. 몹시 가슴이 울렁거린다. 암만 시치미를 떼도 그가 남에게 안긴 것은 보기 싫었다. 스스러운^{수줍고 부끄러운} 생각이 무의식 한가운데에도,

또 스스로 부정하면서도 마음 어디서인지 움직이고 있었음이다.

나는 툇마루로 나왔다. M의 노닥거리는 꼴도 보고 있기 무엇하였고, 또 먹은 술이 온몸에 불을 일으켜 선선한 공기도 마시고 싶었음이라. 웃고 떠드는 소리가 가끔 흘러 들리지만, 거기는 딴 세상같이 고요하였다. 지나가는 사람의 그림자도 볼 수 없었다. 한참 서서 저도 모르게 무슨 생각을 하고 있었다.

이윽고 무심히 고개를 돌린 나는 무엇에 놀란 듯이 가슴이 꿈틀하였다. 나의 앞에 춘심이가 서 있다.

"어디를 가?"

나는 몇 해 못 만나던 절친한 친구와 길거리에서 뜻밖에 마주칠 때 모양으로 반갑게 소리를 쳤다. 그러자마자 그의 가냘픈 허리는 벌써 나의 가슴에 착 안겨 있었다. 그 날씬날씬한 허리란! 자릿자릿 눌리는 가슴이란! 나는 잠깐 황홀하였다.

"집이 어디야?"

나는 슬며시 감았던 팔을 풀며 생각난 듯이 물어보았다.

"그것은 왜 물으셔요?"

그의 대답은 의외였다. 번연히 알겠거늘 왜 재우쳐 물을까? 나는 잠깐 할 말이 없었다. 그는 제 일신에 관한 무슨 중대한 해결을 기다리는 것처럼 얼굴빛을 바래고 있다.

"그것을 왜 물어!"

나는 혼잣말같이 중얼거렸다.

"왜 물으셔요?"

그는 대질러^{찌를 듯이 대들어} 묻는다.

"나, 놀러 갈 테야."

나는 간신히 이 말을 하였다.

"놀러는 왜 오셔요?"

그는 또 다그쳐 묻는다.

"자네 보고 싶어서."

하고 나는 다시금 그를 잡아당겼다.

"고만두셔요."

하고 그는 몸을 빼며 냉연^{태도 따위가 쌀쌀함}하였다.

"그것은 또 웬 말이야?"

나는 정말 웬 셈인지 알 수 없었다.

"그래, 나를 보고 싶으실까요?"

"그러면!"

"무얼, 지금뿐이지. 내일이면 씻은 듯이 잊으실걸, 뭐."

하고 원^怨하는 듯 한^恨하는 듯 눈을 깔아 메친다. 나는 꿈을 처음으
로 깬 듯하였다.

"무슨 그럴 리가 있나."

나는 부드럽게 그를 위로하였다. 이 말은 결코 겉을 바르는 말이
아니었다. 충정에서 우러나온 말이었다.

"흥, 그럴 리가 있나? 나도 많이 속아보았습니다."

그는 이 말을 남기고 돌아서더니 나를 떠나 한 걸음, 두 걸음 생각 깊은 발길을 옮겼다. 나는 무엇을 잃은 듯이 망연하였다.

별안간 그는 발길을 휙 돌이킨다. 방긋 쏟아지는 듯한 웃음을 흘리고 선뜩 나의 앞에 들어서자, 그다음 순간에는 그의 향기롭고 보들보들한 두 팔이 나의 목을 감고 있었다. 그리고 그 부드러운 입술이 나의 귀를 스칠 듯 말 듯하며,

"참말 나를 안 잊으실 테야요?"

라고 소곤거렸다.

나는 정신이 얼떨떨하였다. 한동안 말도 나오지 않았다.

"그래, 나를 안 잊으실 테야요?"

"잊을 리 없지."

"정말?"

하고 물끄러미 쳐다보다가,

"꼭 그리하셔요."

란 말과 함께 나에게 달콤한 키스를 주었다.

"다옥정 ○○번지. 우선 이 번지를 잊지 마셔요."

나는 기계적으로 고개만 끄덕일 뿐이었다.

"이 연회가 끝나거든 우리 같이 가요, 꼭."

하고 가볍게 나의 등을 두드린 후 저 갈 데로 가버렸다. 나는 우두커니 그대로 있었다. 미끈하고 그의 팔이 감겼던 목 언저리에는 무슨 기름이 발라 있는 듯싶었다. 그리고 나의 입술은 무슨 벌레가 기

어 다니는 것같이 근실근실^{잇따라 조금 가려운 느낌이 드는 모양}하였다.

나는 웃음을 띠고 방에 돌아왔다. 모든 사람이 나를 보고 웃는 듯 싶었다. 방바닥이고 천장이고 전등불이고 모두 나에게 웃음을 건네는 듯하였다. 말끔^{조금도 남김없이 모두 다} 좋은 사람들 뿐이라 하였다. 이런 좋은 사람들에게 술 한잔 안 권할 수 없다 하였다. 나는 차례로 술을 권하였다. 나도 그 돌려주는 술잔을 사양치 않았다.

나는 잔뜩 술이 취하였다. 그 뒤에 들어온 춘심은 인제 나의 것이 되고 말았다. 세상없는 사람이 불러도 나는 그를 놓지 않았다. 그가 기어이 가야 될 사정이면 둘이 같이 갔었다.

나는 주정을 막 하였다. 간에 헛바람 든 사람 모양으로 연해연방 웃었다. 술을 더 가져오라고 보이를 야단도 쳤다. 할 줄도 모르는 노래를 고함치기도 하였다. 그 넓은 방을 좁다고 휘돌며 춤도 추었다. 내 마음대로 놀았다. 남이야 싫어하든 미워하든 비웃든 욕하든 나는 조금도 관계치 않았다. 사^社의 윗사람이 몇 있었지만 그것들! 다 초개^{쓸모없고 하찮은 것을 비유적으로 이르는 말}같이 보였다.

4

내가 타는 듯한 갈증을 느끼고 잠을 깬 때는 눈을 부시게 하는 햇살이 문살을 쏘고 있었다.

어찌 된 셈인가? 지금껏 나의 가슴에는 춘심의 온유한 몸이 녹신거리고 있었는데…… 여기는 암만해도 그의 방은 아니다. 확실히 우리 집이다. 보라! 윗목을 빽빽하게 차지한 옷걸이, 삼층장, 반닫이_{앞의 위쪽 절반이 문짝으로 되어 아래로 젖혀 여닫게 된 궤 모양의 가구}, 그 위에 이불 싼 모란꽃을 수놓은 물 날은_{빛깔이 변해 흐릿한} 야단 보. 문갑 위와 밑과 가운데 뒤숭숭하게 쟁이고 꽂히고 누인 책자들, 틀림없는 우리 집 건넌방이다.

흐릿한 기억 가운데 문득 어젯밤 헤어지던 광경이 떠올랐다.

몇 안 남은 손들도 외투를 입으며 모자를 찾게 되었다. 그때까지 나는 춘심을 놓지 않았다. 언제든지 언제든지 그의 곁을 떠나기 싫었음이라. 하건만 딴 기생들이 제 망토도 있고 셈도 따질 요리점 사무실로 사라질 제, 춘심이도 안 일어설 수 없었다.

"어디를 가?"

"사무실에 가야지요."

"나하고 같이 가!"

나는 어린애 모양으로 울 듯이 부르짖으며 그에게 매달렸다. 마치 한번 놓치면 다시 못 잡을 행복을 붙드는 것처럼.

그런 때 어찌 구두 생각이 났던지 그것을 불현듯 집어들고 그의 뒤를 따르려 하였다.

"창피합니다. 남이 흉을 봅니다. 대문에서 기다릴 것이니……."

그는 이렇게 타이르자 나를 내버리고 그림자를 감추었다.

그때 시커먼 실망이 납덩어리같이 나의 가슴을 내리지르던 것을 지금도 생각할 수 있다. 그러나 어찌하여 집으로 돌아왔는지는 까맣게 모를 일이다. 나는 고개를 들어 둘러보았으나 자리끼^{밤에 자다가 마시기 위해 잠자리의 머리맡에 준비해둔 물}는 벌써 거기 없었다.

"물! 물 주어!"

라고 나는 성난 듯이 소리를 질렀다.

황망한 발소리가 마루를 울릴 겨를도 없이 아내가 물그릇을 들고 들어온다. 김이 무럭무럭 남은 미리 덥혀두었음이리라.

"무슨 술을 그렇게 잡수신단 말입니까? 온 골목이 떠나가도록 고함을 치고, 대문을 부서지라고 짓두드리고…… 야단야단해도 그런 야단이 어디 있겠습니까?"

내가 살 듯이 물을 들입다 켜고 있는 동안, 아내는 빨간 물 묻은 손을 요 밑에 넣고 이런 말을 하였다.

"내 원 참."

아내는 말을 이어,

"마루에 그냥 털썩 드러누우시더니 세상 일어나시나요. 죽을 애를 써서 근근이^{어렵사리 겨우} 방에 모셔다 놓으니 외투를 입으신 채 쓰러지시지요."

나는 묵묵히 물만 마시고 있었다. 그러면서 속으론 또 무척 성가셨구나 하였다. 나는 가끔 이런 괴로움을 그에게 끼쳤다. 일뿐 아니라 가슴이 답답할 때, 비위가 틀릴 때 화증 풀이도 그에게 하였다.

서러운 사정도 그에게 하였다. 사회에서 받는 나의 불평, 가정에서 얻은 나의 울분, 또는 운명에 대한 저주를 말끔 그에게 퍼부었다. 그가 이 모든 불행의 원인인 듯, 나는 그를 들볶았다. 하지만 그는 그것을 싫다 안 하였다, 쓰리다 안 하였다. 달게 받아주었다. 까닭 없이 재우치는 애달픈 슬픔으로 하여 하염없이 눈물을 뿌릴 때,

"왜 이리하셔요, 왜 이리하셔요?"

하는 그의 눈물 젖은 부드러운 소리가 슬픔을 거두어주었다. 또는 공연히 부글부글 괴어오르는 심사를 어찌할 수 없어 억매^{강제로 떠맡김}를 덮어 죄 없는 그를 야단을 치다가도 그 두렷두렷^{눈을 굴리며 여기저기 살피는 모양}한 눈치를 보면 어느 결엔지 마음이 가라앉음을 깨달았다. 여기 나는 불충분하나마 불만족하나마 위자^{위로하고 도와줌}도 얻고 행복도 스러웠다. 만일 그가 없었던들 나는 벌써 타락의 심연에 온몸 온마음을 다 빠뜨리고 지금쯤은 헤어날 수도 없게 되었으리라.

"에그, 물 그만 잡수셔요. 진지가 벌써 다 되었는데."

하고 그는 물그릇을 앗는다. 그리고 한동안 나를 물끄러미 보고 있던 그의 눈과 입술에 문득 의미 있는 웃음이 흐른다.

"어젯밤에 날더러 무어라고 한 줄 아셔요?"

"무어라고 하기는!"

"그래, 모르셔요?"

"나 몰라."

"그런데 어젯밤에 어디 가셨습니까?"

"명월관 지점에 갔었지."

"기생이 왔지요?"

"그럼, 왜 그래?"

"그렇지요?"

하고 아내는 북받쳐 나오는 웃음을 못 참겠다는 듯이 진저리를 치며 웃는다. 사르르 감기는 눈초리에 가는 금이 잡히고 연한 뺨살이 광대뼈 위로 토실토실하게 밀리자, 장미꽃 봉오리가 피어나듯 입술이 둥글고 오목하게 열리는 것이 그의 웃음의 특징인 동시에 또 그의 가장 아름다운 특징이었다.

"왜 말을 안 하고 웃기만 웃어?"

아내는 웃음에 막혀 말을 이루지 못하면서,

"저어…… 하하하하…… 아이고 참 우스워 죽겠네…… 저어…….."

"저어…… 하지 말고 말을 해요."

"저어…… 하하하하…… 한잠을 주…… 주무시고 부스스 일어나시기에 외투와 두루막을 벗겨 드리려니까, 하하하하."

하고 그는 이불 위에 무너지며 어깨를 들썩거리고 한참 웃음에 잦아진다.

나도 멋모르고 빙그레하며,

"말을 해요, 말을 해요."

하였다.

이윽고 아내는 웃음의 파문이 이리 밀리고 저리 밀리는 당홍빛

자줏빛을 띤 붉은빛 같은 얼굴을 들더니,

"저어…… 눈을 감으신 채…… 하하하하. 나, 나를 한 팔로 스르르 잡아당기시며, 하하하하. 춘심이, 춘심이 하시겠지요. 하하하하…… 그 춘심이란 게 누구야요?"

나는 가슴이 뜨끔하였지만 무안 삭임으로 빙그레 웃으며,

"춘심이가 춘심이지."

하고 시치미를 뚝 뗐다.

그러나 별안간 춘심의 아름다운 모양이 선명한 활동사진같이 선뜩 머리에 비쳤다. 환영에 달뜬 나의 시각이 아내의 옥양목 저고리에 붉은 광선이 사르르 덮임을 느끼자, 어느 결엔지 연분홍 고사 저고리 입은 춘심이가 연기같이 나의 앞에 앉아 있었다…….

"무엇을 이렇게 생각하셔요?"

하는 아내의 말을 들은 때에도 나의 눈은 꿈꾸는 사람 모양으로 멀뚱멀뚱하였다.

그다음 날 밤에야 나는 C와 함께 춘심이의 집에 갔었다.

가고 싶은 마음이야 한시가 바빴지만 다방골에 서투른 나는 C의 힘을 안 빌릴 수 없었다. 그러나 그의 집 번지는 내가 알았다. 취중에 오직 한 번 들은 그 숫자가 야릇하게도 나의 기억에 새긴 듯이 남아 있었다. 다만 그 집 찾기가 곤란도 하고, 또 이런 명예롭지 못한 방문을 혼자 하기 싫어서 C를 힘입으려는 것이다.

어젯밤에도 두 번이나 C를 만나려 하였건만 출입이 잦은 C는 여

관에 붙어 있지 않았다. 오늘도 저녁 일찍이 서둘렀으되 긴치 않은 C의 방문객으로 말미암아 나는 지루한 시간을 꿀꺽꿀꺽하고 안 참을 수 없었다. 기쁜 기대와 다디단 희망에 눈을 번쩍이면서, 가슴을 뛰면서 길에 나선 지는 아홉 점이 훨씬 지난 때였다.

그의 집은 광천교에서 남쪽 개천을 끼고 한참 올라가다가 조그마한 다리 놓인 데서 가운데 다방골로 빠지면 오른편 셋째 골목 막다른 집이었다. 이 근처에 발이 넓은 듯한 C는 어렵지 않게 그것을 발견하였다. 대문 안으로 쑥 들어선 우리는 흘러나오는 가야금 가락에 잠깐 걸음을 멈췄다. 그날 밤 춘심의 가야금 뜯던 채화^{색을 칠하여 그린 그림} 일폭^{한 장}이 다시금 얼른거리고 나의 안계를 스쳐간다. 그 남실남실하는 보얀 손가락이…… 그 반질반질하는 까만 머리가…….

거침없이 중문을 열어젖힌 C는 점잖게,

"이리 오너라."

고 불렀다. 그 소리가 떨어짐을 따라 묵은 악기도 울림을 멈췄다.

"누구십니까?"

안에서 고운 목소리가 묻는다. C는 성큼성큼 마당으로 사라졌다. 나는 오히려 하회^{다음에 벌어지는 일의 형태나 결과}를 기다리며 어둠침침한 중문간에 몸을 숨기고 있었다. 이윽고,

"들어와요."

란 C의 부름을 듣자 환희의 전율이 찬물처럼 온몸에 쭉 끼쳤다. 춘심이가 있구나 하였다. 나는 야릇한 불안을 느끼며 허청허청^{다리에 힘}

이 없어 잘 걷지 못하고 자꾸 비틀거리는 모양 발길을 옮겼다. 열린 미닫이 사이로 밝게 흐르는 광선을 막은 듯이 서 있던 처녀 하나가 이상한 눈치로 나를 살피다가 기어들어가는 목소리로,

"올라오셔요."

하였다. 얼른 방 안을 엿보았다. C는 벌써 방 안에 자리를 잡고 앉아 있다. 춘심의 그림자는 보이지 않는다.

방 안에서나 옆방에서나 또는 나 못 본 어슴푸레한 구석에서나 춘심의 튀어나옴을 마음 그윽이 바라면서 나는 구두를 끌렀다.

"형이 어디 갔어?"

C의 이 말에 나의 어리석은 바람은 속절없이 깨어지고 말았다. 나의 마음은 밤같이 어두웠다.

"유일관에 갔습니다."

하고 그 동기아직 머리를 얹지 아니한 어린 기생는 놀랐다는 듯한 눈으로 나를 바라보았다. 끝 모를 검은빛에 맑은 광채가 도는 그의 눈매는 더할 수 없이 예뻤다. 열대여섯이 될락 말락 하리라. 봉울봉울 피려는 모란꽃처럼 그의 얼굴은 탐스럽고 아름다웠다.

나는 묵묵히 숨소리만 씨근거렸다. 웬일인지 낯이 화끈화끈 타는 듯하였다. 하염없이 시선만 이리저리 던졌다. 세간은 그리 화려하다고 못하리라. 옷걸이와 이불 얹힌 커다란 궤와 일본제 경대뿐이었다. 그러나 기생방에만 있는 고혹적 색채는 모본단 보료에도, 비스듬히 세운 가야금에도 농후하게 흘러 있었다. 한편 벽 알맞은 자

리에 그림틀에 넣은 양화^{서양화} 한 장이 걸렸다. 그것은 푸른 연기가 어린 듯한 산 윗머리를 흰 구름이 휘휘 둘렀는데, 수풀 우거진 곳에 푸른 리본 같은 강이 흐르며 그 위로 몽롱한 달빛 안은 일엽편주가 남녀 단둘을 싣고 소리 없이 떠나간다. 그것으로 나는 그만 주인의 취미가 고상하고 풍아한^{풍치가 있고 조촐한} 줄 짐작하였다.

"애써 오니 어째 없담!"

이윽고 나는 자탄 비슷하게 이런 말을 하였다. 농담같이 하려던 것이 어째 절망의 가락을 띠고 있었다. 벌린 입도 웃음을 이루지 못하였다.

"저어 형님한테 기별할까요?"

나를 살피기를 마지않던 금심^{琴心. 이것이 그 동기의 이름이다}은 인제 알았다 하는 얼굴로 우리에게 물었다.

"무얼, 그럴 것은 없지."

C는 거절하였다.

"아니, 저어…… 형님이 가실 때 손님이 오시거든 알게 하라 하였어요."

"어떤 손님이?"

나는 가슴을 뛰며 물었다. 그는 조금 망설거리다가,

"저어 오늘 오실 손님이 계시니 그 손님이 오시거든……"

'나를 가리킴이 아니로군.'

나는 번개같이 생각하였다.

"우리는 오늘 온다고 한 손님이 아니야. 온다고 하기는 그저께 밤이야."

나는 비웃었다.

"네, 그렇습니까?"

하고 금심은 무안한 듯이 고개를 숙이다가 무엇이 생각난 것같이,

"참, 저어 그저께 밤에 손님 두 분이 오신다고 식도원에서 인력거꾼이 왔습니다."

나는 더욱 실망 안 할 수 없었다. 명월관에서 놀았거늘, 식도원이 또 웬 말인가!

"식도원에서!"

나는 부지불식간에 부르짖었다.

"우리는 명월관에서 놀았는데…… 그러면 딴 손님이던 게지."

금심은 놀라 나를 바라본다. 그 큼직하게 뜬 눈은 마치 이런 말을 하는 듯하였다.

'어째 그럴까? 우리 형님이 기다린 손님은 분명히 이분인데……
그러면 내가 잘못 들었던가? 식도원이 아니라 명월관이던가?'

"그래, 손님이 왔든?"

나의 말은 급하였다.

"아니야요. 형님 혼자만 왔어요. 와서, 손님 두 분이 안 왔더냐고 묻습디다."

모를 일이다! C의 말을 들으면 나보다 먼저 나온 그는 문간에서

춘심을 만났는데 춘심의 말이, 준비가 다 있으니 나와 같이 오라고 신신부탁하였다 한다^{이 준비란 것은 곧 다른 기생을 C에게 붙여주겠다는 뜻이다.}. 두 분 손님이라 함은 곧 나와 C를 지칭함이리라. 그러하지만 식도원 운운은 풀 수 없는 의문이다.

"그날 밤에 매우 우리를 기다린 모양이지?"

돌아오면서 나는 C에게 물어보았다.

"기다리긴 무엇을 기다려."

C는 '이 천치야!' 하는 어조로,

"무엇 보고 기다리겠소. 오! 얼굴이 어여쁘니까. 얼굴을 뜯어먹고 사나, 논 팔고 밭 파는 놈이라야지. 서울 온 지 삼 년이나 되는 년이 나지미가 자네 하나뿐일까?"

5

비 맞은 옷 모양으로 풀^{세찬 기세나 활발한 기운} 하나 없이 집으로 돌아왔다. 무슨 기막힌 일이나 본 듯이 모자와 두루마기를 되는대로 휙 집어던지고는 힘없이 쓰러지고 말았다. 홀로 바느질을 하고 있던 아내는 잠깐 눈썹을 찡그리고 웃옷과 모자를 걸었다.

"진지 좀 안 잡수렵니까?"

이윽고 아내는 나에게 물었다.

"아까, 나 저녁 먹었는데……."

"어디 한술이나 떴습니까? 요사이는 도무지 진지를 못 잡수시니 무슨 까닭이야요? 살이 내리시고…… 신색_{안색}이 그릇되시고…… 왜 기운 하나 없어 보입니까? 춘심인지 무엇인지 그로 하여 그럽니까?"

이런 말을 하며 아내는 근심스러운 가운데도 비웃는 빛을 보였다.

참말 술이 양에 넘친 탓인지, 뜬 사랑에 멍든 탓인지 그 후부터 무슨 가시나 난 것같이 혀가 깔끔깔끔하여 밥이 달지 않았다. 꿈자리조차 뒤숭숭하였다. 잠을 깨면 흔히 온 요, 온 이불이 축축하게 땀에 젖어 있었다. 물에 빠진 듯한 몸을 오한에 떨며 머리가 지끈지끈 아프기도 하였다.

"내 말이 옳지요? 춘심이 때문이지요?"

아내는 어서 그렇다 하라는 듯이 나를 들여다보다가 웃음의 가는 물결이 그 까만 눈썹 언저리를 흔들더니 고만 자지러져 웃으며,

"그만 일에 진지를 못 잡술 게 무어야요? 탈기_{기운이 빠짐}할 게 무어야요? 정 그러시거든 한번 가셔서 정을 풀면 그뿐이지."

나도 웃으며,

"무슨, 그것 때문에 그럴라구……."

"안 그런 게 다 무어야요?"

"그렇다면 어찌할 테요?"

"그러기에 가시란 밖에."

"얻어도 샘을 안 하겠소?"

나는 아내가 옛날 요조숙녀의 본을 받아 군자^{남편}의 애물을 시기치 않으리란 평일의 주장을 생각하며 한번 다져보았다.

"그건 당신께 달렸지. 양편을 다 좋게 하면 왜 샘을 하겠습니까?"

"그러면 샘을 안 하겠다는 말이로군."

나는 또 한 번 다졌다.

"샘이니 우물이니는 둘째 치고 제발 원을 풀고 진지를 많이 잡숫게 해요. 낙심천만^{바라던 일을 이루지 못해 마음이 몹시 상함}한 모양은 차마 볼 수 없습니다."

하고 실인^{자기의 아내를 이르는 말}은 다시금 실소하였다.

"가래면 못 갈까. 지금 당장 갈 테야."

그러나 지금 당장은커녕 그 이튿날도 나의 그림자는 다방골에 나타나지 않았다. 기생집에 이틀 밤을 연거푸 감이 무엇도 하거니와 그가 나에게 마음이 있는지 없는지 알 수 없는 수수께끼인 까닭이다. 그날 밤 둘이 놀던 일을 생각하면 그는 확실히 나에게 쏠렸다. 그러나 춘심은 홀린 체도 하고 홀리기도 함을 위업^{생업으로 삼는}하는 기생이다. 명월관 손님도 오라 하고 식도원 손님도 가자 해야 되나니, 마치 그물을 여기도 치고 저기도 쳐서 고기가 걸리기만 기다리는 어부 모양으로 사나이를 낚는 것이 그의 장사다.

그러면 나에게 준 뜻 많은 추파와 꽃다운 언약도 말끔 그의 맛난 미끼일는지 모르리라. 몇 칸 집을 깝살리게^{재물 따위를 흐지부지 다 없애게}하고 몇 떼기 논을 날릴 수단일는지 모르리라. 하나님, 마옵소서!

그러나! 그러나! 그의 얼굴이 보고 싶다. 못 견디리만큼 보고 싶다. 소루룩 코 안으로 기어들던 향긋한 실바람은 오히려 후각 어디인지 남아 있었다. 박하를 뿌린 듯한 나의 목은 문득문득 비단결 같은 팔을 느꼈다.

이화에 월백 하고 _{달이 환히 비치고}
은한은하수이 삼경 _{밤 열한 시에서 새벽 한 시인데}
일지춘심 _{한 가지에 어린 봄을} 자규 _{두견새야} 알랴마는
다정도 병인 양하여 잠 못 들어 하노라

《시문독본時文讀本》에서 읽은 이 시조를 이따금 목을 빼서 청청스럽게 맑고 깨끗하게 읊조렸다. 또 붓을 들면 이 글을 적기도 하였다. 그리고 춘심이란 두 글자를 뚫을 듯이 들여다보며 정신을 잃었다. 그 두 글자가 굼실굼실 움직여 엄청나게 굵고 크게 되어 시커멓게 눈을 가리기도 하였다. 봄 춘春 자의 '삐침'과 '파임'이 그의 가냘픈 팔이 되어 나의 허리에 감기기도 하였다.

6

그 이튿날이다. 아침을 마치고 궐련 한 개를 피워 문 나는 이리저

리 마당을 거닐 때였다.

"편지 받으오."

하는 소리를 듣자 누른 복장이 얼씬하며 하얀 네모난 종이가 중문 앞에 떨어진다.

그것은 엽서형 서양 봉투였다. 매우 이상하다는 듯이 나는 겉봉을 앞뒤로 뒤치며 한참 보고 있었다. 그러다 사방을 둘러보기가 무섭게 얼른 호주머니에 집어넣었다. 또 꺼냈다. 또 넣으려다 말고 손에 움켜쥔 채 어찌할 줄 모르는 것처럼 왔다 갔다 하였다. 문득 미친 듯이 건넌방으로 뛰어들어왔다. 그것은 춘심이의 편지였다! 앞장엔 한 자 한 획이 틀림없이 우리 집 번지와 나의 이름을 적었고, 그 뒷장엔 '다옥정 ○○번지 김소정'이라고 쓰였다.

나는 번개같이 봉투 윗머리를 찢었다. 안에서 그림엽서 한 장이 나온다. 굽이치는 물결 모양으로 검누른 머리를 좌우로 구불구불 늘어뜨리고, 바람에 나부끼는 듯한 얄따란 한 오리_{가늘고 긴} 벼 자취가 아른아른하게 감긴 풍염한_{풍성하고 아름다운} 두 팔과 앞가슴을 눈같이 드러냈는데 장미꽃 한 송이를 시름없이 든 손으로 턱을 괴고 눈물이 도는 듯한 추파에 임 생각이 어린 금발 미인의 그림이었다. 그리고 예쁘게 언문반초_{한글을 반쯤 흘려 쓴 글}를 날린 그 사연은 아주 간단하였다.

행용_{널리 씀}이면 수신자의 주소, 씨명_{성명}을 쓸 자리 한복판에 두 줄로 '아무리 기다려도 안 오시기로 두어 자 적사오니 속 보시지 마시압'이라 하였고 그 밑간 글월은 이러하였다.

보고 싶어, 흥응.

왜 오시지 않습니까? 기다리는 제 마음 행여나 아실는지.

지정 일변 아시겠소?

어찌하면 좋을까요?

이때의 기쁨이야 무어라 할는지! 가슴에 무슨 경기구_{공기가 통하지 않}는 큰 주머니에 공기보다 가벼운 기체를 넣어서 높이 올리는 물건 같은 것이 있어 나를 위로 위로 추슬러 올리는 듯하였다. 길길이 뛰고 싶었다. 날고 싶었다. 모든 사람에게 이 기쁨을 말하고 싶었다. 종로 네거리에 뛰어나가 오는 사람, 가는 사람에게 춘심이가 나에게 편지한 것을 알려도 주고 싶었다. 밀장을 화닥닥 열었다. 무슨 큰일이나 난 듯이 안방에 있는 아내를 소리쳐 불렀다.

"이것을 좀 보아요, 이것을!"

아내가 방에 들어서기 전에 무슨 경급한_{경계해야 할 갑작스러운 재앙이나 사고} 일을 말하는 사람 모양으로 소리는 헐떡거렸다.

"춘심이가 나에게 편지를 했구려, 편지를!"

하고 온 얼굴이 웃음에 무너졌다.

그날 해 지기가 바쁘게 나는 정서_{사랑의 정을 담은 글} 준 이를 찾아 나섰다. 나는 무념무상으로 거의 달음박질하듯 걸음을 재게 하였다.

발이 공중으로 날며 땅에 닿지도 않았다. 그 집 골목에 확 들어서자 갑자기 걸음이 누그러지며 가슴이 방망이질하였다. '예까지 와가지고' 하고 하마터면 뒤로 돌 발자국을 앞으로 콱 내디뎠다. 중문턱을 넘으매 머리는 모든 것을 잃었다는 듯이 횡하였다.

"아이고, 어서 오십시오."

마침 마당에 있던 금심은 나를 보자 반갑게 인사하였다.

"너의 형 있니?"

"잠깐 어디 나갔습니다."

하다가 나의 꼴이 애처로웠던지,

"지금 곧 올 것입니다. 올라가셔요."

라고 말을 뒤붙였다.

그의 말마따나 얼마 안 되어 춘심이가 돌아는 왔다. 하건만 그 태도는 의외였다. 방문을 열고는 아랫목 보료 위에 엉성하게 앉은 나를 보고 시답잖게 다만,

"오셨어요?"

란 한마디를 던졌을 뿐이었다. 그리고 대면도 하기 싫어하는 것처럼 경대 앞에 착 돌아앉는다. 한 번도 못 본 사람에게 하듯 서름서름하다^{사이가 자연스럽지 못하고 매우 서먹서먹하다.} 그날 밤 일은 고사하고 편지한 것조차 씻은 듯이 잊은 것 같다.

"오늘 밤에 해동관으로 부르지 않았어요?"

분지^{화장솜 따위}로써 얼굴을 요모조모 골고루 닦으며 나를 돌아도

안 보고 그는 이렇게 묻는다.

"아니."

"그러면 누구일까…… 새로 한 시에 수유^{말미}를 받았는데…… 나는 나리라고."

"나는 그런 일이 없는걸."

요리점에서 호기 있게 불러보지 못하고 제 집으로 온 것이 구구한 듯도 싶었다. 창피도 하였다. 바늘방석에나 앉은 듯이 무릎을 누일락 세울락 하며 팔을 짚어도 보고 떼어도 보았다. '왜 왔던고' 후회까지 하였다. 그만 갈까도 싶었다.

그러나 이 답답한 상태는 오래 계속되지 않았다. 경대를 살짝 떠난 그는 나의 코밑에 바싹 다가앉았다. 나는 또 그 말할 수 없는 매력 있는 향기를 느꼈다.

"왜 오시지 않았어요, 흥."

하고 한숨을 휘 쉬더니 나의 눈 속을 물끄러미 들여다보며,

"편지 보셨어요?"

"응."

"그날 밤새도록 기다리니 어디 와야지."

춘심은 말을 이었다.

"그러면 그렇지, 무슨 두드러진 정이 있어 이 못난이를 찾을라고. 기다리는 년이 미친년이지…… 잠 못 잔 것이 어떻게 앵한지^{기회를 놓쳐 분하고 아까움}를 몰랐어요."

하고 '이 매정한 놈아!' 하는 것처럼 눈을 깔아 메친다.

"워낙 술이 취해서 여기 온다는 것이 친우들에게 끌려 집으로 간 모양이야. 아침에 잠이 깨고야 알았어."

라고 나는 변명하였다.

"그저께 밤에 유일관에 갔다가 집에 오니 오셨다겠지요. 놀음에 왜 갔던고 싶었습니다. 오늘은 오시려니 하고 어제는 아무 데도 안 갔지요. 거짓말? 이 금심이한테 물어보셔요, 거짓말인가…… 그래 생각다 못해 편지를 하였습니다."

그리고 요릿집에 갈 적마다 나를 만날 줄 알고 남 모르게 기뻐하던 것과 진찰답지 않은 딴 사람만 있고 그리운 내 얼굴을 못 볼 제, 얼마나 상심하였으며 얼마나 흥미삭연_{흥미를 잃어가는 모양}하던 것을 하소연하였다.

"속없는 사나이도 다 많지."

춘심은 또다시 말을 이었다.

"수_{누구}야 모_{아무}야 다 앉은 자리 정 가는 곳은 한곳뿐이라, 이런 소리를 하지 않겠습니까? 그러면 저희끼리 네니 내니 하겠지요. 무슨 아리알심이나 있는 듯이 눈을 끔벅끔벅하며 남의 옆구리를 꾹꾹 찌르겠지요. 하하하하…… 정 가는 곳은 이곳뿐인데."

하고 나의 등을 가볍게 두드렸다.

"춘심 아씨 모시러 왔습니다."

꺽센 차부의 목소리가 우리의 정담을 깨뜨렸다.

"어디서 왔는가?"

"해동관에서 왔어요."

춘심의 눈썹은 보일 듯 말 듯 찌푸려졌다. 무엇을 한참 생각하더니 큰 소리로,

"거기 있게, 지금 갈 테니."

라고 일렀다.

"술잔 값이나 주어 보내지."

나는 대담스럽게 이런 말을 하였다. 그만큼 춘심을 보내기가 싫었다.

"그럴 수 있어요? 미리 수유를 받은 것이 되어서 그럴 수도 없고."

하면서 나의 손을 꼭 쥔다.

"어쩌면 좋아!"

라고 안타깝게 속살거리고는 몸을 나에게 쓸어 붙였다.

"무슨 탈^{핑계나 트}집을 하고, 나 곧 올 테니 기다리겠습니까?"

"그리 쉽게 올 수 있을라구."

"집안에 우환이 있다고 하고서 인사나 하고 선걸음에 돌아올 테야. 기다리고 계셔요."

"글쎄."

"글쎄가 아니라 꼭 기다리셔요."

"기다리지."

"꼭 기다리셔요, 꼭. 아홉 점 안으로는 기어이 올 테니……."

“그래, 아홉 점까지만 기다리지.”

“가시면 일후 뒷날 봐도 말도 안 할 테야.”

“아홉 점만 지나면 간다.”

7

한번 간 춘심은 돌아올 줄 몰랐다. 바람이 문을 찌걱거리게 할 적마다 몇 번을 오는가 오는가 하였는지 모르리라. 나는 누울락 앉을락 하였다. 일어서 거닐기도 하였다. 마디고 마딘 속도가 더딘 시간이건만 아홉 점이 지났다. 열 점이 지났다……

온갖 의혹이 고여 오르기 시작하였다. 그의 말과 속이 같을진대 여태껏 안 올 리 없으리라. 그 정 맺힌 눈치도, 그 안타까운 몸짓도 모두 허위런가, 가식이런가. 나의 생각이란 염두에도 없고 어느 유야랑 주색잡기에 빠진 사람과 안기고 안으며 빰도 비비고 입도 맞추면서 덧없이 깊어가는 밤을 한하는지 누가 알리요! 그런 줄 모르고 눈이 멀뚱멀뚱하게 오기를 고대하는 나야말로 숙맥이다! 천치다!

내가 여기서 그의 돌아옴을 기다리는 모양으로 그는 거기서 나의 감을 기다리고 안 있는지 누가 증명하랴! 암만해도 오늘 낮 새로 한 점에 놀음 수유를 받으면서 잘 수유조차 아울러 받았을 것 같다. 그렇지 않으면 처음 볼 때 왜 냉정하였으랴! 냉연함은 충동이었고 나중의 꿀을 담아 붓는 듯한 언사와 표정은 지은 솜씨다!

"해동관에서 나를 부르지 않았어요?"

라고 한 것은 노골적으로 나를 욕보이는 수작이었다. 격퇴하는 칼날이었다.

'괘씸한 것 같으니!'

나는 속으로 부르짖고, 있지도 않은 위약자^{약속을 어긴 사람}를 노려나 보는 듯이 미닫이를 물끄러미 바라보다가 벌떡 몸을 일으켰다.

"조금만 더 기다리십시오. 곧 올 것인데…… 지금 열 점 아닙니까? 반시^{반 시간}만 더 기다려요."

곁에 있던 금심은 따라 일어나 나의 앞을 막으며 간청하였다. 그와 나는 벌써 꽤 친숙하게 되었다.

"고만 갈 테야. 아홉 점까지 기다리란 것을 열 점까지 기다렸으면 무던하지."

하고 나는 그의 팔을 가볍게 잡아 옆으로 밀쳤다.

"안 돼요. 안 돼요. 가시다니. 꼭 못 가시게 하라는데……."

하고 금심은 응석하는 듯이 뒤에 매달리며 모자를 벗기려고 애를 쓴다.

"밤새도록 안 올걸, 뭐."

나는 모자를 한 손으로 단단히 붙잡고 웃으며 이런 말을 하였다.

"안 오기는 왜 안 와요? 두고 보시오. 곧 안 오는가. 가시면 제가 야단을 맞아요."

하고 애원하는 듯이 나를 쳐다보며,

"잠깐만 더 기다려요. 십 분만, 오 분만…… 네? 네?"

나는 돌아다보고 빙그레 웃으며,

"그래 너의 형이 나를 꼭 잡으라 하든?"

하고 물어보았다.

"꼭 못 가시게 하라고……."

"정말?"

"정말이고말고요."

"가 볼일이 있는데……."

입으론 이런 말을 하였지만 이미 갈 뜻은 없었다. 춘심이가 진정으로 나의 기다림을 바랐거니, 어찌 그의 뜻을 저버리랴!

"볼일이 무슨 볼일입니까?"

금심은 나의 마음을 알아챈 듯이 중얼거리자 민속하게^{날쌔고 빠르게} 나의 모자를 벗겨 들었다. 그가 개가^{이기거나 큰 성과가 있을 때의 환성}를 부르며 웃고 쓰러지자, 나도 빙그레 웃으며 주저앉았다.

춘심은 새로 두 점이 넘어 돌아왔다. 그때까지 나는 견딜성 있게도 거기 있었나니 그렁저렁 열두 점이 넘고 새로 한 점이 넘으매 기다린 것이 아까워서도 갈 수 없었음이다. 치맛자락의 사르르 소리를 듣자 나는 짐짓 한잠이나 든 것같이 눈을 감았다.

밀장은 소리 없이 열렸다. 사람의 넋을 사르는 듯한, 몸과 마음을 가볍게 하는 듯한 향내가 떠돌았다. 저도 모를 사이에 나는 깊이 호

흡을 하고 있었다. 그리고 무슨 강렬한 광선에 쏘일 때처럼 감은 눈
이 환하며 눈꺼풀이 부신 듯이 떨렸다.

"아이고, 안 갔구먼!"

하는 속살거림이 들렸다. 그 음향 가운데는 무한한 감사와 무한한
환희가 품겨 있었다. 감은 눈으로도 가만가만히 다가드는 그의 외
씨 같은 ^{오이씨처럼 갸름한} 발을 볼 수 있었다.

그는 금심을 고이 깨워 일으키자 가는 소리로 물었다.

"주무시나?"

"주무시긴 누가 주무셔요. 왜 인제야 와요?"

금심의 잠꼬대 같은 소리가 대답을 하였다.

나는 눈을 떴다. 춘심은 벌써 내 곁에 앉아 있었다.

"미안한 말을 어찌 다 할는지."

그는 말을 꺼냈다.

"암만 오려니 어디 사람을 놓아야지요. 손님도 안면 있는 이 같
으면 사정도 보건만, 아는 이란 단지 하나뿐이고 모두 모르는 분이
겠지요. 집에 일이 있다니 사람을 놓습니까, 몸이 아프다니 사람을
놓습니까? 하다 하다 못해 배가 아프다고 엉구럭^{엄살}을 치니까 영신
환^{환약}이랑 인단^{은단}이랑 들여오라겠지요. 속이 상해서 죽을 뻔하였
습니다. 오죽 지루하셨습니까?"

하다가 문득 금심을 향하며,

"왜 자리를 안 깔아드렸니, 좀 편안히 주무시게나 하지."

하고는,

　"나는 가신 줄 알았어요. 이 못난이를 웬걸 기다리실라고 하였어요. 이런 줄은 모르고 오죽 괘씸히 생각하셨겠나 하였어요. 밤을 새워 편지로 사과나 할까 하였어요. 그런데 와보니……."
하고 기쁨을 못 이기는 듯이 말끝을 웃음으로 마쳤다.

　나는 부스스 일어나 앉았다. 그러나 선잠을 깬 사람같이 말 한마디 할 수 없었다. 그 열렸다 닫혔다 하는 입술과 그럴 적마다 화판 꽃잎이 벌어지며 진주 같은 화심^{아름다운 여자의 마음을 비유하는 말}이 나타나는 모양으로 반짝반짝 드러나는 하얀 이와 찡겼다 피었다 하는 그린 듯한 눈썹과 그 밑에서 흐리다가 빛나다가 하는 까만 눈을 멀거니 바라보고만 있었다.

　이윽고 금침^{이부자리와 베게}은 펼쳐졌다. 하건만 나는 화석이나 된 것같이 망연자실하고 있었다. 어째 무시무시한 증이 들었다. 이불 속이 곧 지옥인 듯이 들어갈 정이 없었다. 그만 집으로 갔으면 하였다.

　"그만 자십시다. 매우 곤하실 텐데……."

　저편도 아주 감개무량한 듯이 고개를 떨어뜨리고 앉아 있다가 슬픈 음성으로 침묵을 깨뜨렸다.

　"응."

　"어린애 모양으로 '응'……."
하고 춘심은 소리쳐 웃으며 별안간 나를 부둥켜안는다. 나는 마녀에게나 덮친 듯이 머리끝이 쭈뼛하였다.

둘의 그림자는 이불 속으로 사라졌다. 나는 우둘우둘 떨면서 두 번 안 오리라 생각하였다.

8

따라준 독삼탕^{인삼을 넣어서 달여 만든 탕약}을 마시고 문간에서 발발 떠는 그와 작별한 나는 인적 없는 쓸쓸한 거리로 나왔다. 식전꼭두^{아침 먹기 전의 꼭두새벽}는 추웠다. 몹시 추웠다. 추움, 그것이었다. 쓰라리는 발은 자국자국이 얼어붙는 듯하였다. 귀가 떨어지는 것 같다. 발갛게 된 쇠가 얼굴에 척척 달라붙는 것 같았다. 앞으로 휙 하고 닥치는 매운 바람은 나의 몸을 썩은 나뭇가지나 무엇처럼 지끈지끈 부수며 세포 속속들이 불어 들어가는 듯싶었다.

'다시는 이런 짓을 안 하리라.'

나는 다시금 생각하였다.

어머님은 고종사촌 혼인 구경 겸 소풍 겸 동래^{부산광역시 동래 지역}에 내려가시고 집에 계시지 않았다. 할머님만 속이면 그뿐이다. 어젯밤은 여러 친구에게 끌려 청량사에 나갔다가 술이 취해서 못 왔다는 것을 돌차간에 생각해냈다.

아랫목에 쪼그리시고 앉아 계시던 할머님은 샐쭉한 입을, 두 가장자리를 둥글게 호로형^{호리병박 모양}으로 여시며,

"못된 데만 안 갔으면. 못된 데만 안 갔으면."

이라고 소곤거리셨다.

"늦게 놀고 보니 전차가 끈쳤겠지요. 어디 올 수 있습니까? 하는 수 없이 자고 왔습니다."

라고 거짓말을 꾸며댄 후 나는 우리 방으로 건너왔다.

나는 빙그레 웃었다. 머리를 빗고 있던 아내도 빙그레 웃으며,

"인제 속이 시원하지요."

하였다. 그러나 그의 얼굴은 피로 물들인 것 같았다.

나는 고만 나무둥치^{큰 나무의 밑동}같이 곤한 잠에 떨어지고 말았다. 오정^{낮 열두 시} 가까이 되어 간신히 아내에게 깨여 일어난 나는 냉수로 세수를 하면서도 꾸벅꾸벅 졸고 있었다. 사^社에 들어가기는 갔으되 머리가 뿌연 안개에 깔린 듯이 몽롱하여 일이 손에 잡히지 않았다. 그저 자고만 싶었다. 저녁 숟가락을 놓자마자 또다시 죽은 듯이 잠이 들고 말았다.

그 이튿날 잠을 깨자 제일 먼저 해결해야 될 것은 그것을 어찌 치를까 하는 문제였다. 말할 것도 없이 돈이 필요하다. 그렇다고 주머니에서 잘각거리는 몇 푼 동전으로는 될 수 없는 일이다. 많지 않은 월급이라도 또박또박 타기나 하였으면 그믐을 하루밖에 안 지낸 때니 그것 수세할^{형편을 따를} 것이야 남았으련만, 곤란이 도극한^{극에 다른} ××사는 사원 월급 지불은커녕 신문 박을 종이도 못 사서 쩔쩔매는 판이다. 집으로 말해도 아들의 방탕에 이바지할 재정은 없었다. 그

러나 몇십 원 장만할 거리는 나에게 있었나니, 그것은 유산으로 물려받은 미국제 십팔금 시계였다. 오랜 것이라 모양이 예쁘지 않은 대신 투박하고 튼튼하며 달리아꽃도 앞뒤 뚜껑에 아로새겼고^{정교하}^{게 파서 새김} 기계에 보석조차 박힌 값진 물건이었다.

"이것만 잡히면, 사오십 원이야 얻겠지."

춘심의 집에 가던 날이나 이제나 힘 미덥게 생각하였다. 난생처음으로 전당포를 찾아다녔다. 조심 많은 흰옷 입은 취리^{돈이나 곡식을}^{빌려주고 그 변리를 받음}꾼들은 이 속 모를 물건을 퇴각^{금품 따위를 물리침}하기에 서슴지 않았다. 어느 일본 질옥^{전당포}에서 삼십오 원에 잡히는 수밖에 없었다.

그다음 문제는 전달할 수단이었다. 봉투에 넣어 우편으로 보내고 아주 끈을 떼어버리려 하였다. 양심의 반성도 맹렬하였거니와 한번 겪어보니 그리 탐탁스럽지도 않았음이라.

그러나 야릇한 염려가 나로 하여금 주저하게 하였다. 봉투에 넣어 보내는 것은 많은 금액에만 쓰는 격식인 것 같았다. 더구나 그리함은 그와 나의 사이를 이도^{날이 날카롭고 썩 잘 드는 칼}로 싹 베어버리는 것 같았다.

그는 실망하리라. 실망한 그만치 나를 욕하리라. 영구히 그를 대할 낯이 없으리라 함에 어찌 차마 못할 일인 듯싶었다. 끊는 데도 톱으로 슬근슬근 나무 썰 듯 누그러운 방법이 없지 않으리라고 생각하였다.

'그것은 꾸며대는 소리다! 정말 끊으려면 저야 실망을 하든 욕을 하든 대할 낯이 없든 꺼릴 것이 무엇이냐. 그런 염려를 하는 것은 끊으려면서 아니 끊으려는 것이다!'

나는 마음 어딘지 이런 가책을 느꼈다.

'끊고 아니 끊는 문제보다도 네가 침닉술이나 노름, 여자에 빠짐이 될까 안 될까가 더 중대한 문제다. 빠지지만 않으면 그뿐이 아니냐. 슬근슬근 정을 붙여둔들, 너에게 해로울 것이야 무엇 있나. 울적하고 무료할 제, 일시의 위안거리는 꽤 될 것이다.'

다른 소리가 또 이렇게 변명하는 듯하였다. 마침내 이런 결론을 얻었다.

'이왕이면 한번 보기나 하자. 그 역시 사람이니 너무 매몰스럽게 함은 내 도리가 아니다.'

맨송맨송한 정신으로야 직접으로 돈을 건넬 수 없었다. 어느 요리점에 데리고 가서 재미있게 놀다가 그도 취하고 나도 취한 후 그의 품속에 슬그머니 넣어주리라 하였다.

여기에 대하여 아내는 극렬히 반대하였다. 아내의 태도는 하룻밤 사이에 돌변하였나. 그의 수장을 의지하면 그런 짓은 성공도 하고 재산도 넉넉한 뒤에 할 일이었다. 하룻밤이면 무던하지, 이틀 밤부터는 과한 짓이었다. 참말 끈을 떼려 할진댄 춘심을 안 보는 것이 상책인 동시에 돈을 봉투에 넣어 보냄이 지당한 일이었다. 그리고 돈도 다 줄 것이 아니니 이십 원이면 넉넉하였다. 십 원은 내가 쓰고,

오 원은 자기가 써야 되겠노라 하였다.

"무슨 짝에 삼십오 원 템생각보다 많은 정도이나 주어요. 만날 용돈이 없어 허덕지덕하면서. 나도 한 오 원 있어야 되겠어요. 먹고 싶은 것 좀 사서 먹을 테야요."

아내는 이렇게 말을 마쳤다. 태기 있은 지 삼사 개월 되는 그는 불가항의 힘사람의 힘으로는 거역할 수 없음으로 도미국이 먹고 싶었다. 물 많은 배가 먹고 싶었다. 나는 이 요구를 안 들을 수 없었다. 그리고 돈만 치르고 열 점이 안 넘어 돌아올 것을 재삼 타이른 후, 나는 춘심의 집으로 왔다.

"오늘은 오실 줄 알고 아무 데도 안 갔지."

춘심은 웃는 낯으로 나를 맞으며 이런 말을 하였다. 그는 못 알아보리만큼 예뻤다. 끊으리 말리 한 것이 죄송할 지경이었다.

그의 집에서 그리 멀지 않은 식도원으로 나는 춘심을 끌고 왔다.

우리는 한동안 먹기도 하고 마시기도 하였다. 이야기도 하고 웃기도 하였다. 포옹도 하고 키스도 하였다. 홀연 춘심은 내 손을 잡아당겨 제 바지를 만져 보이며,

"퍽도 뻣뻣하지요. 따뜻하라고 서양목으로 바지를 해 입었더니만……."

"툭툭한 게 좋구먼."

나는 무심한 듯이 대답을 하였으나 춘심의 그 말에 무슨 깊은 뜻이 있는 것 같았다. 사치만 일삼는 시체그 시대의 풍습이나 유행을 따름 기생

과 다른 저의 질소^{꾸밈이 없고 수수함}를 자랑함일까? 또는 명주 바지를 해달란 말인가? 마침 그때에 그는 게으르게 기지개를 켠다. 누구에게 절이나 할 것처럼 깍지 낀 손을 내밀었다. 나는 반지 하나 없는 그의 손가락을 보았다. 명월관 지점에서 처음 만나던 때에 나는 그의 손가락에 적어도 두어 개 반지가 끼인 것을 보았거늘! 나는 아까 의심조차 한꺼번에 푼 듯싶었다.

'흥, 내가 반지를 해줄까 하고?'

나는 속으로 '요년' 싶었다. 그러면서 해주고 싶었다. 이 묵연^{잠잠히 말이 없음}의 욕망을 못 채워주는 것이 남아로 치욕인 듯하였다. 마음이 괴로워 견딜 수 없었다. 더 많은 것을 바라는 의사표시를 보기 전에 한시바삐 주려던 돈을 주었으면 하였다. 그러나 요리 값이 얼마인지 알 수 없어 주저주저하고 있었다.

"고만 가요."

그는 후끈후끈 다는 뺨을 나의 어깨에 쓰러뜨리며 나의 마음을 안 듯이 소곤거렸다. 요리 값은 팔 원 얼마였다.

나는 남은 돈 이십 원을 쥔 주먹을 내밀며,

"저어…… 이것 담배용에나 보태 써라."

라고 나는 목에 걸린 소리로 머뭇머뭇하였다. 그는 나를 물끄러미 바라보다가 고개를 흔들며,

"싫어요, 싫어요."

라고 부르짖었다.

"얼마 안 된다마는 정으로 받으렴. 돈이 아니고 정이다."

"기생은 돈 주어야 정 붙는 줄 언제부터 알았소? 흥, 돈! 돈! 기생년은 정을 정으로 못 찾고 돈으로 찾는담!"

하고 춘심은 한숨을 내쉬었다. 나는 어찌할 줄 몰랐다.

"흥, 돈이 정, 정이 돈! 기생년의 팔자란!"

춘심은 또 한 번 괴로운 한숨을 토하였다. 애달픈 슬픔에 싸인 그 뜨거운 입김이 마치 나의 심장을 스치는 듯하였다.

그도 사람이다, 여성이다. 시들고 곯아졌을지언정 그의 가슴에도 사랑의 움새로 돋아나오는 싹은 있으리라. 지금 그 말은 인몰해가는 자취도 없이 모두 없어지는 사랑의 애끓는 신음이리라. 나는 마치 그 사랑을 파악하려는 것처럼 그를 휩싸 안았다. 나는 그의 가슴에 온미따뜻하게 대해주는 데서 느끼는 감정와 고동을 느꼈다. 마치 그의 사랑이 나에게 이렇게 속살거리는 듯하였다.

"나는 다 식지 않았습니다. 오히려 봄날과 같이 따뜻합니다. 나의 숨은 아주 지지 않았습니다. 오히려 맥이 뜁니다. 오오! 나를 덥혀주셔요! 북돋워주셔요!"

그 말에 응하는 것처럼 나의 목소리도 소곤거렸다.

"덥혀주고말고. 북돋워주고말고. 아아, 불쌍한 사랑의 넋이여!"

우리는 십 분 동안 서로 떨어지지 않았다. 떨어진 뒤에도 우리는 어깨를 겯고 같이 걸었다. 돌아온 데는 물론 그의 집이다. 그러나 나는 그의 망토 포켓 안에 지폐 두 장을 넣고 말았다.

9

내일 단성사 ××권번^{일제강점기에 있었던 기생들의 조합}—춘심의 다니는 조합—온습회^{발표회}에서 다시 만남을 기약하고 나는 아침 늦게야 그의 집을 떠났다. 그만큼 대담스럽게도 되었다. 그만큼 애련^{사랑하고 그리워함}도 깊었다.

오 분 전에 잠깐 어디 나갔다 오는 사람같이 신추럽게 돌아왔다. 비난과 책망을 미연에 막기 위하여 엄연히 긴장한 얼굴로 건넌방에 들어왔다. 아내는 없었다. 그 대신 나의 책상 위에 무슨 글발이 있었다. 그것은 아내의 필적이었다.

전일에는 이 몸을 사랑하시옵더니, 이제는 이 몸을 버리시니 슬프고 애달픈 심사 둘 데 없사와 이 세상을 떠나려 하나이다. 이 몸이야 죽사온들 아까울 것 없지마는 다만 뱃속에 든 어린것이 불쌍코 가련하옵니다.

두루마기는 다려 장 안에 넣어두었으니 이 몸 보는 듯이 입으시기 바라나이다. 길이 못 뵈올 것을 생각하온즉 죽어도 눈을 감을 수 없사외다. 다행히 모진 목숨이 끊어지지 않사오면 다시 뵈옵고 첩첩이 쌓인 서러운 사정을 하소연할까 하옵니다.

나는 매우 감동되었다. 정말 유언장을 본 것같이 가슴이 찌르르

하였다. 눈물이 핑 돌았다. 물론 거짓이고 희롱인 줄이야 모름이 아니로되 거짓이면서도 거짓이 아닌 듯싶었다. 희롱이면서도 희롱이 아닌 듯싶었다. 혹 사실이나 아닐는지!

"할멈! 아씨 어디로 가셨나?"

나는 마루로 뛰어나가며 허전허전하는 소리를 떨었다.

"몰라요! 왜, 방에 안 계셔요?"

밥을 먹는 듯한 할멈은 제 방에서 이렇게 대답하였다.

사실이나 아닐까? 나는 안방으로 건넌방으로 주방으로 뒷간으로 허둥거리며 찾아다녔다…… 아내의 그림자는 볼 수 없었다.

"아씨 어디 가셨어? 어서 알으켜달라니까그래."

나는 광 속에 들어갔다 나오며 다시금 부르짖었다. 대답은 없고 히히 웃는 소리가 들렸다. 나는 곧 행랑방 문을 열어보았다.

"아씨가 여기 계실라구요?"

할멈은 온 얼굴에 주름을 밀며 태평건곤_{세상에 아무 걱정 없고 평안함}으로 빙그레하였다.

마침내 나는 다락 속에 숨은 아내를 발견하였다.

"여기 있구먼!"

나는 죽은 이가 살아온 것처럼 반갑게 부르짖었다. 콜럼버스가 신대륙을 발견한 때도 이만치 기쁘지 않았으리라. 아내는 웃으며 내려왔다.

"다락이 저승이야?"

우리가 건넌방으로 단둘이 들어왔을 제, 나는 웃으며 그를 조롱하였다. 은닉자도 방글방글 웃고만 있었다.

"그것은 무슨 짓이람. 유언을 써놓았으면 죽을 것이지, 왜 다락 속에 들어앉았담."

"왜 모진 목숨이 끊기지 않으면 다시 만나자 하지 않았어요?" 하고 아내는 해죽 웃었다.

"이번은 그랬지만 한 번만 더 가보아요. 정말 안 죽나."

아내의 얼굴빛은 갑자기 바꾸어졌다. 슬픔의 그림자에 그의 얼굴은 그늘지고 말았다.

"참 그렇게 날 속일 줄은 몰랐습니다. 돈만 주고 열 점 안으로 오신다 해놓고 안 오시는 데가 어디 있습니까…… 이제나 오실까 저제나 오실까 암만 기다리니 어디 오셔야지요. 새로 한 점을 치고, 두 점을 치고, 석 점을 치겠지요. 그제야 안 오시는 줄 알았습니다. 자려도 잠은 안 오고 그년을 쓸어안고 있는 꼴만 보이겠지…… 참말 애닯고 슬퍼서 견딜 수 없었습니다. 고만 죽고 몰랐으면 하였습니다. 그래, 요 앞 우물에 빠질까 하였습니다. 내가 한 것에 왜 남의 손을 대이랴 하고 밤중에 일어나 당신의 두루마기를 다렸습니다. 내 손에 옷 얻어 입기도 이것이 마지막이다 하니……."

말을 마치지 못하여 그의 코가 연분홍색을 띠어 실룩실룩 경련하기 시작하였다. 그러자마자 두 줄기 눈물이 흰 선을 그리며 뺨으로 흘렀다. 뒤미처 투명한 액체는 흐르고 또 흐른다. 이것을 보고야 아무리 춘심의 지주망거미줄에 감긴 나인들, 어찌 그의 고충을 살피지 못하랴. 실행은 안 했지만 사死를 생각한 것은 해보다도 명백한 일이다. 그런 생각이 든 것만큼 그의 속은 쓰렸으리라. 아팠으리라.

"울기는 왜, 울기는 왜."

라고 나는 위로하였다. 그러나 나의 눈도 젖기 비롯하였다. 속눈썹에 뜨거운 눈물이 몰림을 느꼈다.

"또 가시렵니까, 또 가시렵니까?"

이윽고 아내는 울음에 껄떡이며 다그쳤다.

"또 갈 리 있나, 또 갈 리 있나."

말뿐만 아니라 마음으로도 맹세하였다.

그러나 춘심과 만나자고 기약한 때는 왔다! 그 이튿날 저녁이다. 단성사에 갈까 말까…… 이것은 해결키 어려운 문제였다. 암만해도 가고 싶다. 가도 무방할 핑계를 얻으려고 애를 썼다. 단성사는 춘심의 집이 아니다. 공공의 구경터다. 춘심을 보러 가는 게 아니라 구경하러 가는 것이다. 또 이번 흥행은 ××양악대에 기부하기 위해 우리 사社에서 주최한 것이니 가보아야 할 의무가 있다. 누가 나를 보더라도 춘심을 만나려고 오지 못할 데를 왔단 말은 안 할 것이다. 안 가는 것이 도리어 남으로 하여금 이상하게 여기게 할 것이다. 또 춘심을 만날 기회는 이후라도 많을지니 보아도 수류운공지나간 일이 흔적 없이 사라져 허무함할 시련이 필요하다. 보기 위해서 가는 것이 아니라 정을 끊기 위해서 반드시 가보아야 되리라.

이유는 얼마든지 있었지만 혼자 가기가 무엇하던 차, 마침 C가 구경 가자고 왔다. 나는 즐거이 따라 나섰다.

여덟 점 가까이 되었을 때라 위층 아래층 할 것 없이 관람석은 입추의 여지가 없었다_{발 들여놓을 데 없을 정도로 사람들이 꽉 들어찬 경우를 비유하는 말}. 휘황한 불빛도 담배 연기와 사람의 입김에 흐리멍덩하였다. 나는 압박과 질식을 느꼈다.

나의 눈은 부인석에서 춘심을 찾고 있었다. 눈코는 분간할 수 없고, 분면_{분을 바른 얼굴}의 윤곽만 총총히 인형같이 꽂혀 있었다. 모두 춘심이 같으면서 모두 아니었다.

"저 무대 뒤로 들어갑시다. 거기는 난로도 있고 차도 있으니, 그리고 구경하기도 좋을 테지."

하고 C는 나를 그리로 끌었다. 거기에는 푸른 것, 붉은 것, 누른 것, 가지가지 의상이 눈을 현란케 하며 모두 비슷비슷한 기생이 우물우물_{한군데에 많이 모여 굼뜨게 움직이는 모양}하였다. 특별히 못생긴 것도 없고 특별히 잘난 것도 없었다. 향기는 고만두고 썩어가는 몸과 마음의 송장 냄새가 그곳 일면에 자욱하였다. 나는 일종의 공포와 구역을 느꼈다. 그야말로 계집 냄새가 날 지경이었다. 그 가운데에도 춘심의 그림자는 보이지 않았다.

'이러다 춘심을 만나면 어찌할꼬?'

나는 문득 생각하였다. 만나면 또 알 수 없는 매력에 끌리지나 않을까? 아니 끌린다 하자. 그러면 보아서 무엇할 것인가. 멀리서 그도 나를 보고 나도 그를 본다. 보고 흩어진다. 쑥스러운 일이로다!

쑥스럽게 안 하려면 돌아가는 길에 술잔이나 나누어야 되리라. 적

어도 인력거나 태워 보내야 된다. 그러하거늘 나의 주머니에는 벌

써 쇠전 한 닢도 없다. 만나면 큰일이다.

"고만 가요."

나는 C한테 턱없는 요구를 하였다.

"왔다가 구경도 안 하고 가잔 말이야?"

춘심이와 탁 마주칠까 하는 공겁심^{두려워하고 겁을 내는 마음}이 머리를

쳐들었다. 마음이 조마조마하여 견딜 수 없다. 몇 번 C를 졸랐건만

그는 내 말에 귀도 기울이려 아니하였다.

"가고 싶거든 혼자 가구려."

C는 마침내 성가신 듯이 말을 던지고 어느 기생과 이야기하기에

골몰하였다. 나는 하릴없이 또 머뭇머뭇하였다. 그럴 사이에 어째

건너편을 보고 나는 깜짝 놀랐다. 회색 망토에 까만 하부다에<sup>질 좋은

생사로 짠 견직물의 하나</sup> 수건을 두른 춘심이가 어느 결엔지 거기 와 있다!

다행히 나는 저를 보았건만, 저는 나를 못 알아본 모양이었다. 나는

불시에 돌아섰다. 무대로 드나드는 왼편 문이 잠겨 있다. 나가려면

춘심의 곁을 지나야 되겠다! 이야말로 진퇴유곡이다! 그래도 되든

말든 두판^{두 곳에 떨어진 일판} 집고 한번 나가나 보자. 나는 그리로 향하

고 급히 걸었다. 일평생에 관계되는 중대한 일을 단행할 때처럼 나

는 더할 수 없이 흥분하였다. 그는 나를 보았다! 둘의 거리는 한 자

도 안 된다. 마침 지나치는 사람은 많고 그곳은 좁았다. 나는 춘심에게 외면을 하고 사람 틈바구니에 휩쓸려 쏜살같이 이 난관을 넘으려 하였다. '나 좀 보아요' 하는 듯이 그는 살금살금 나의 외투자락을 잡아당겼다. 그 찰나에 나의 발길이 머뭇하려다 뒷사람에게 밀려 휙 빠져나왔다. 문간을 나섰다.

안심의 숨을 내쉴 겨를도 없이 후회가 뒤미쳤다. 범치 못할 죄악을 범한 듯하였다. 얼른 본 춘심의 얼굴은 전보다 십 배, 백 배 더 아름다웠던 것 같았다. 그 가야금 병창_{가야금을 타면서 거기에 맞추어 부르는 노래}을 못 견디리만큼 듣고 싶었다. 도로 들어갈까? 문지기 보기가 부끄러워 그럴 수 없었다. 발이 뒤로 당길 듯 당길 듯하면서도 앞으로 앞으로 옮겨졌다. 가슴은 미친바람에 뒤집히는 바다 모양으로 울렁거렸다. 머리는 벼락에 맞은 듯하였다. 어느 때 시작된 지 모르는 빗줄이 얼굴을 때렸건만 찬 줄도 몰랐다. 분화산 모양으로 온몸이 뭉울뭉울 타는 듯하였다. 무슨 까닭인지 나로서는 알 수 없다. 심리학자는 설명하고 싶은 대로 하여라!

10

며칠 동안 발을 끊었다. 그러나 알 수 없는 무슨 힘이 나를 끎을 어찌할 수 없었다. 그 힘은 어디 얼마나 달아나나 보자고 그가 나를 매놓은 실과 같았다. 달아나면 달아나는 대로 그 실은 풀렸다. 하되 잠깐만 걸음을 멈추면 그 실은 차츰차츰 감겨 뒤로 뒤로 이끌었다. 어느 때는 머리 올같이 가늘고 가늘게 되어 이것이 터진다, 이것이 터진다. '고만 이리 와요, 이리 와요' 살근살근 달래며 마음이 간질간질하게 잡아당기기도 하였다. 어느 때는 쇠사슬 모양으로 굵고 튼튼하게 되어 '이리 안 올 테야, 이리 안 올 테야' 위협하는 듯이 쭉쭉 잡아채기도 하였다. 이편에서 버티는 힘이 부족하면 휙 따라가는 수도 있다. 하루는 그 집 골목까지 따라간 일이 있다. 그 집 대문을 보자 '에, 뜨거라' 하고 나의 넋은 달음박질하였다. 바른길로 일없이 진고개를 올라갔다. 늘 하는 모양으로 책사^{서점}에서 책사로 돌아다니다가 저물게야 수표교^{조선 세종 때, 서울의 청계천에 놓은 다리}로 빠져 돌아오는 길이었다.

대관원에서 어떤 젊은 신사가 기생 하나를 데리고 나온 것을 보았다. 나의 마음은 다시금 동요하였나니 그 기생의 걸음걸이며 뒷모양이 하릴없는^{조금도 틀림이 없는} 춘심이었음이라. 나는 걸음을 재게 하였다, 느리게 하였다 하며 요모조모 살피기를 마지않았다. 그 나붓이 늘어진 귀밑머리조차 천연^{아주 비슷하게} 춘심이었다. 그럴 즈음에 그 기생은 뒤를 힐끗 돌아보았다. 마치 내가 뒤따라옴을 아는 것처럼. 얼굴이 같을 뿐만 아니라 사죄하는 듯한 웃음조차 건네는 듯도 하였다. 나는 그 자리에서 사라지는가 의심하였다. 그러나 내가 쏜살같이 그의 곁을 스치며 모든 것을 꿰뚫어보려는 일별^{한 번 흘낏 봄}로 그가 춘심이 아님을 간파하였다. 완전히 나의 착각임을 깨달았다.

나는 이런 일을 금은방 앞에서, 전차 정류장에서 한두 번 겪지 않았다. 마치 나의 눈에 춘심이란 색안경이 끼여 도처에 춘심을 발견하는 것 같았다. 홀로 시각뿐만 아니라 나의 관능이란 관능은 모두 그러하였다. 그 고소한 머릿기름 냄새를 아내의 머리에서 맡기도 하였다. 그 야릇한 향기를 나의 소매에서 느끼기도 하였다. 그의 소리, 살냄새는 벌써 그의 전유물이 아니고 낱낱이 나의 속 깊이 잠겨 있는 듯하였다. 이 모든 것이 환원작용으로 본임자와 어우러지라고 발버둥을 하고 있거늘, 그래도 끈을 떼었거니 하고 있었다.

정말 떼어졌을까? 보라! 어느 연회에서 다시금 만난 우리는 어찌 되었는가! 처음은 서로 눈인사만 교환하였다. 그리고 피차 모르는 사람 모양으로 시치미를 떼고 있었다. 하건만 연회가 끝나고 요리점 문밖을 나왔을 제, 그의 손은 나의 손을 힘 있게 쥐었다.

"어쩌면 그렇게 매정하십니까?"

그는 말을 꺼냈다. 얼마든지 비난을 하라는 것처럼 나는 빙글빙글 웃고만 있었다.

"돌아서신 줄은 나도 알았지만, 그렇게 안 오실 줄은 몰랐어요…… 그 이튿날 망토 속에 돈 이십 원 든 것을 보고 남자란 다 마찬가지다, 이걸로 정을 끊는구나 하였지요……."

"아니 무엇, 그런 것은 아니야. 저어……."

"남의 말을 좀 들어요…… 이것이 들어 남의 좋은 사이를 갈랐구나 하고 그 지전 두 장을 쪽쪽 찢어버리고 싶었어요. 이다지도 남의 마음 쓰는 것을 모르는가 하니 야속해 견딜 수 없었어요. 어쩌면 내 마음을 알아줄까…… 편지로나 세세사정^{꼼꼼하고 자세한 일의 형편이나 곡절} 그려볼까…… 별별 생각을 다 하다가 '에라 치워라, 매몰스러운 사나이에게 내 속을 왜 빼앗기리' 하고 한 발이나 되게 쓰던 편지를 갈가리 찢어버렸지요."

하고는 그때의 괴로운 한숨을 모아두었다가 인제 쉰다는 듯이 길이 길이 숨을 내쉬었다.

"요사이 조금 바빠서……."

라고 일종의 프라이드를 느끼면서 나는 중얼거렸다.

"그런 말 말아요."

춘심은 성난 듯이 잡았던 손을 뿌리치며,

"마음에 있으면 꿈에라도 보인다고, 아무리 바쁘기로서니 잠시 잠깐 다녀갈 틈이야 없단 말입니까? 내가 미친년이야. 나 같은 것이 정이니 무엇이니 하는 게 개밥에 도토리지……."

"가고 싶지만 어디 가겠든. 영업에 방해만 될 뿐이니……."

"내가 장사를 합니까? 영업은 무슨 영업이란 말씀이오. 그런 이면 치레를 하는 것부터가 마음에 없어서 그러는 것이지요. 짜장^{과연 정말로} 보고 싶어 보시오. 그런 생각이 나기나 하는가. 참 사나이라 다릅니다그려. 나는 암만 잊으려 해도 어디 잊혀집디까? 왜 만났던고, 왜 친했던고, 하루도 몇 번을 후회를 하였는지 몰랐어요. 정이란 사람이 만든 것이지만 인력으로 못할 것은 정입디다.”

그의 손은 다시금 나의 손을 쥐었다. 문득 깨달으니 나는 벌써 그의 집 마당에 서 있었다.

11

마음의 방축^{방죽}은 고만 터지고 말았다. 유혹의 흐름은 거리낌 없이 밀렸다. 이 물결 가운데는 싸늘한 이지^{이성과 지혜}와 뜨거운 감정이 서로 부딪고 서로 마주쳤건만 이지는 흔히 쩔쩔 끓는 열수^{뜨거운 물}에 넣은 얼음조각 모양으로 사라졌다. 모든 것을 잊고 나는 종종 춘심을 방문하였다. 그 역시 언제든지 나를 환영하는 것 같았다.

“왜 그처럼 안 오셔요?”

그는 중문간에서 마당으로 삐죽이 나타나는 나를 보자, 빙그레 웃으며 이렇게 부르짖는 것이 항례^{보통 있는 일}였다.

“아까 왜 만나지 않았어?”

어느 때는 내가 이렇게 대답할 경우도 있었다.

“참, 그랬지요. 나는 또 깜빡 잊었지. 금방 보고도 금방 안 본 것 같애요.”

하고 둘이 웃는 수도 있었다. 그러고는 밖이야 햇발이 따뜻하든 달빛이 밝든 밀장은 합문이 되었다. 사랑은 낙원을 지을 수 있다. 진세^{복잡하고 어수선한 세상}의 아무런 풍치^{훌륭하고 멋진 경치}와 아무런 풍정^{정서}와 회포를 자아내는 풍치나 경치도 이에 미칠 것이 무엇이랴! 거울같이 마주 만 앉으면 그뿐이다! 말은 말끝을 좇고 웃음은 웃음 뒤를 이었다. 피차의 처지를 설명하자, 오뇌^{뉘우쳐 한탄하고 번뇌함}도 하고 번민도 한다. 그러나 사랑으로 하여 하는 오뇌요, 번민이라. 딴 일로 말미암은 그것보다 달랐다. 그것은 하고 싶어 하는 때문이다.

"그런 생각을 다 하면 무엇합니까? 한시라도 재미있게 놀면 그뿐이지."

찰나주의자^{순간적인 쾌락만을 추구하는 태도}인 그는 이렇게 끝을 맺고 가야금을 뜯기도 하였다. 이러다 돌아오는 날은 만족과 행복을 느꼈다. 물린 것이 아니지만 며칠 안 보아도 참을 수 있었다. 하지만 어째 갔다가 못 만나면 하루에도 두세 번을 가고 싶었다. 저나 내나 무슨 고장이 생겨서 곧 아니 헤어질 수 없게 된 때도 그러하였다.

어머님이 밤 열 점 반 차로 동래에서 돌아오시던 날이었다. 정거장을 나가는 길에 나는 춘심의 집에 들렀다. 금심이가 있기 때문에 키스 한 번, 포옹 한 번 못하고 나는 몸을 일으키는 수밖에 없었다.

"왜 벌써 가셔요?"

금심은 나에게 매달리며 모자 집으려는 팔을 막았다.

"아니, 집에 가보아야 될 일이 있다."

라고 대답하였다. 웬일인지 말소리가 내 귀에도 허전허전하는 것 같았다. 어째 춘심에게는 가야만 될 사정을 말할 수 없는 것 같았다.

"애, 고만두어라. 오긴 어려워도 가긴 잘 가지. 만날 천 날 간다, 간다."

라고 춘심은 새무룩하게 긁어 잡아당겼다. 모자는 썼건만 그 음향이 전기같이 나에게 끼쳐 몸을 꼼짝도 할 수 없었다. 잠깐 답답한 침묵에 온 방 안 공기가 응결되는 듯싶었다. 금심은 물끄러미 쳐다보고만 있다. 춘심은 차마 가는 뒤 꼴을 못 보겠다고 하는 듯이 고개를 푹 숙이고 있다. 시키시마의 궐련을 빼어 입으로 그 담배를 불어 빼고 흰 종이로 볼록볼록하게 만들고 있다. 차라리 가지 말라고 나의 소매를 잡아당겼던들, 이렇게 가기 어렵지 않으련만!

"아이고, 좀 붙잡으셔요."

민망하였던지 금심이가 마침내 침묵을 깨뜨렸다.

"고만두어라. 양류^{버드나무}가 천만홍인들 가는 임 어이하리."

라고 춘심은 노래를 부르는 어조로 한숨을 내쉬었다. 하건만 나를 쳐다본 애끊는 정이 서린 추파는 무어라고 형용할 수 없는 느낌을 주었다. 다만 한 시간이라도, 반 시간이라도 더 놀았으면 하였다. 그러나 기차 대일 정각은 임박하였다. 마루까지 나오는 수밖에 없었건만 그와 작별치 않고는 차마 내려설 수 없다. 나는 닫혔던 미닫이를 다시금 열었다. 그는 여전히 고개를 숙이고 있다. 오직 한 번이라도 나를 보아나 주었으면!

"그냥 가려니 발이 떨어지지 않는걸."

나는 진정을 농담으로 엄벙하였다 ^{말이나 행동이 착실하지 못하고 실속 없이}

과장됨. 그는 얼굴을 들었다. 하염없이 웃으며,

"아무리 무정한 임인들, 작별이야 안 할 수 없지."

하고 일어서 나온다. 사람 눈 없는 어슴푸레한 마루에서 둘의 그림자는 하나가 되었다.

"밤에 볼일이 무슨 볼일이오?"

그는 물었다. 그 소리는 성난 듯도 하고 우는 듯도 하였다.

"어머님이 오늘 밤에 오신대. 시방 정거장에 나가는 길이야."

"진작 그런 말씀을 하실 게지. 그러면 어서 나가셔야 되겠구려."

하면서도 나를 놓지는 않았다. 더욱더욱 그의 몸이 달라붙음을 느꼈다. 나의 다리가 마루 끝을 내려서려 적마다 무릎으로 막았다. 입으로 가지 말라는 것보다 그 몸짓의 말이 더욱 웅변이었다.

이윽고 나는 구두를 신었다. 그도 나를 따랐다. 중문과 대문 어간 일정한 사이에서 우리의 그림자는 또 한 번 합하였다.

"어서 가셔요."

"응."

"나는 어찌할꼬."

"일찍이 좀 자려무나."

나는 그가 녹주홍등 유곽의 방탕한 분위기에 시달리며 밤마다 밤마다 잘 잠을 못 자는 것을 생각하고 이런 말을 하였다.

"어디 잠이나 오나요? 어슴푸레하게 달은 비치고……."

그날은 봄의 기운이 벌써 뚜렷한 밤이었다. 담회색 구름은 연기

같이 흐르고 있다. 무어라고 말할 수 없는 봄 향기에 채운 이 공기, 이 정적, 이 박명, 더구나 베일에 잠긴 처녀의 나체 같은 으스름달. 이 모든 것에서는 비밀의 정열의 발효를 느낄 수 있었다. 봄 마음으로는 잠도 안 올 밤이다. 나도 한참 황홀하였다.

"참 가셔야지, 차 시간 늦을라."

하고 그는 문득 감았던 팔을 풀었다.

"자아, 가십시다."

하면서 그는 양인서양 사람이 하듯 내 팔을 얼싸 끼고 께름한마음에 걸려 언짢은 느낌이 드는 발자국을 옮겼다. 그러면서,

"이러고 멀리멀리 갔으면……."

이라고 꿈꾸는 듯이 말을 하였다.

문득 전등 밑에서 우리는 떨어졌다.

"어서 들어가."

나는 한마디를 던지고 돌아섰다. 두어 걸음 가다가 뒤를 돌아보니 그는 그대로 서 있다. 두 눈이 이상하게 빛나는 것 같다. 내 마음 탓인지 모르되 분명히 눈물이 도는 듯하였다. 몇 걸음 가다가 또 돌아보았다. 반만 대문 안 어둠 속으로 사라진 그의 초연히의기가 떨어져 기운 없이 돌아선 꼴이 눈에 띄었다. 그것이 아주 사라지자 청승궂게 부르는 노래 한 가락이 나의 뒤를 따라왔다.

욕망이난망_{잊고자 해도 잊기가 어려움}이요,

불사이자사_{생각하지 않으려고 해도 저절로 생각이 남}로다

갈 거초자 서러워 마라 보낼 송_送자 나도 있다

이런 뒤로는 정이 더욱 깊어진 듯하였다.

12

어디서 술이 좀 취한 나는 열 점 가까이 되어 웬걸 있을라고 하면서도 에멜무지_{결과를 바라지 않고 헛일하는 셈 치고 시험 삼아 하는 모양}로 그의 잠긴 중문을 두드리며 불러본 일이 있었다.

"놀음 가고 없습니다."

아니나 다를까 굵다란 남자의 소리가 이렇게 대답하였다. 하릴없이 발을 돌리려 할 때였다.

"네에!"

이번에는 새된_{목소리가 높고 날카로운} 여자의 목청이 들렸다. 금심의 소리리라. 짤짤 끄는 신 소리를 들을 겨를도 없이 중문은 열렸다.

시난고난_{병이 심하지는 않으면서 오래 앓는 모양}이 드러누워 있는 춘심을 보았다. 핏기 하나 없는 샛노란 얼굴에도 나를 반기는 웃음을 움직였다. 그리고 신음하는 소리를 떨었다.

"아이고 오셔요, 오셔요…… 나는 어제부터 이렇게 아파요……
이럴 때 오셨으면 하던 차예요."

나는 가엾어 못 견디겠다는 표정으로 그의 머리를 짚으며,

"어디가 그렇게 아프담…… 나는 없단 말을 듣고 곧 가려고 하였
지……."

라고 하였다.

"아버지께서 모르시고 그런 것이야요. 목소리가 당신 같길래 금
심이더러 나가보아라, 아마 ○○○ 씬가 보다 하였어요."

제 아픈 것은 둘째 치고 딴 것이 매우 마음에 키이는^{걸리는} 것같이
변명하였다.

"나도 그런 줄 알았어. 그런데 어디가 그렇게 아파?"

"무얼 몸살이 좀 났는가 보아요. 그것이야 어쨌든 요사이 왜 그
리 안 왔습니까? 어디가 아프면 당신 생각이 열 곱, 스무 곱 더 나서
짜장 견딜 수 없습니다. 암만한들 제 마음을 아시겠소……."

그의 말마따나 나는 며칠 동안 그를 멀리 하였나니, 그것은 빈손
으로 오기가 뻔뻔스럽고 추근추근하다는 생각 때문이었다. 나만 오
면 딴 이의 부르는 것을 따는^{핑계를 대고 만나지 않는} 것이 민망도 하였음
이다. 더구나 홀대가 나를 기다리고 있다는 고통을 안 느끼고 올 수
없었음이다. 그러나 어째 와서 보면 나의 예상은 노상 틀렸다. 그의
일거일동^{하나하나의 동작이나 움직임}과 일빈일소^{성내기도 하고 기뻐하기도 하는 감}
^{정이나 표정의 변화} 어느 것에 나를 비난하는 무엇을 찾기 어려웠다. 오

늘 역시 그러하였다.

"고맙군, 고마워. 그렇게 나를 생각해주니……."

나는 참말 감사 안 할 수 없었다.

"늘 저러겠다…… 참말이다? 고마울 게 무엇이야요? 어디 나리가 생각하래서 생각합니까? 절로 생각해지니 생각하는 게지."

"이랬든 저랬든 고마우이. 이것은 참말이다."

"그래 참말이야요? 나리가 참말이라니 나도 참말을 좀 하리까. 나는 화류장에 노는계집이올시다. 노는계집이라 이 손님하고도 놀고, 저 손님하고도 놉니다. 요릿집에서 요릿집으로 불려 다닙니다. 번화하게 웃고 지냅니다. 그래도 때때로 외로운 생각이 들어요. 곧 울고 싶어요. 시쳇말로 나지미가 많으면 많을수록 어째 쓸쓸해서 견딜 수 없어요. 요새 문자로 꼭 한 사람에게 연애를 하였으면 하는 생각이 하루도 열두 번이나 나겠지요."

그는 폐부마음의 깊은 속에서 짜낸다는 어조로 이렇게 늘어놓았다. 온통 허위는 아닌 고백이리라. 참된 사랑을 할 수 없음은 위거짓에 없는 심적 비극일 것이다. 환락의 맨 밑에는 비애가 가로누워 있음도 혹 사실일 것이다. 술에 물커지고 육체에 해어진 백공천창온통 구멍과 상처투성이라는 뜻으로, 엉망진창이 된 모양을 비유함 뚫린 넋의 신음을 나는 듣는 듯싶었다. 춘심은 말을 이었다.

"나리를 알게 되자, 어째 전일에 생각하던 대로 된 것 같아요…… 그런데 웬일인지 더욱 애닲고 슬퍼서 어찌할 수 없었습니다. 그전

슬픔은 여기에 대면 아무것도 아니었습니다. 나리를 보면 웃음은 나오면서도 가슴이 미어지는 듯해요. 고만 죽었으면 하는 생각이 들어요. 나리를 아삭아삭 물어뜯고 싶겠지요. 그러나 물어뜯기는 건 제 가슴이지요. 독한 벌레에게나 쏘인 것처럼 쓰리고 아팠어요. 이것이 무슨 까닭인지……."

이 피를 뽑는 듯한 언언구구^{모든 말과 글귀}가 단 쇠끝 모양으로 나의 가슴에 들어박혔다. 따끔따끔한 고통을 느끼면서 신랄한 쾌감을 맛보았다. 나도 그를 지근지근 물어주고 싶었다. 물지는 못할망정 나의 입술은 그의 입술을 열렬하게 빨고 있었다. 그 위에 핀 키스의 꽃을 뿌리째 뽑아버리려는 것처럼…… 이윽고 뜨뜻한 무엇이 나의 얼굴에 축축하게 젖음을 느꼈다. 나는 낯을 떼었다. 그는 울고 있다. 다이아몬드 알맹이 같은 눈물방울이 번쩍이는 그의 속눈썹에 송송 솟는 것을 보았다. 나는 다시금 그를 움켜 안았다.

"놓아주셔요, 놓아주셔요."

하고 얼굴을 돌리며 눈물을 씻는다.

"헤프게도…… 웃지나 말아주셔요. 속없는 년이라고 웃지나 말아주셔요…… 일없는 사나이의 우는 꼴을 볼 때 '미쳤나, 울기는 왜 울어' 하고 속으로 웃는 일이 있습니다. 그 품앗이로 오늘은 내가 울고 나리가 웃겠지요!"

하고 울음을 멈추려고 한동안 애를 쓰다가 암만해도 못 참겠다 하는 듯이 흑흑 느끼며,

"나같이 못난 것 생각 마시고 부모 봉양이나 잘하셔요. 처자나 잘 기르셔요. 아까운 청춘을 이런 데 다니시지 마시고 만 사람이 우러러보게 잘되십시오. 나는 진정으로 나리께 바라는 것은 이것뿐입니다. 나도 이를 악물고 나리를 잊겠습니다…… 아아, 우리가 왜 알게 되었던가…… 다시 오시지 말아주셔요. 내 눈에 보이지 말아주셔요. 나에게는 아버지가 있습니다. 딸자식 하나만 바라는 불쌍한 아버지가 있습니다. 그의 노경늙어서 나이가 많은 때을 편안히 지낼 만한 거리를 아니 장만하고는 내 몸이라도 내 몸이 아닙니다. 어제도 딴 년처럼 사나이 삿갓 못 씌운다고손해를 입히거나 책임을 지우지 못한다고 야단을 만났습니다…… 내 한 몸 같으면…….."

말끝은 오열에 멈춰지고 말았다. 마침 그때였다. 중문 흔드는 소리가 요란히 들렸다. 춘심을 데리러 또 인력거가 왔다. 옆방에 있던 금심은 또 나갔다 들어왔다. 춘심은 눈물을 숨겼다.

"저어……."

금심은 나를 보고 매우 말하기 어려운 듯이,

"저어…… 김 승지 영감이 식도원에서……."

"아파서 못 간다 하려무나."

금심이가 미처 대답하기 전에 위협하는 듯한 차부의 소리가 가로질렀다.

"그러지 말고 가셔요. 김 승지 영감이 부르셔요. 또 올 걸입시오."

"아픈데 어찌 간단 말인가?"

"꼭 모시고 오래요. 괜히 남 걸음시키지 마시고."

"웬만하면 가보게그려."

나는 곁에서 말참례를 하였다.

이 김 승지란 자는 나의 가장 위험한 경쟁자였다. 춘심의 말에 의지하면 궐자그를 낮잡아 이르는 말는 일 년 전부터 자기에게 마음을 두어 가용집안 살림에 드는 비용도 대주고 세간도 장만해주었으되 상관관계를 맺음은 없었다. 궐은 서울에서 굴지하는수많은 가운데서 손가락을 꼽아 셀 만큼 아주 뛰어난 부호의 장자니 재산은 유여하지만넉넉하지만 그 인물에 이르러서는 영값이 없음이었다. 그 검고 얽은우묵우묵한 마맛자국이 생긴 얼굴이란 보기만 해도 지긋지긋하되 돈 하나로 말미암아 괄시할 수 없는 손님이었다. 빚 육천 원 갚아주고 오천 원짜리 집 사준다는 조건 밑에 궐은 춘심을 떼어 들이려는 중이었다. 금력으로 싸울 수 없다. 인격이나 사랑으로 대항하려는 나는 궐이 부른 줄 알면 피해주는 것이 항례였고, 가기 싫다는 것을 가보라고 권한 적도 있었다. 그러나 궐자로 말미암아 우연의 길운과 초자연의 기행기이한 행운을 믿게 되어 습득횡령을 꿈꾼 것만 여기 자백해두자.

춘심은 버티고 가지 않았다.

얼마 안 되어 궐자가 친히 왔다. 금심이가 미닫이를 열자 춘심은 일어앉으며 인사하였다.

"어디가 그리 아프담."

"어째 몸이 아프고 머리도 아프고……."

"예끼, 몸살이 난 게로군. 그런 줄 모르고 나는 식도원에서 요리를 시켜놓고 불렀지. 시킨 요리를 퇴할 수도 없고 또 혼자야 먹을 수 있나. 그래 이리 가져오라 하였지."

"아이고, 그렇습니까? 퍽도 미안합니다. 좀 올라오시지요."

"손님이 계신데…… 나 곧 갈 테야."

나의 피는 혈관에서 불을 피우며 미쳐 날뛰었다. 어떻게 생긴 놈인지 상판이라도 보고 싶었다. 그리고 춘심이 앞에서 보기 좋게 모욕해주고 싶은 잔혹한 생각이 불같이 일어났다. 그래서 나의 관대와 아량을 보이는 듯이,

"아니 관계없습니다. 들어오시지요."
라고 하였다.

"네, 고맙습니다. 곧 가겠습니다."

간다면서도 가지 않았다. 궐과 나는 한참 버티고 서 있었다. 그럴 사이에 요리상 온다는 것이 나의 용기를 꺾었다. 그것 오기 전에 나는 이 자리를 안 떠날 수 없었다.

"더 노시다 가시지요."

춘심은 미안해 못 견디는 듯이 말을 하였다.

"신진대사^{묵은 것은 없어지고, 새것이 대신 생기는 일}라니 먼저 온 사람은 가야지."
라고 점잖은 말을 하고 나왔다. 마루에 걸터앉은 이 경쟁자를 해치고 싶어 나는 전신을 떨었다.

“꼭 내가 가야 들어가시겠습니까?”

하고 나는 눈살로 궐자를 쏘며 웃음 속에 도전의 칼날을 빛냈다.

“이것 안되었습니다. 매우 미안합니다.”

하고 궐자도 홍소_{입을 크게 벌리고 웃거나 떠들썩하게 웃음}하며 눈의 불을 흘렸다. 궐자의 얼굴은 마치 이글이글 타는 숯불 위에 놓여 있는 불고기덩이 같았다. 모르면 모르되 나의 얼굴빛도 그러하였으리라.

어찌하였든 나는 밀려 나왔다. 패배하고 말았다. 분해서 견딜 수 없다. 다시 들어가 아까는 내가 나갔으니, 인제는 노형이 나가시오 하고도 싶었다. 그것보다도 딴 사람을 들여보내 들부수는 것이 나으리라 하고 나는 미친 듯이 달음박질하였다.

C의 여관 문을 두드렸다. C는 없었다. 나는 밤이 깊어가는 줄을 모르고 다방골 근처를 빙빙 돌며 헛되이 보복 수단을 강구하고 있었다. 그런 창피를 당했으면 다시는 그의 집에 안 갈 것이련만 나는 마치 흉한에게 빼앗겼던 애인의 안부를 살피려는 것처럼 그 이튿날도 춘심을 방문하였다. 이만큼 나는 춘심에게 정신을 잃게 되었다.

13

나는 임질에 걸리고 말았다. 공교하게 그 몹쓸 병은 옮았을 그때로 나타나지 않고 며칠 후에야 증세가 드러났다. 거의 행보를 못하리만큼 남몰래 아팠다. 춘심으로 하여 이런 고통을 겪건만 조금도 그가 괘씸치 않았다. 나의 머리는 아주 이지적이었다. 그야 무슨 죄랴. 짐승 같은 남자 하나가 그의 정조를 유린하고 그의 육체를 도독^{참기 어려울 정도의 심한 고통}하였다. 저도 모를 사이에 그 독균은 또 다른 남자에게로 옮겨갔다. 저주할 것은 이 사회고, 한할 것은 내 자신이라 하였다. 그러나 그의 집에 가기는 싫었다.

한 일주일 후이리라. 내가 사社에서 돌아오니 마당에 이불이 널리고 농짝이 들어내어 있었다. 그날은 춘기 대청결이었다.

어머님이 나를 보고 웃으시면서,

"건넌방에 가보아라. 춘심의 부고^{사람의 죽음을 알림}가 와 있다."

라고 하셨다.

어머님도 물론 그 일을 아셨다. 처음은 야단도 치셨지만 엎지른 물이라 담을 수 없고, 어머님 오기 전 아내가 거짓 유언을 쓴 뒤로부터는 춘심의 집에 간대도 온밤을 새운 일은 없으므로 그들은 모두 나에게 알면서 속고 있었다.

나는 가슴이 조금 뜨끔하면서도 웃으며,

"공연히 거짓말 마셔요. 부고가 무슨 부고야요?"

"아니 가보아. 내가 거짓말인가."

나는 이상하게 생각하면서도 말씀대로 하였다. 이것이 웬일인가? 전일에 얻어온 춘심의 사진이 갈기갈기 찢겨 있다! 그의 참혹히 죽은 시체나 본 것처럼 간담이 서늘하였다. 칼로 에어내는 듯한 슬픔을 느꼈다. 그러자 뒤미처 불덩이 같은 의분이 치받쳐 올랐다. 묻지 않아도 아내의 소위^{소행}인 줄 알 겨를도 없이 알았다. 지난날의 모든 현숙^{어질고 정숙함}으로 할지라도 이 악행을 기울^補 수 없었다. 아니다, 착하다고 믿었던 때문에 더욱 용서할 수 없었다. 이 잔인한 학살자 를 찾아 원수를 갚으려고 나는 맹렬히 문을 차고 나왔다.

범죄자는 머리에 흰 수건을 쓰고 마루에서 무엇을 치우고 있었 다. 나는 그를 잡아먹을 듯이 노려보며 독하게 소리를 질렀다.

"그것이 무슨 짓이야? 무슨 고약한 짓이야? 천하에 못된 것 같으 니……."

그는 나를 어이없이 쳐다보다가 같이 성을 내며,

"무엇이요? 그까짓 년의 사진 좀 뜯으면 어때요? 야단칠 일도 퍽 도 없는가 보다."

그가 이렇게 들이대기는 오늘이 처음이었다. 분노는 비등하였다. 나는 성을 어찌할 줄 몰라 침을 부글부글 흘리며 더듬거렸다.

"무엇이 어쩌고 어째? 뜯으면 어떠냐?"

"어때요? 그런 개 같은 년……."

저편도 씨근거렸다. 푸르죽죽해진 입술이 바르르 떨고 있다.

허파가 벌컥 뒤집히는 듯하였다. 숨이 콱 막힘을 느끼자 문득 때 아닌 눈물이 핑그르르 눈초리에 넘쳤다. 나는 모든 것을 잃은 까닭 이다. 이날 이때까지 나의 사랑하는 아내가 이런 계집일 줄이야 꿈 에도 생각지 못한 까닭이다. 아아, 나는 어찌할까.

"몰랐다. 몰랐다. 그런 계집인 줄은 참말 몰랐다. 왜 춘심이가 개 같은 년이야. 너보다 몇 곱이 나을지 모르지. 그의 사진을 왜 뜯어? 그 사진을 왜 뜯어? 둘도 없는 나의 애인이다! 이 세상에서 참으로 나를 사랑하는 이는 오직 그 하나뿐이다! 참 착한 여자다! 어진 여자다! 말이 기생이지 참말 지상 선녀다. 왜 내가 그에게 안 갔던고. 왜 안 갔던고. 나는 가련다. 나는 가련다. 그에게로 나는 가련다."

나는 흥분에 겨워 시나 읊조리는 어조로 소리를 떨었다.

"가지, 누가 못 가게 하나? 아주 끌려 덮어졌구먼!"

아내는 어디까지나 냉랭하였다.

나는 집을 뛰어나왔다. 미친 듯이 춘심에게로 달렸다. 문간에서 금심을 만났다. 그는 조금도 반기는 빛이 없었다.

"형 있니?"

"어제 살림 들어갔어요."

하고 금심은 입을 삐쭉하고 고만 안으로 사라졌다.

남겨놓은 그 한마디 말은 비수같이 나의 심장을 찔렀다. 이때야 말로 어안이 벙벙하였다. 한동안 화석과 같이 우두커니 서 있었다. 하늘도 무너지고 땅도 꺼지는 듯하였다.

눈앞이 캄캄하였다. 하건만,

"흥, 살림을 들어갔다."

라고 소곤거리고 돌아서는 수밖에 없었다.

집 잃은 어린애나 같이 속으로 울며불며 거리로 거리로 방황하였다. 그러다 하릴없이 집으로 돌아왔건만, 집에서는 또 얼마나 무서운 사실이 나를 기다리고 있었는지!

아내는 요강에 걸터앉아 온몸을 부들부들 떨고 있다. 차마 볼 수 없이 새빨갛게 얼굴을 찡그리고 있다. 그 눈에서는 고뇌를 못 이기는 눈물이 그렁그렁하였다.

나는 모든 것을 깨달았다. 병독은 벌써 그의 순결한 몸을 범한 것이다. 오늘 청결하느라고 힘에 넘치는 격렬한 일을 한 까닭에 그 증세가 돌발한 것이다. 춘심의 사진을 처음 볼 때에 웃고만 있던 그로서 그것을 찢게 된 신산한^{힘들고 고생스러운} 심리야 어떠하였으랴! 그의 태중에는 지금 새로운 생명이 움직이고 있다. 이 결과가 어찌 될까.

싸늘한 전율에 나는 전신을 떨었다. 찡그린 두 얼굴은 서로 뚫을 듯이 마주 보고 있었다. 육체를 점점이 씹어 들어가는 모진 독균의 거취를 살피려는 것처럼. 그리고 나는 독한 벌레에게 뜯어 먹히면서 몸부림을 치는 어린 생명의 약한 비명을 분명히 들은 듯싶었다.

−1922년

할머니의 죽음

‘조모주할머니 병환 위독.’

삼월 그믐날 나는 이런 전보를 받았다. 이는 ××에 있는 생가에서 놓은 것이니 물론 생가 할머니의 병환이 위독하단 말이다. 병환이 위독은 하다 해도 기실 모나게 무슨 병이 있는 게 아니다. 벌써 여든둘이나 넘은 그 할머니는 작년 봄부터 시름시름 기운이 쇠진해서 가끔 가물가물하기 때문에 그동안 자손들로 하여금 한두 번 아니게 바쁜 걸음을 치게 하였다.

그 할머니의 오 년 맏이인 양조모는 갑자기 울기 시작하였다.

“아이고…… 이승에서 다시 못 보겠다. 동서라도 의로 말하면 친형제나 다름이 없었다…… 육십 년을 하루같이 어디 뜻 한번 거슬러보았을까…….”

연해연방 이런 넋두리를 섞어가며 양조모는 울었다. 운다 해도 눈 가장자리가 붉어지고 목소리가 떨릴 뿐이었다. 워낙 연만한^{나이}^{가 아주 많은} 그는 제법 울음답게 울 근력조차 없었다.

“그래도 그 할머니는 팔자가 좋으시다. 자손이 늘은 듯하고……아이고.”

끝으로 이런 말을 하며 울음이 한숨으로 변하였다. 자기가 너무 수한^{오래 산} 까닭으로 외동자들을 앞세워 원이 되고 한이 되어 노상 자기의 생을 저주하는 그는 아들이 둘^{본래 셋이더니 그중에 둘째아버지가 일찍}^{이 돌아갔다,} 직손자가 여덟이나 되는 그 할머니를 언제든지 부러워하였다.

“지금 돌아가시면 호상이지. 아드님이 백발이 허연데…….” 라고 양모도 맞방망이를 치며 눈을 멍하게 뜬다. 나도 과연 그렇기도 하겠다 싶었다.

나는 그날 ×차로 ××를 향하고 떠났다. 새로 석 점이 지나 기차를 내린 나는 벌써 돌아가시지나 않았나고 염려를 마지않으며 캄캄한 좁은 골목을 돌아들어 생가의 삽짝^{사립문} 가까이 다다를 제, 곡성이 나는 듯하여 마음이 조마조마하였다. 하건만 다행히 그 불길한 소리는 들리지 않았다. 삽짝은 빠끔히 열려 있었다.

마당에 들어서니 추녀 끝에 달린 그을음 앉은 괘등^{누각이나 전각의 천}^{장에 매다는 등}이 칸 반밖에 안 되는 마루와 좁직한 뜰을 쓸쓸하게 비추고 있었다. 우물둔덕과 장독간의 사이에 위는 거적으로 덮고 양 가는 삿자리로 두른 울막을 보고 나는 가슴이 덜컹하고 내려앉았다. 상청^{죽은 이의 모든 것을 차려놓은 곳}이 아닌가…….

그러나 나의 어림짐작은 틀렸다. 마루에 올라선 내가 안방 아랫 방에서 뛰어나온 잠 못 잔 피로한 얼굴들에게 이끌려 할머니가 거 처하는 단칸 건넌방으로 들어가니 할머니는 깔아진 듯이 아랫목에 누웠으되 오히려 숨은 붙어 있었다. 그 앞에 앉은 나를 생선의 그것 같은 흐릿한 눈자위로 의아롭게 바라본다.

"얘가 누구입니까? 어머니, 얘가 누구입니까?"

예안^{禮安} 이씨로, 예절 알기와 효성 있기로 집안 중에 유명한 중 모^{둘째어머니}는 나를 가리키며 병자의 귀에 대고 부르짖었다.

"몰라……."

환자는 담^{가래}이 그르렁그르렁하면서 귀찮은 듯이 대꾸하였다.

"제가 누구입니까, 할머니!"

나는 그 검버섯이 어룽어룽^{고르고 촘촘하게 무늬를 이룬 모양}한 뼈만 남은 손을 만지며 물어보았다. 나의 소리는 떨렸다.

"저를 모르시겠습니까? 제가 ○○이 아닙니까?"

"응, 네가 ○○이냐……."

우는 듯이 이런 말을 하고 그윽하나마 내가 잡은 손에 힘을 주는 듯하였다. 그 개개풀린 눈동자 가운데도 반기는 빛이 역력히 움직 였다.

할머니의 병환이 어젯밤에는 매우 위중해서 모두 밤새움을 한 일,

누구누구 자손을 찾던 일, 그중에 내 이름도 부르던 일, 지금은 한결 돌린 일…… 온갖 것을 중모는 나에게 알려주었다.

나는 그날 밤을 누울락 앉을락, 깰락 졸락 할머니 곁에서 밝혔다. 모였던 자손들이 제각기 돌아간 뒤에도 중모만은 할머니 곁을 떠나지 않았다. 불교의 독신자인 그는 잠 오는 눈을 비비기도 하고 기침으로 목청을 가다듬기도 하면서 밤새도록 염불을 그치지 않았다. 그 소리는 적적한 새벽녘에 해가^{상여가 나갈 때 부르는 노래}와 같이 처량히 들렸다. 나는 새삼스럽게 그 효심의 지극함과 그 정성의 놀라움에 탄복하였다.

아침저녁으로 각지에 흩어져 있는 자손들이 모여들기 시작하였다. 방이라야 단지 셋밖에 없는데 안방은 어머니, 형수들이 점령하고 뜰아랫방 하나 있는 것은 아버지, 삼촌, 당숙들에게 빼앗긴 우리 젊은이 패—사, 육촌 형제들은 밤이 되어도 단 한 시간을 눈 붙일 곳이 없었다. 이웃집과 누누이 교섭한 끝에 방 한 칸을 빌려서 번차례로 조금씩 쉬기로 하였다. 이 짧은 휴식이나마 곰비임비^{물건이 거듭 쌓이거나 일이 계속 일어남을 나타내는 말} 교란되었나니, 그것은 십 분들이로 집에서 불러들이는 까닭이다. 아버지와 삼촌네들의 큰 심부름, 잔심부름도 적지 않았지만 할머니 곁에 혼자 앉은 중모의 꾸준한 명령일 때가 많았다. 더욱이 밤새 한 시에나 두 시에나 간신히 잠을 들어 꿀보다 더 단 잠이 온몸에 나른하게 퍼진 새벽녘에 우리는 꺼들려 일어나는 수밖에 없었다.

"할머님 병환이 이렇듯 위중하신데 너희는 태평 치고 잠을 잔단 말이냐?"

우리가 건넌방에 들어서면 그는 다짜고짜로 야단을 쳤다. 그중에도 가장 나이 어리고 만만한 내가 이 꾸중받이가 되었다. 인정사정 없는 그의 태도가 불쾌는 하였지만 도덕적 우월을 빼앗긴 우리는 대꾸 한마디 할 수 없었다.

"다들 뭐란 말이냐. 나는 한 달이나 밤을 새웠다. 며칠들이나 된다고."

졸음 오는 눈을 비비는 우리를 보고 그는 자랑스럽게 또 이런 꾸중도 하였다.

'놀라운 효성을 부리는 게 도무지 우리 야단칠 밑천을 장만하는 게로구나.'

나는 속으로 꿀꺽꿀꺽하며 이런 생각을 하였다.

한번은 또 그의 명령으로 우리는 건넌방에 모여들었다. 그 방문은 열어젖혔는데 문지방 위에 할머니의 지팡이가 놓이고 그 밑에 또 신으시던 신이 놓여 있었다. 방 안 할머니의 머리맡에는 다라니^{불경을 적어놓은} 족자가 걸려 있다.

'할머니가 운명을 하시나 보다!'

우리는 번개같이 이런 생각을 하며 할머니 곁으로 다가들었다. 그는 담을 그르렁그르렁거리며 혼혼히^{정신이 가물가물하고 희미한 모양} 누워 있었다. 중모는 흐르는 눈물을 걷잡지 못하며 그의 귀에 들이대

고 울음소리로 아미타불서방 정토에 있는 부처과 지장보살부처 없는 세계에 머
물면서 중생을 교화한다는 보살을 구슬프게 부르짖고 있었다.

한동안 엄숙한 긴장이 여기 있었다. 모두 같은 일을 기대하면서.

십 분! 이십 분! 환자의 신상에는 아무 별증이 나타나지 않았다.

"아마, 잠이 드신 모양입니다."

이윽고 아버지가 이 긴장한 침묵을 깨뜨렸다. 그리고 중모를 향
하여,

"잠 주무시게스리 염불을 고만 뫼십시오."

하고 나가버렸다. 그 뒤를 따라서 빽빽하게 들어섰던 자손들이 하
나씩 둘씩 헤어졌다.

그래도 눈물을 섞어가며 염불을 마지않던 중모가 얼마 뒤에 제물
에저 혼자 스스로의 바람에 부처님 찾기를 그쳤다. 그리고 끝끝내 남아 있
던 나에게 할머니가 중부가 왔다고 하던 일, 자기를 데리러 교군가
마꾼이 왔다던 일, 중모의 손을 비틀며 어서 가자고 야단을 치던 일
을 이야기하였다. 그러다가 숨구멍에서 무엇이 꿀꺽하더니 그만 저
렇게 정신을 잃으신 것을 설명해 들겼다들었다.

그날 저녁때에 할머니는 여상히평소와 다름이 없이 깨어나셨다. 이런
일이 한두 번이 아니었다. 몇 번이나 신과 지팡이가 놓였다 치었다,
다라니가 벽에 걸렸다 떼였다 하였다. 그러는 동안에 자손의 얼굴
은 자꾸자꾸 축이 나갔다. 말하기는 안되었지만 모두 불언 중에 할
머니가 하루바삐 끝장나기를 기다리고 있었다. 관조차 맞추어서 칠

까지 먹여놓았다. 내가 처음 오던 날 상청이 아닌가 하고 놀랐던 그 울막도 이 관을 놓아두려는 의지간^{원래 있던 집채에 더 달아서 꾸민 칸}이었다.

그러하건만 할머니는 연해 한 모양으로 그물그물하다가 또 정신을 차렸다. 아니, 정신이 돌아오는 때가 도리어 많아간다. 자기 앞에 들어서는 자손들을 거의 틀림없이 알아맞혔다. 그리고 가끔 몸부림을 치면서 일으켜달라고 야단을 쳤다. 이럴 때에 중모는 거북스럽게도 염불을 모셨다.

"어머니, 어머니, 가만히 계셔요. 가만히 계셔요."

그는 몸부림하는 할머니를 제지하면서 이렇게 타일렀다.

"저를 따라 염불을 뫼셔요. 나무아미타불, 나무아미타불."

"나 일어날란다."

"에그, 왜 그러셔요? 가만히 계셔요. 제발 덕분에. 나무아미타불, 나무아미타불……."

"나무아미타불, 나무아미타불."

할머니는 마지못하여 중모를 따라 두어 번 입술을 달싹달싹하더니 또 얼굴을 찡그리며 애원하는 어조로,

"이제 고만 뫼시고 날 좀 일으켜다고. 내 인제 고만 가련다."

"인제 가세요! 가만히 누워 가시지요. 왜 일어나시긴. 나무아미타불…… 왕생극락…… 나무아미타불……."

할머니는 귀찮아 못 견디겠다는 듯이 팔을 내저으며,

"듣기 싫다. 염불 소리 듣기 싫다! 인제 고만해라."

하며 몸을 일으키려고 애를 쓴다.

"그게 무슨 말씀입니까?"

중모는 질색을 하며 더욱 비장하게 부처님을 찾았다.

"듣기 싫다! 듣기 싫어. 나는 고만 갈 테야."

할머니는 또 이렇게 재우쳤다.

나는 이 광경을 보고 적이 의외의 감이 있었다. 할머니는 중모보다 못하지 않은 불교의 독신자다. 몇십 년을 하루같이 새벽마다 만수향^{부처 앞에 태우는 향}을 켜놓고 염불 모시기를 잊지 않은 어른이다. 정신이 혼혼된 뒤에도 염주 담은 상자와 만수향만은 일일이 아랑곳하던 어른이다.

"……하루에도 만수향을 세 갑, 네 갑 켜시겠지. 금방 사다 드리면 세 개씩 네 개씩 당장 다 켜버리시고 또 안 사온다고 꾸중이시구나……."

작년 가을 내가 귀성하였을 제, 계모가 웃으며 할머니의 노망 이야기를 하는 가운데 만수향 켜는 것을 그 하나로 헤아렸다.

그러하던 할머니가 왜 지금 와서 염불을 듣기 싫다는가? 그다지 할머니는 일어나고 싶으신가? 죽어가면서도 일어나려는 이 본능 앞에는 모든 것이 권위를 잃는 것인가?

"저렇게 일어나시랴니 좀 일으켜 드리지요."

나는 보다 못해 이런 말을 하였다.

"안 된다. 일으켜 드릴 수 없다. 하도 저러시길래 한번 일으켜 드렸더니 어떻게 아파하시는지 차마 뵈올 수 없었다.”

“어째 그래요?”

나는 이렇게 반문하였다. 이 반문에 대한 중모의 설명은 더욱 놀라운 것이었다.

할머니가 작년 봄부터 맑은 정신을 잃은 결과에 늙은이가 어린애가 된다고 뒤를 가리지 않게 되었다. 게다가 이 두어 달 전부터 물을 자꾸 청해 잡수시고 옷에고 요 바닥에 함부로 뒤를 보았다. 그것을 얼른 빨아 드리지 못한 때문에 제물에 뭉켜지고 말라붙은데다가 뜨거운 불목^{온돌방 아랫목의 가장 따뜻한 자리}에 데여 궁둥이 언저리가 모두 벗겨졌다. 그러므로 일어나려면 그곳이 땅기고 배겨 아파하는 것이라 한다.

이 말을 들은 나는 할머니를 모로 누이고 그 상처를 보았다. 그 자리는 손바닥 넓이만큼이나 빨갛게 단 쇠로 지진 듯이 시커멓게 벗겨졌는데 그 위에는 하얀 테가 징그럽게 끼었고, 그 가장자리에는 독기를 품고 아른아른 부르터 올라 있다.

나는 차마 더 볼 수 없었다. 이것이 무슨 일인가! 양조모, 양모가 부러워하던 늘은 듯한 자손은 다 무엇을 하고 우리 할머니를 이 지경이 되게 하였는가? 왜 자주 옷을 갈아입혀 드리며 빨아 드리지 못하였는가? 이 직접 책임자인 계모가 더할 수 없이 괘씸하였다.

그러나 가만히 생각해보면 그를 그르다고도 할 수 없다. 위에도 말하였거니와 할머니가 이리된 지는 하루 이틀이 아니다. 벌써 몇 달이 되었다. 이 긴 시일에 제아무리 효부라 한들, 하루도 몇 번을 흘리는 뒤를 그때 족족 빨아낼 수 없으리라. 더구나 밤에 그런 것이야 일일이 알 수도 없으리라. 하물며 계모는 시집오던 첫날부터 골머리를 앓으리만큼 큰 병객이다. 병명은 의원을 따라 혹은 변두머리^{편두통}라고도 하고, 혹은 뇌진이라고도 하고, 혹은 선천부족^{타고난 체력 부족으로 몸이 허약한 상태}이라고도 하였지만 하나도 고쳐주지는 못하였다. 삼십이 될락 말락 하건만 육십이나 칠십이 다 된 노인 모양으로 주야장천^{밤낮으로 쉬지 않고 연달아} 자리보전하고 누워 있는 터다. 제 몸이 괴로우니 모든 것이 싫은 것이다. 그리고 나까지 아우르면 아버지 슬하에 아들만 넷이나 되건마는 지금 육십 노경에 받드는 어느 아들, 어느 며느리 하나가 없다. 집안이 넉넉지 못한 탓으로 사방에 흩어져서 제 입 풀칠하기에 눈코를 못 뜨는 까닭이다.

이 책임을 누구에게 돌릴까? 나는 알 수 없었다. 쓴 물만 입 안에 돌 뿐이다.

그 후에 또 이런 일이 있었다. 어느 때 내가 할머니 곁에 갔을 적이었다. 할머니는 그 뼈만 남은 손으로 나의 손을 만지고 있었다.

"○○아, ○○아."

할머니는 문득 나를 불렀다.

"인제는 다시 못 보겠다. 인제는 다시 못 보겠다."

"왜 그런 말씀을 하십니까?"

"인제 내가 안 죽니. 그런데 너, 내 청 하나 들어주겠니?"

"네? 무슨 말씀입니까?"

"나, 나 좀 일으켜다고."

나는 눈물이 날 듯이 감동하였다. 어찌 차마 이 청을 떼칠 건가. 나는 다짜고짜로 두 손을 할머니 어깨 밑으로 넣으려 하였다. 이것을 본 중모는 깜짝 놀라며 나를 말렸다.

"애, 네가 왜 또 그러니? 일으켜 드리면 아파하신대두 그예^{기어이} 그러네."

"그때 약을 사다 드렸으니 그 자리가 이제는 아물었겠지요."

나는 데었단 말을 듣던 그날 약 사다 드린 것을 생각하고 이런 말을 하였다.

"아니야, 아직 다 낫지 않았어. 오늘 아침에도 일으켜 드렸더니 몹시 아파하시더라."

나는 주춤하였다. 할머니의 앓는 것이 애처로웠음이다.

"어머니! 가만히 누워 계셔요, 네? 일어나시면 아프십니다."

중모는 또 자상히 타이르듯 말하였다. 할머니는 물끄러미 나와 중모를 번갈아 보시더니 단념한 듯이 눈을 감았다.

한참 앉아 있다가 나는 몸을 일으켰다. 이때에 할머니가 눈을 번쩍 뜨며 문득,

"어데를 가?"

라고 물었다. 나는 주춤 발길을 멈췄다. 할머니는 퀭한 눈으로 이윽히 나를 쳐다보더니 무엇을 잡을 듯이 손을 내저으며 우는 듯한 소

리로,

"서방님! 제발 나를 좀 일으켜주십시오. 서방님, 제발 나를 좀 일으켜주십시오."

라고 부르짖었다.

"에그머니! 그게 무슨 말씀입니까? 그 애가 ○○이 아닙니까? 서방님이 무엇이야요?"

중모는 바싹 할머니에게 다가들며 애처롭게 알려 드렸다. 이때 마침 할머니가 잡수실 배즙을 가지고 들어오던 둘째 형수가 무슨 구경거리나 생긴 듯이 안방을 향하고 외쳤다.

"에그, 할머니 좀 보아요! 서울 아우님더러 서방님! 서방님! 하십니다."

이 외침을 듣자 자부^{며느리}와 손부^{손자며느리}들은 모여들었다. 그들의 눈은 호기심에 번쩍이고 있었다.

나는 또 할머니의 청을 물리칠 수는 없었다. 그것이 어떠한 나쁜 영향을 초치^{불러들임}할지라도 안 일으켜 드릴 수 없었다. 그러나 할머니는 요 바닥 위로 반 자를 떠나지 못하여,

"아야야……."

라고 외마디소리를 쳤다. 나는 얼른 들어올리던 손을 뺄 수밖에 없었다. 다시금 눕기 싫어하던 요 위에 누운 뒤에도 할머니는 앓기를 마지않았다. 적지 아니한 꾸중을 모셨다.

이윽고 조금 진정이 되더니만 또 팔을 내저으며 기를 쓰고 가슴

을 덮은 이불자락을 자꾸자꾸 밀어내렸다. 감기가 들까 염려하는 중모는 그것을 꾸준히 도로 집어올렸다. 할머니는 손을 내밀더니 이번에는 내 조끼 단추를 붙잡아 당겼다.

"왜, 이리하십니까, 단추를 빼란 말씀입니까?"

할머니는 고개를 끄덕였다. 끄덕였다 해도 끄덕이려는 의사를 보였을 뿐이었다. 나는 단추 한 개를 뺐다. 그래도 할머니는 자꾸 조끼의 단추와 씨름을 마지않았다. 나는 단추를 낱낱이 빼는 수밖에 없었다. 그러고 나니 그는 또 옷고름과 실랑이를 시작하였다.

"옷고름을 끄를까요?"

"응!"

나는 또 옷고름을 끌렀다. 끄른 뒤에 할머니는 또 소매를 잡아당겼다.

"왜 이리하셔요?"

"버, 벗어라. 답답지 않니?"

여기저기서 물어 멈추려고 애쓰는 웃음이 키키 하였다.

나는 경멸과 모욕의 시선을 그들에게 던졌다. 자기가 얼마나 답답하고 갑갑하기에 남의 단추 끼운 것과 옷고름 맨 것과 저고리 입은 것조차 답답해 보일 것이랴! 여기는 쓰디쓴 눈물과 살을 저미는 슬픔이 있어야 하겠거늘, 이 기막힌 광경을 조소로 맞아야 옳을까?

나는 곧 그들에게 침이라도 뱉고 싶었다. 하되 나의 마음을 냉정하게 살펴본즉 슬프다! 나에게는 그들을 모욕할 권리가 없었다. 형수들 앞에서 앞가슴을 풀어 젖히라는 할머니가 민망스럽기도 하고 딱하기도 하였다. 환자를 가엾다고 생각하면서도 나의 속 어디인지 웃음이 움직인 것은 부정할 수 없는 사실이었다. 더구나 내가 젊은 이 패가 모인 이웃집 방에 들어갔을 제, 무슨 재미스러운 일이나 보고 온 사람 모양으로 득의양양하게 이 이야기를 하고서 허리를 분질렀다…….

거기에서는 할머니의 병세에 대하여 의논이 분분하였다. 그들은 하나도 한가한 이가 없었다. 혹은 변호사, 혹은 은행원, 혹은 회사원으로 다 무한년^{연수의 제한이 없음}하고 있을 수 없는 형편이었다.

"나는 암만해도 내일은 좀 가보아야 되겠는데…… 나는 그 전보를 받고 벌써 돌아가신 줄 알았어. 올 때에 친구들이 북포^{함경북도에서 생산하던 올이 가늘고 고운 삼베}니 뭐니 부의^{장례를 치르는 집에 보내는 돈이나 물품}를 주길래 아직 돌아가시지도 않았는데 이게 웬일이냐 하니까, 그 사람들 말이 돌아가셔도 자손들에게 그렇게 전보를 놓느니 하데그려. 그래 모두 받아왔는데…… 허허허…….."

그중에 제일 연장자로 쾌활하고 말 잘하는 백형^{맏형}은 웃음 섞어 이런 말을 하고 있었다.

"암만해도 오늘내일 돌아가실 것 같지는 않은데…… 이거 큰일 났는걸. 가는 수도 없고……."

"딴은 곧 돌아가실 것 같지는 않아……."

은행원으로 있는 육촌은 이렇게 맞방망이를 쳤다.

"의사를 불러서 진단을 해보는 것이 어떨까요?"

부산 방직회사에 다니는 사촌이 이런 제의를 하였다.

"옳지, 참 그래보아야 되겠군."

아버지께 이 사연을 아뢰었다.

"시방 그물그물하시지 않나? 그러면 하여간 의원을 좀 불러올까?"

의원은 아버지와 절친한 김 주부^{한약방을 차린 사람}를 청해 오기로 하였다.

갓을 쓴 그 의원은 얼마 안 되어 미륵 같은 몸뚱이를 환자 방에 나타냈다. 매우 정신을 모으는 듯이 눈을 내리감고 한나절이나 진맥을 하더니 고개를 절레절레 흔들며 물러앉는다.

"매우 말씀하기 안되었소마는 아마 오늘 밤이 아니면 내일은 못 넘길 것 같소."

매우 말하기 어려운 듯이, 기실 조금도 말하기 어렵지 않은 듯이 그 의원은 최후의 판결을 언도하였다.

"글쎄, 그래, 워낙 노쇠하셔서서 오래 부지를 하실 수 없지……."

'그러면 그렇지' 하는 얼굴로 아버지는 맞방망이를 쳤다.

가려던 자손은 또 붙잡혔다. 그러나 할머니는 그날 저녁부터 한결 돌렸다. 가끔 잡수실 것을 찾기도 하였다. 잡숫는 건 고작해야 배즙, 국물에 만 한술도 안 되는 진지였다. 죽과 미음은 입에 대기도 싫어하였다. 그리고 전일에 발라드린 양약의 효험이 나서 상처가 아물었던지 자부와 손부에게 부축되어 꽤 오래 일어나 앉게도 되었다.

그 이튿날이 무사히 지나가자 한의의 무지를 비소^{비웃음}하고, 다른 것은 몰라도 환자의 수명이 어느 때까지 계속될 시간 아는 데 들어서는 양의가 나으리라는 우리 젊은 패의 주장에 의하여 ××의원 원장으로 있는 천엽千葉 의학사를 불러오게 되었다.

그는 진찰한 결과에 다른 증세만 겹치지 않으면 이삼 주일은 무려하리라^{아무 염려할 것이 없으리라} 하였다.

"그래, 그저 그럴 거야. 아직 괜찮으신데 백주에^{드러내놓고 터무니없게} 억지로 서둘고 야단을 했지."

하고 일이 바쁜 백형은 그날 밤으로 떠나갔다.

그 이튿날 아침이었다.

우리가 집에 돌아오니까 할머니 곁을 떠난 적 없는 중모가 마당에서 한가롭게 할머니의 뒤 흘린 바지를 빨고 있다가 웃는 낯으로 우리를 맞으며,

"할머님이 오늘 아침에 혼자 일어나셨다. 시방 진지를 잡수시고 계시다. 어서 들어가 뵈어라."

나는 뛰어들어갔다. 자부와 손부의 신기해 여기는 시선을 받으면서 할머니는 정말 진지를 잡숫고 있었다. 나는 빙글빙글 웃으며,

"할머니, 어떻게 일어나셨습니까?"

할머니는 합죽한 입을 오물오물하며 막 떠 넣은 밥알맹이를 삼키고,

"내가 혼자 일어났지, 어떻게 일어나긴. 흉악한 놈들, 암만 일으</sup>

켜달라니 어데 일으켜주어야지. 인제 나 혼자라도 일어난다.”

하며 자랑스럽게 대답하였다.

“어제 의원이 왔지요. 인제 할머니가 곧 나으신대요.”

“정말 낫겠다고 하던, 응?”

하고 검버섯 핀 주름을 밀며 흔연한 웃음의 그림자가 오래간만에 그의 볼을 스쳤다. 나의 눈엔 어쩐지 눈물이 핑 돌았다.

그날 밤차로 모였던 자손들은 제각기 흩어졌다. 나도 그날 밤에 서울로 올라왔다.

어느 아름다운 봄날이었다. 말갛게 갠 하늘은 구름 한 점도 없고 아른아른한 아지랑이가 그 하늘거리는 깁^{명주실로 바탕을 조금 거칠게 짠 비단} 오리로 봄 비단을 짜내는 어느 아름다운 봄날이었다. 나는 깨끗하게 춘복을 차리고 친구 몇몇과 우이동 앵화^{벚꽃} 구경을 막 나가려던 때였다. 이때에 뜻 아니한 전보 한 장이 닥쳤다.

‘오전 세 시 조모주 별세.’

－1923년

까막잡기

"자네, 음악회 구경 안 가려나?"

저녁 먹던 맡에 상춘相春은 학수學洙를 꼬드겼다. 상춘은 사내보다 여자에 가까운 얼굴의 남자였다. 분을 따고 넣은 듯한 살결, 핏물이 도는 듯한 붉은 입술, 초승달 모양 같은 가늘고도 진한 눈썹, 은행 꺼풀 같은 눈시울, 여자라도 여간 어여쁜 미인이 아니리라. 그와 정반대로 학수의 얼굴은 차마 볼 수 없이 못생긴 얼굴이었다. 살빛이 검기란 아프리카의 흑인인가 의심할 만하다. 조금 거짓말을 보태면 귀까지 찢어졌다고 할 수 있는 입, 장도리나 무엇으로 퍽퍽 찍어서 내려앉힌 듯한 콧대, 광대뼈는 불거지고, 뺨은 후벼 파놓은 듯 그 우툴두툴한 품이 마치 천병만마아주 많은 수의 군사와 군마를 이르는 말가 지나간 고전 전쟁터와 같은 느낌이 있었다. 이 미남과 추남의 표본이라고 할 만한 두 청년은 한 고장 사람으로, 같이 ××전문학교에 다니는 터였다.

"오늘 저녁에 어디 음악회가 있나?"

"있구말구, 종로 청년회관에 학생 주최로 춘계 대음악회가 있다네. 종로로 지나다니면서 그 광고도 못 봤단 말인가. 참말이지 이번 음악회는 굉장하다네. 그 학당의 자랑인 꽃 같은 여학생들의 코러스는 말할 것도 없거니와 조선에서 음악깨나 한다는 사람은 총출이라데. 그리고 그 나라에서도 울렸다는 프오크 양의 독창도 있고, 또 요사이 러시아에서 돌아온 리니코라이의 바이올린 독주도 있고……."

"여보게, 그만 늘어놓게. 그만해도 기막히게 훌륭한 음악회인 줄 알겠네. 그러나 내가 어디 음악을 아는가. 내 귀에는 한다는 성악가의 독창이나 돼지 목 따는 소리나 다를 것이 없네. 바이올린으로 타는 좋다는 곡조나 어린애의 앙알거리는 조금 원망스럽게 자꾸 입속말로 군소리를 하는 울음이나 마찬가지데."

"그래, 음악회에 가기 싫단 말인가?"

"자네 혼자 다녀오게."

"여보게, 음악은 모른다고 하더라도 여학생 구경이라도 가세그려. 주최가 여학교 측이고 보니 그 학교 학생은 물론이겠고, 서울 안의 하이칼라 여학생은 다 끌어올 것일세."

하고 매우 초조한 듯이,

"입장권은 내가 사겠네. 음악이 싫거든 여학생 구경이라도 가세그려.”

“왜?”

“왜라니, 여학생의 구경이라도 가자는밖에.”

학수는 뱉는 듯이,

“여학생은 보아 쓸데가 무엇이란 말인가?”

상춘은 펄쩍 뛰며,

“쓸데란 말이 웬 말인가? 자네같이 쓸데 있는 것만 찾는다면 인생은 쓸쓸한 황야일 것일세. 캄캄한 그믐밤일 것일세. 아름다운 음악을 들으며 아름다운 여성을 보는 것이 벌써 시가 아닌가? 행복이 아닌가?”

“시다? 행복이다? 흥, 내야 어디 자네같이 취미성이 있어야지.”

빈정거리듯이 이런 말을 하건마는 찡그린 그 얼굴에는 말할 수 없는 고뇌의 그림자가 떠돌았다. 상춘은 제 동무의 말은 들은 체 만 체하고 꿈꾸는 듯하는 눈자위를 더욱 반들반들하게 적시우며 시나 읊조리는 어조로,

“여자는, 더구나 새로운 학문을 배우는 여학생은 인생이란 거친 들의 꽃일세. 어두운 밤의 불일세. 햇발이 왜 따스한 줄 아나? 그들의 가슴을 덥히기 위함일세. 달빛이 왜 밝은 줄 아나? 그들의 얼굴을 바래기 위함일세. 꽃이 피기도 그들의 눈을 기쁘게 하려는 까닭이요, 새가 울기도 그들의 귀를 즐겁게 하려는 까닭일세. 그런데……”
하고 잠깐 가쁜 숨을 돌렸다.

학수의 얼굴엔 고뇌의 그림자가 더욱더욱 짙어가며 단박 울음이 터져 나올 듯이 온 상판의 근육이 경련적으로 떨린다.

"듣기 싫네, 듣기 싫어. 그만해도 자네가 시와 소설을 많이 본 줄 알겠네."

"……그런데 말이지, 그들이 하나도 아니고, 둘도 아니고, 백여 명이 모였단 말이다. 생각을 해보게. 백여 명이 모였단 말이다. 그곳은 백화난만^{온갖 꽃이 활짝 펴 아름답고 흐드러짐}한 꽃동산일 것일세. 거기 종달새 격으로 꾀꼬리 격으로 피아노가 운다, 바이올린이 껄떡인다. 그나 그뿐인가. 꽃 그것이 노래를 부르니 이게 낙원이 아니고 어디가 낙원이란 말인가. 거기 가기를 싫어하는 자네는 사람이 아닐세. 사내가 아닐세. 목석일세."

하고 상춘은 못 견디겠다는 듯이 벌떡 일어나 방 안을 왔다 갔다 한다. 그의 눈에는 쉴 새 없이 미소가 떠올랐다. 제 얼굴에 지나치게 자신을 가진 그는 여성과 접촉을 안 했기에 망정이지 접촉만 하고 보면^{불행한 일은 아직 여성과 흠씬 접촉해본 일이 없었다} 손끝 한번 까딱해서, 눈 한번 깜짝해서 다 저에게 꿀 같은 사랑을 바치려니 생각한다. 젊고, 어여쁘고, 지식이 있고, 마음이 상냥한 여성은 언제든지 저의 애인이 될 가능성이 있다. 그러므로 그들을 비난하거나 미워할 생각은 꿈에도 없었다. 따라서 그는 어디까지나 여성 찬미자―더구나 새로운 학문을 배우는, 배운 여성의 찬미자였다. 그들의 말이 나오면 턱없이 흥분하는 법이었다.

"사람이 아니래도 좋고, 사내가 아니래도 좋네. 목석이라도 좋아. 음악회 구경도 싫고, 여학생 구경도 딱 싫으이."

마침내 학수도 버럭 화증을 냈다.

"참말이지, 요새 여학생은 눈잔등이 콧잔등이가 시어서 못 보겠데. 기름을 바를 대로 바르고 왜 귀밑머리는 풀고 다니는지, 살찐 종아리 자랑인지는 모르지만 왜 정강이까지 올라오는 잠방이를 입고 다니는지, 발등뼈가 튕겨 나와야 맛인가, 구두 뒤축은 왜 그리 높은지, 암만해도 까닭 모를 일이야. 옆에만 지나가도 그 퀴퀴한 향수 냄새란 구역이 날 지경이다. 그리고 이름이 좋아서 하눌타리 겉모양은 그럴 듯하나 실속이 없음을 비유하는 말로 사랑은 자유라야 쓰느니, 연애는 신성한 것이니 하면서 얼굴만 반드레해도 고만 반하고, 피아노 한 대만 보아도 마음이 솔깃하고, 애꾸눈이라도 서양 갔다 온 사람이면 추파를 건넨다든가, 그런 천착하고 심정이 뒤틀려서 난잡하고 또는 생김새나 행동이 상스럽고 더럽고 경박하고 허영에 뜬 년들에게 침을 게 흘리는 놈도 흘리는 놈이지. 그래, 그런 것들이 우글우글 끓는 음악회에 간단 말인가. 차라리 요괴가 끓는 지옥엘 가는 게 낫지. 바로 제가 젠체하고 잘난 체하고 단 위에 올라서서 몸짓 고갯짓을 하면서 주리난장을 맞는 듯이 아가리를 딱딱 벌리는 꼴이란 장님으로 못 태어난 것이 한이 될 지경이다."

라고 학수도 까닭 모를 흥분에 목소리를 떨며 그 험상궂은 얼굴이 붉으락푸르락하며 부르짖었다. 제 스스로 제 얼굴이 다시 더 못생길 수 없이 못생긴 것을 잘 아는 그는 여성을 대할 적마다 저 아닌 남으론 상상도 못할 만큼 심각한 고통을 느꼈다. 여성의 시선이 제 얼굴에 떨어지면 못생긴 제 얼굴이 열 곱, 스무 곱 더 못생겨지는 듯싶었다. 조소와 멸시를 상상하지 않고는 여성의 눈길을 느낄 수 없었다. 이러구러^{이럭저럭 시간이 흐르는 모양} 그는 어느 결엔지 미소지니스트^{여자를 미워하고 싫어하는 이}가 되고 말았다. 구식 여자보다 자유연애를—저는 일평생 가야 맛보지 못할 자유연애를 한다는 신식 여자가 더욱 밉고, 싫고, 침이라도 뱉고 싶을 만큼 더럽고 추해 보였다.

상춘은 어이없이 학수를 바라보다가,

"여보게, 웬 야단인가? 여학생하고 무슨 불공대천^{이 세상에서 같이 살 수 없을 만큼 큰 원한을 가짐을 비유하는 말}지 원수나 졌단 말인가? 모욕을 해도 분수가 있지."

"아따, 그러면 자네는 여학생한테 무슨 재생지은덕^{거의 죽게 된 목숨을 살려준 은혜}이나 입었단 말인가? 왜 여학생이라면 사지를 못 쓰나?"

두 친구는 잠깐 마주보면서 입을 닫쳤다. 이윽고 상춘은 또 방 안을 거닐다가 화증 난 듯이 문을 열고 퉤하고 침을 뱉었다.

봄밤이다. 생각에 젖은 처녀의 눈동자 같은 봄밤이다. 전등 불빛의 세력 범위를 벗어난 어스름한 마당 구석에는 달빛조차 어른거린다. 단성사인지 우미관인지 사람 모으는 젓대^{대금} 소리가 바람결에 들린다.

상춘에게는 일찰나^{극히 짧은 시간}가 몇 세기나 되는 듯싶었다. 아름다운 음악회의 광경이 무지개같이 그의 머리에 비친다. 그는 마치 애인과 밀회할 시간이 늦어가는 사람 모양으로 앉았다 일어섰다 조를 비빈다_{마음을 몹시 졸이거나 조바심을 낸다는 뜻}. 저 혼자 같으면 좋으련만 같이 있는 처지에 학수를 버리고 가는 것이 실없는 말다툼으로 감정이나 낸 듯도 싶고, 그보다 많은 여자에게 제가 얼마나 잘난 것을 돋보이게 하려면 못생긴 동반자가 필요도 하였다.

그는 다시 제 동무를 달래고, 꼬드기고, 조르기 시작하였다. 오늘 저녁이 봄밤인 것과 이러고 틀어박혀 있을 때가 아닌 것과 정 음악이 듣기 싫고 여학생이 보기 싫더라도 제 얼굴을 보아 가달라고 비대발괄_{억울한 사정을 하소연하면서 간절히 청하여 빎}하였다. 친구 따라 강남도 간다니 이렇게 청을 하는데 안 갈 게 무어냐고 성도 내었다. 얼굴과 달라 마음은 싹싹한 학수라 그렇게 조르는 친구의 청을 떨치기도 무엇하고, 또 얼마큼 상춘의 달뜬 기분이 전염이 되어 혼자 빈방을 지키기도 을씨년스러웠다. 마침내 학수는 싫으나마 도수장_{도살장}에 끌려가는 소 모양으로 상춘을 따라서고 말았다.

상춘이와 학수가 음악회에 들어선 때에는 벌써 회를 여는 관현악이 아뢸 적이었다. 만일 상춘이가 대분발을 해서 이 원을 내고 일등표 두 장을 사지 않았던들_{그들은 일등표를 산 덕택에 바로 여자석 옆 악단 멀지 않게 자리를 잡을 수 있었다} 구경도 못 하고 돌아설 뻔하였다. 그다지도 모인 사람이 많았다. 상춘의 짐작과 틀리지 않아 자리를 반분_{절반으로 나눔}하다시피 여자의 구경꾼도 많았다. 띄엄띄엄 쪽찐 이와 땋은 이가 없

지 않았으되, 대개는 푸수수한 트레머리^{가르마를 타지 않고 뒤통수의 한가운}
^{데다 틀어 붙인 여자의 머리}의 꽃밭이었다. 그래, 탐스럽게 핀 검은 목단화
송이의 동산이었다. 머리를 꽃송이에 견주면 보얀 목덜미들이 그
흰 줄기일러라. 문에 쑥 들어서면서 이 송이와 줄기만 보아도 젊은
이의 가슴은 이상하게 뛰놀았다.

그윽한 향수와 기름내 많은 젊은 몸에서 발산하는 훈훈한 살내,
입내, 옷내—그곳의 공기는 온실과 같이 눅눅하고 향긋하고 따스
하였다. 일분^{사소한 부분}은 음악으로 하고, 구분은 이성으로 하여 모인
이들은 우단^{벨벳}을 감는 듯한 포근한 느낌과 아지랑이에 싸인 듯한
황홀한 심사에 사라지며 있다. 이따금 파름파름^{군데군데 보일 듯 말 듯 파}
^{란 모양} 잎 나는 포플러 가지를 흔들고 온 듯한 바람이 '우' 하고 유
리문을 찌걱거리면 지금이 봄철인 것과 꽃구경이 한창인 것과 오늘
저녁이야말로 음악 듣기에 꼭 좋은 밤임을 새삼스럽게 생각해내며,
공연히 마음이 놀아들 나서 이성의 눈길은 더 많이 이성에게로 몰
킨다^{빽빽하게 모인다}.

상춘은 아까부터 보아둔 여학생이 하나 있었다. 그이는 모시치마
와 옥양목 저고리를 입은 얼굴 갸름한 처녀인데, 저와 슬쩍 한번 눈
길이 마주친 후로 자꾸 저를 보는 듯하였다. 가장 잘 음악을 아는 체
로 얼굴에 미소를 띠고 발로 박자를 맞추는 사이, 그이의 눈길은 꼭
저만 쏘고 있는 듯하였다—고개만 돌리면 그와 나의 시선은 또 마
주치렷다. 그는 부끄러워 얼굴을 붉혔다. 남에게 무안을 주는 것은

좋지 못한 일이다. 얼마든지 나를 보게 해두자. 아마도 나에게 마음이 끌린 모양이야. 얼마든지 보라지. 가만히 내버려 두어―열기 있고 자릿자릿한 눈살의 쏘임을 견디다 못해서 상춘은 문득 고개를 돌렸다. 저편에서 어느 결에 눈길을 돌렸다. 그이의 눈은 저 아닌 바이올린 켜는 이를 똑바로 보고 있다. 이제 이쪽에서 한동안 노리며 보아주기를 기다렸으나, 그이는 매우 감동된 듯이 눈을 번쩍이며 깽깽이^{바이올린을 속되게 이르는 말} 켜는 이의 손을 따르고 있을 뿐이었다. '빌어먹을!' 하고 성낸 듯이 제 고개를 돌이키자마자, 어째 저편의 고개가 얼른 제 편으로 돈 듯하였다. 또 놓쳐서 될 말인가 하고 이번에는 날쌔게 돌아보았다. 그편의 눈은 한결같이 바이올린에 박혔을 뿐, 몇 번을 고개를 바루었다^{바르게 했다} 틀었다 해보건만 한결같이 그이의 눈은 저를 쏘지 않았다.

'나를 보지 않는군, 안 보면 대순가?'

화증 낸 듯이 속으로 중얼거리고 또 다른 눈 맞는 이를 찾아내려 하였다. 한참이나 헛되이 돌아다니던 눈이 얼마 만에 저를 보고 웃는 듯한 눈을 잡아냈다. 그이의 얼굴은 동그스름한데 아까 저 보던 이보다 몇 곱절이나 아름다운 듯싶었다. '옳다구나!' 할 새도 없이 염통^{심장}이 파득파득 소리를 내었다. 슬쩍 눈길을 피하였다가 슬쩍 눈길을 던지매, 그이는 시방도 웃기는 웃건마는 곁에 앉은 제 동무와 속살거리고 웃을 뿐이고 저를 보지는 않았다. 또 아까처럼 눈살을 놓았다 거두었다 하는 사이에 용하게 두 번째 그이의 눈을 맞출 수 있었다.

'두 번이다, 두 번이야. 이번 것은 틀림없이 나한테 호의를 가졌나 보다.'

상춘은 이렇게 확신 있게 속살거리며 사람이 헤어져 돌아갈 때에 문 앞에서 기다리면 그이가 나와 저를 보고 반겨 웃을 것과 저더러 같이 가자든지 그렇지 않으면 저를 따라올 것과 어떻게 꿀 같은 사랑을 맛볼 것을 생각하였다. 악수, 키스, 달밤에 산보, 꽃 사이의 헤매임, 그림보다도 더 아름다운 정경을 역력히 그리고 있을 때였다.

곁에 앉아 있던 학수, 신트림이나 올라오는 사람 모양으로 보기 싫게 찡그린 얼굴을 주체를 못하는 듯이 숙였다 들었다 하며 여자 편과 외면을 하고 될 수 있는 대로 남자 편을 향하고 있는 학수. 맡지 않으려 할수록 속을 뒤흔드는 이성의 냄새와 느끼지 않으려 할수록 몸에 서리는 이성의 훈기에 축축이 진땀이 흘렀다. 어지러워 한기가 들었다 하던 학수가 한창 꿈결 같은 환상에 녹는 상춘의 옆구리를 꾹 찔렀다. 제 친구의 존재를 깜박 잊어버렸던 상춘은 발부리에서 메추라기가 날아간 듯이 놀랐다.

학수는 목 안에서 나는 듯한 그윽한 소리로,

"여보게 상춘이, 여보게 상춘이. 여기 변소가 어딘가? 오줌이 마려워서 견딜 수 없네."

"뭐?"

하고 상춘은 네 말을 못 알아듣겠다는 듯이 물끄러미 학수를 보았

다. 학수는 여간 급하지 않은 듯이,

"변소가 어데냐 말일세. 오줌이 마려워서 죽을 지경일세."

"뭐 오줌이 마려워? 참게, 참아."

상춘은 뱉는 듯이 퉁을 주었다. 저의 꽃다운 환상을 이따위 일에 부순 것이 속이 상하였다.

"여보게, 인제 더 참을 수 없네. 여기 오는 맡에 마려운 것을 이때까지 참았네. 인제 할 수 없네. 아랫배가 뻑적지근하게 아파 견딜 수 없네."

"원, 사람도. 그러면 저 문으로 나가게."

상춘은 어처구니없이 픽 웃고는 악단의 오른편에 있는 조그마한 문을 가리키며,

"나가면 오른편에 층층대가 있으니, 그리 내려가면 거기 변소가 있네."

하였다.

학수는 엉거주춤하고 겸연쩍은 듯이 고개를 숙이고 가리키는 대로 그 문을 열고 밖으로 나왔다. 밝은 데 있다가 나온 까닭에 눈앞이 캄캄하였다. 손으로 더듬어서 층층대를 내려는 왔으나 어디가 어딘지 도무지 알 수 없었다. 공장 옆에 있는 변소를 대강당 밑에서 찾으니 찾아질 리 없었다. 헛되이 층층대를 끼고 어름적어름적^{행동을 똑똑하게 분명히 하지 못하고 몹시 우물쭈물하는 모양}하다가 하는 수 없이 '층층대 밑에라도……' 할 즈음이었다.

괴상하고 야릇한 일이 일어나기는 그때였다. 문득 뒤에서 똑, 찍, 똑, 찍 하는 소리가 들리자마자 방망이 같은 무엇이 훌쩍 어깨를 넘을 겨를도 없이 등 뒤에 물씬한 것이 닿으며 보드랍고 싸늘한 무엇이 눈을 꼭 감긴다. 학수는 전신에 소름이 쭉 끼치며 하도 놀라 ‘악’ 소리도 지를 수 없었다.

“내가 누구예요?”

물어주기는 웃음과 함께 낮으나마 또렷또렷한 목성이 묻는다.

“왜 아무 말도 않으셔요? 놀랐어요?”

하는 소리가 나면서 눈 가렸던 물건이 떨어진다. 일시에 등에 대었던 것도 떨어지며 가벼운 힘이 어깨를 흔들자 눈앞에 보얀 얼굴이 어른거렸다. 이 불의에 나타난 괴물이 학수의 얼굴을 알아보자마자 그편에서도 매우 놀란 듯,

“에그머니!”

하는 부르짖음과 함께 그 괴물은 천방지축으로 달아난다.

학수는 얼없이 제 앞에 나는 듯이 떠나가는 괴물의 뒤 꼴을 바라보고 있었다. 얼마 후 놀랐던 가슴이 가라앉은 뒤에야 시방 제 눈을 감기고 달아난 것이 결코 귀신도 아니요, 괴물도 아니요, 한갓 아름다운 여성임을 확실히 깨달을 수 있었다. 그러자 그 여성의 닿았던 자리가 전기로나 지진 듯이 욱신욱신하고 근질근질해온다. 무지근하게 어깨를 누르는 팔뚝, 말씬말씬하게 _{물러서 매우 연하고 말랑말랑하게} 등때기를 비비는 젖가슴, 위 빰과 눈언저리에 왕거미 모양으로 붙었

던 두 손을 참보다도 더 참다이 느낄 수 있었다. 그 근처의 공기조차 따스하고 향긋하게 코 안으로 기어드는 듯하였다.

그는 몽유병자의 걸음걸이로 그 여자의 간 곳을 향해서 몇 걸음 걸어가 보았다. 그때에 찾고 찾아도 찾을 수 없던 뒷간인 듯한 집이 보였다. 그는 늘어지게 소변을 보고 몸이 날 듯이 가뿐해오매, 이 이상한 일의 까닭을 캐어보았다.

그것은 어렵지 않게 풀 수 있는 수수께끼였다. 눈을 감긴 이는 저의 애인과 함께 이 음악회에 왔음이리라. 그런데 그들은 무슨 까닭으로든지 이 층층대 밑에서 남몰래 만나자고 무슨 군호로―눈짓 같은 것으로 맞추었음이리라. 사내가 그 군호를 몰랐던지, 그렇지 않으면 사내의 발길은 더디고 계집의 발길은 일러서 층층대 아래서 학수가 어름어름하는 것을 보고 꼭 제 애인인 줄만 여겨서 아양피움으로 까막잡기를 하였음이리라.

이윽고 그 층층대를 도로 올라와서 음악회에 통한 문을 여는 학수는 제 얼굴이 여지없이 못생긴 것과 여성에 대한 미움을 씻은 듯이 잊어버렸다. 전등불이 급작스럽게 밝아지며 모든 사람이 저에게 호의 있는 듯한 시선을 보내는 듯하였다. 그중에도 여자들은 미소를 건네는 듯하였다. 바이올린은 이미 끝났음이리라. 어느 양녀 하나가 보안 손가락을 북같이 쏘대이게 하며 피아노를 치고 있다. 전 같으면 시답지 않을 그 악기의 소리가 제 가슴속의 무슨 은실 같은 것을 스쳐서 어느 결엔지 멋질린^{방탕한 마음을 가지게 된} 발길이 춤추는 듯이 박자를 맞춘다.

그는 바로 여자석의 옆 걸상에 있는 제 자리에 한두어 걸음 남겨 놓고, 걸상 줄 밖에 나온 어느 여학생의 구두코를 지척대고 밟아버렸다. 학수는 그 얼굴에 애교를 넘쳐 흘리며 제 잘못을 사과하였다. 그 여학생은 당황히 발을 끌어들이며 괜찮다고 하였다. 발 밟힌 이의 얼굴이 아무 일도 안 일어난 것처럼 새침하게 바루어진 뒤에도 발 밟은 이는 사과를 되풀이하며 빙글빙글 웃는다. 그 여학생은 한 번 힐끗 학수를 쳐다보더니 고개를 팍 숙이고는 제 옆 동무를 꾹 찌르며 웃는다.

제 자리에 앉는 학수도 자기의 한 일이 가장 재미있고 우스운 것 같이 킬킬 소리를 내어 웃었다. 그러는 가운데 언뜻 깨달으니 그 여학생이 갈데없는 제 눈을 감기던 사람 같았다. 북받치는 웃음으로 하여 가늘게 떠는 그의 동그스름한 어깨, 서너 올의 머리카락이 하늘거리는 보얀 귀밑―그렇다, 그렇다. 분명히 그 여자다. 내 눈을 감기고 달아난 그 여자다 하였다. 이런 생각을 하고 있을 제, 그 여학생이 입을 비죽비죽하는 웃음을 간신히 참으며 또 한 번 학수의 편을 보았다. 그의 광대뼈가 조금 내민 것을 알아보자 학수는 그이가 아니로구나 하고 고개를 쩔레쩔레 흔들었다.

찡그린 상판을 남자 편으로 향하고 있던 학수는 인제 번쩍이는 얼굴을 여자 편에게로만 돌려서 저와 까막잡기하던 이를 찾기에 골몰하였다. 여러 번 그이인 듯한 여학생을 찾아냈건만 눈썹이 경성

드뭇하고, 입이 크거나 작거나 하고, 이마가 좁기도 하며, 코가 높거나 낮거나 해서 정말 그이를 알아맞힐 도리가 없었다. 그릇 알았든 옳게 알았든 비록 눈도 한번 못 깜짝일 짧은 동안이라 할지라도 저를 애인으로 생각해준 그 여자는 여성으로서의 모든 아름다움을 갖추고 있을 듯하였음이다.

상춘은 상춘으로 그 얼굴이 동그스름한 여학생과 눈을 맞추며 기뻐하고 있었다. 시선이 마주치기가 벌써 네 번이나 된다.

음악회는 그럭저럭 끝나고 말았다.

상춘은 저와 네 번이나 눈이 마주친 그이를 기다리면서, 학수는 혹 제 동무들과 힙쓸려 나올는지 모르는, 제 눈 감기던 그이를 기다리면서 두 청년은 청년회관 문 앞에 서 있다…….

상춘의 그이는 나왔다. 무슨 할 말이나 있는 듯이 상춘은 한 걸음 다가들었건만 그이는 거들떠보지도 않고 제 갈 데로 가버렸다. 나오는 족족 새로이 얼굴을 검사해보았건만 학수의 그이는 없었다.

사람들이 다 헤어진 뒤에도 잘난 이와 못난이는 사라지려는 아름다운 꿈을 아끼는 듯이 우두커니 서 있었다.

아까 음악당의 유리창을 삐걱거리던 바람은 휙휙 먼지를 날리며 포플러 가지를 우쭐거리게 한다. 반 남아 서쪽으로 기울어진 초승달은 색시의 파리한 뺨 같은 모양을 구름자락 사이에 드러냈다.

“달이 있군.”

상춘은 하늘을 쳐다보며 한숨지었다.

"시방 집에 가면 잠 오겠나? 우리 종로를 한번 휘돌까?"

두 청년은 걷기 시작하였다. 광화문통까지 올라갔다가 도로 내려왔다. 그들이 묵고 있는 집은 사동에 있었다.

"음악회란 기실 아무것도 보잘 게 없어. 그 많은 여학생 가운데 하나나 그럴듯한 게 있어야지."

상춘은 탄식하는 듯이 이런 혼잣말을 하였다.

"왜, 그렇게 가자고 사람을 들볶더니."

"갈 적에는 좋았지만 나와 보니 그런 싱거운 일이 없네그려. 돈이 원만 날아갔는걸."

"나는 재미있던데."

상춘은 턱없이 빙글빙글하는 학수를 바라보며 의아한 듯이,

"왜, 음악회라면 대경실색몹시 놀라 얼굴빛이 하얗게 질림을 하더니?"

"딴 음악회는 다 재미없어도 오늘 것은 매우 재미있었어…… 그런데 여보게, 사랑 맡은 귀신은 장님이라지?"

"그것은 왜 묻나?"

"글쎄 말일세."

"그렇다네. 사랑을 하면 곧 이성의 눈이 감긴단 말이겠지."

"흥, 그러면 나는 오늘 저녁에 사랑을 하였는걸. 사랑 맡은 귀신의 은총을 입었는걸."

"사랑을 하였다니?"

"흥, 세상에는 이상한 일도 있지."

“무슨 일이 그렇게 이상하단 말인가?”

“이야기할까?”

“이야기할 테면 하게그려.”

상춘은 별로 흥미가 끌리지 않는 듯하였다. 학수는 주춤 걸음을 멈추더니 다짜고짜로 등 뒤에서 상춘의 눈을 감겼다.

“이게 무슨 미친 짓인가?”

상춘은 놀라 부르짖었다.

“내가 사내가 아니고 여자일 것 같으면 자네 마음이 어떠하겠나?”

“그게 다 무슨 소린가?”

“오늘 음악회에서 어느 여자가 나를 그리했다네.”

상춘은 어이없이 웃으며,

“예끼, 미친 사람…….”

“미치기는 누가 미쳐. 왜, 거짓말인 줄 아나?”

하고 학수는 입에 침이 없이 아까 층층대 밑에서 일어난 일의 자초지종을 이야기하였다.

호기의 눈을 번득이고 있던 상춘은 이야기가 끝나자 웬일인지 그 여자를 여지없이 타매하였다_{아주 더럽게 생각하고 경멸하여 욕하였다}. 어디 밀회할 곳이 없어서 그 어둠침침한 층층대 밑에서 그런 짓을 하느냐는 둥, 그런 년이 있기 때문에 여학생의 풍기가 문란하다는 둥, 필연 여학생의 모양을 한 은근짜_{몰래 몸을 파는 여자를 속되게 이르는 말}나 갈보라는 둥, 내가 그런 일을 당했으면 꼭 붙들어 가지고 톡톡히 망신을 주었으리라는 둥, 그리 못한 학수가 반편이^{지능이 보통 사람보다 모자라는 사}람을 낮잡아 이르는 말라는 둥…….

"왜, 샘이 나나? 생각을 해보게. 보들보들한 손이 살짝 내 눈을 가렸단 말이지. 내 등에 그 따뜻한 가슴이 닿았단 말이지. '내가 누구예요?' 하는 그 목소리! 그야말로 꾀꼬리 소리란 말이지…….'"
하고 학수는 못 견디겠다는 듯이 몸을 비꼬자마자 상춘을 부둥켜안았다.

"이 사람이 정말 미쳤나?"
하고 상춘은 사정없이 뿌리쳤다. 학수는 넘어질 듯이 비틀비틀하면서 허허하고 소리쳐 웃었다. 그들은 벌써 사동 입구에 다다랐다.

상춘은 부인상회^{일제강점기에 기혼 여성들로 조직됐던 주식회사 겸 협동조합}로 무슨 살 것이나 있는 듯이 들어간다. 어디 갔다가 돌아오는 길에는 이 상회를 거치는 것이 그의 버릇이었다. 전일엔 상춘이가 암만 졸라도 좀처럼 들어가지 않던 학수이건만, 오늘 밤에는 서슴지 않고 상춘을 따라 들어설 수 있었다.

상회에 들어온 뒤에도 학수의 온 얼굴에 퍼진 웃음의 그림자는 사라지지 않았다. 이 꼴을 보고 상춘은 의미 있게 웃고는 벙글거리는 이를 슬며시 석경과 경대를 벌여둔 데로 끌고 와서 귀에 대고 소곤거렸다.

"여보게, 거울 좀 보게."
벙글거리던 이는 무심코 거울을 들여다보았다. 저놈이 웬 놈인

가. 지옥의 굴뚝에서 튀어나온 아귀 같은 상판으로 빙그레 웃는 저 놈이 웬 놈인가. 입은 찢어진 듯이 왜 저리 크며, 잔등이 옴팍한 콧구멍은 왜 저리 넓은가. 학수는 제 앞에 나타난 이 추醜의 그것 같은 괴물을 차마 제 자신으로 생각할 수 없었다. 얼마 전에 사랑 맡은 여신의 은총을 입은 제 자신으로 생각할 수 없었다. 그러나 이 더할 수 없이 못생긴 괴물이야말로 갈데없는 저임에 어찌하랴. 다른 사람 아닌 제 본체임에 어찌하랴……

그의 눈앞은 갑자기 한 그믐밤같이 캄캄하였다.

−1924년

그리운 흘긴 눈

그이와 살림을 하기는 내가 열아홉 살 먹던 봄이었습니다.

시방은 이래도—삼십도 못 된 년이 이런 소리를 한다고 웃지 말아요. 기생이란 스무 살이 환갑이라니, 삼십이면 일테면 백 세 장수한 할미쟁이가 아니야요—그때는 괜찮았답니다. 이 푸르죽죽한 입술도 발그스름하였고, 토실한 빰볼이라든지, 시방은 촉루^{해골}란 별명조차 듣지마는 오동통한 몸피^{몸통의 부피}라든지, 살성도 희고, 옷을 입으면 맵시도 나고, 걸음걸이도 멋이 있었답니다. 소리도 그만저만하고 춤도 남의 흉내는 냈답니다. 화류계에서는 그래도 누구 하고 이름이 있었는지라, 호강도 웬만히 해보고 귀염도 남부럽잖게 받았습네. 망할 것, 우스워 죽겠네. 하자는 이야기는 안 하고 제 칭찬만 하고 앉았구먼.

어쨌든 나도 한 시절이 있은 것은 사실입니다. 해구멍햇구멍. 빈틈없이 채울 시간 따위이 막히지도 않아 요릿집에서 인력거가 오고, 가고만 보면 새로 두 점, 석 점 전에는 집에 돌아온 적이 별로 없었습니다. 그나마 집에 와서 곧 자느냐 하면 그렇지도 않아, 대개 집에 손님이 기다리고 있기도 하고 또는 손님과 같이 올 때가 많았습니다. 그래 가지고 또 고달픈 몸을 밤새도록 고달프게 굴다가 해 뜬 뒤에야 인제 내 세상인가 보다 하고 간신히 눈을 붙이면 사정 모르는 손들이 낮부터 달려들어서 고단한 몸을 끌고 꽃구경을 간다, 들놀이를 간다, 절에를 나간다 합니다그려. 그러니 몸이 피로치 않을 수 있습니까? 놀기란 참 고된 일입니다. 어느 때는 사지가 늘어지고, 노는 것이 딱 싫고 귀찮아서 '이년의 노릇을 언제나 마나' 하고 탄식이 나옵니다.

그럴 때 나의 눈앞에 그이가 나타났습니다. 나보다 네 해 맏이인 그는 귀공자답게 얼굴도 곱상스럽고, 돈도 잘 쓰며, 노는 품도 재미스럽고 호기로웠습니다. 나는 고만 그에게로 마음이 솔깃하고 말았지요. 그이도 나에게 적잖이 빠진 모양이었습니다. 그럭저럭 관계가 깊어가자 그이는 나와 살자고 조르지 않겠습니까? 마침 기생 노릇도 하기 싫던 참이고 밉지도 않은 사내라 내심으로 이게 웬 떡이냐 싶었지만, 그래도 기생 행티행짜를 부리는 버릇가 그렇지 않아, 이 핑계 저 핑계로 그이를 바싹 달게 해서 돈 천 원이나 착실히 빼앗아서 어머니를 주고 마지못해 하는 듯이 살림을 들어가게 되었습니다.

그이는 간이라도 빼어 먹일 듯이 나를 사랑해주었습니다. 나를 얻기 전에도 오입깨나 해본 모양이었으나, 나이가 나이라 어리고 참다운 곳이 있었습니다. 나의 말이면 콩을 팥이라 해도 곧이들었습니다. 나의 청이라면 무엇이고 낙종^{마음속으로 받아들여 진심으로 따라 좇음}치 않는 것이 없었습니다. 이 눈치를 알아본 나는 그이로부터 갖은 것을 졸라냈습니다. 우리 든 집문서도 내 이름으로 내게 하고, 자개 농이랑 자개 의걸이랑 한 칸 벽에 맞는 큰 체경이랑, 물론 온갖 비단과 포목을 필필이^{여러 필로 연이어} 들여오게 하고, 철철에 따르는 비녀며, 사흘거리로 진고개에 가서는 순금 반지, 진주 반지, 보석 반지를 사게 하였습니다. 이 외에 어머니의 생신이라는 둥, 일가의 혼례에 쓴다는 둥, 장사에 쓴다는 둥, 빚을 졌다는 둥 갖은 핑계를 만들어서 그의 돈을 긁어냈습니다.

무슨 내 변명이 아니라, 이런 짓을 한 게 전부가 나의 욕심 사나운 까닭도 아닙니다. 사라고 하고, 달라고 하는 그것이 어쩐지 좋고 재미스럽기도 하였지요. 그리고 또 그것이 그에게 피우는 애교고, 아양이었지요. 그것뿐도 아니지요. 내 말이라면 어느 정도까지 들어주나, 곧 그이가 나한테 얼마나 홀렸는지를 자질도 하고 싶고, 뜻대로 성공을 하면 물건 얻은 것보담 몇 갑절 더 기뻤습니다. 물론 어머니가 뒷구멍으로 부추기기도 하였지만.

그인들 몇 만금을 제 수중에 두고 쓰는 게 아니라 아버지를 팔고 빚을 내는 것이니, 하루 이틀 아니고 물 쓰듯 하는 돈을 언제까지 대어갈 수 있겠습니까? 같이 산 지 석 달이 못 되어 돈 주변할^{변통할} 길이 막힌 모양이었습니다. 아무리 귀한 자식의 빚봉수^{남의 빚을 보증해주는 일}라도 한 번, 두 번이지 전부 아버지가 갚아줄 리가 있겠어요? 더구나 구두쇠로 유명한 그의 부친이 그때까지 참은 것도 장한 일이지요. 마침내,

"너 같은 놈은 자식으로 알지도 않으니 죽든지 살든지 나는 모르겠다."

하게 되었습니다. 그전에도 여러 번 그러고 얼렀지만 인제는 아주 사실로 나타나게 되었겠지요. 빚쟁이가 벌떼같이 일어났습니다. 요릿집에서 금은방에서 선전^{비단을 팔던 가게} 드팀전^{온갖 피륙을 팔던 가게}에서, 더구나 고리대금업자한테서, 빚쟁이는 문간을 떠날 새가 없었습니다. 부잣집 외동아들로 자라나 도무지 졸리는 것을 모르던 그이는 단박에 입술이 바싹바싹 말라가기 시작하였습니다. 문간에서 찾는 소리만 나면 온몸을 옹송그리고 얼굴이 파랗게 질리는 꼴이란 곁에서 보아도 가여웠습니다. 내 탓으로 이 곤란을 받건마는 그래도 나를 원망하거나 미워하는 기색은 보이지 않았습니다. 빚에 졸리는 것이 딱하기도 하고 또 자격지심도 나서,

"나 때문에 이런 곤란을 당하시지요. 내가 몹쓸 년이야."

하면은 그이는,

"그게 무슨 말이야."

하며 질색을 하고,

"왜 채선彩仙이 때문이람. 내가 못생긴 탓이지."

하고는 도리어 면목이 없다는 듯이 고개를 숙였습니다.

이런 중에 그에게는 또 기막힌 일이 생겼지요. 그것은 다른 일이 아니라 그이가 돈 쓰기도 급하였고, 또 못된 동무의 꾐에 빠져 아버지 도장을 위조하여 빚을 낸 일이 발각이 된 것이야요. 돈 꾸어준 놈도 물론 알고 한 일이지만, 그의 아버지가 나는 모른다고 딱 거절을 하니까 이제는 그이를 보고 으르딱딱거리며^{무서운 말로 위협하면서 자꾸 을러대며} 사기를 했느니, 인장 위조를 했느니, 만일 일주일 안으로 갚지 않으면 고소를 하느니 하고 야단을 합니다. 간이 작고 마음이 어린 그는 얼굴이 샛노랗게 타들어가겠지요. 몇 번 그의 어머니를 새에 두고, 또는 직접으로 자기 아버지께 말을 해보는 모양이었으나 도무지 일이 안된 줄은 그 찡그린 눈썹과 부러진 새 죽지 같은 어깨를 보아도 짐작할 수 있습디다.

그이는 조바심이 되어서 못 견디는 듯이 누웠다 앉았다 일어섰다, 금시로 집을 뛰어나가는가 하면 금시로 또 뛰어들어오겠지요. 그러다가 나중에는 돌부처나 무엇같이 한자리에 우두커니 앉으면 멍하니 바람벽만 바라보고 어느 때까지 손끝 하나 꼼짝도 안 하였습니다.

내일같이 그 일주일이란 귀한 날이고 오늘 같은 저녁이었습니다. 여름답게 흰 구름이 봉오리 봉오리 솟은 하늘엔 밝은 달이 걸렸습니다. 우리는 저녁을 먹고 나서 마루로 나와 달을 쳐다보고 있었습

니다. 그때에 나는 문득,

"작년 이맘때에는 한강에서 선유^{뱃놀이}를 하였는데."

하였습니다. 굼실거리는 시원한 물결은, 그림자를 부수는 배가 눈앞에 선하게 떠 보이매 갑자기 덥고 갑갑해서 견딜 수 없겠지요. 그러나 아무리 반죽 좋은^{노여움이나 부끄러움을 타지 않는} 나인들, 사면팔방으로 빚에 졸리어 머리를 못 드는 그이에게 뱃놀이 가잘 염이야 있어요?

"이런 밤에 집에 처박혀 나가지도 못하구."

하매 번화롭던 옛날 기생 생활이 그리웠습니다. 살림 들어온 것이 후회가 났습니다. 이렇게 마음이 달뜨는 판에 곁에서 훌쩍훌쩍하는 소리가 나질 않겠습니까. 돌아다보니 그이가 울고 있지 않아요.

"왜 우셔요?"

하니까 얼른 대답은 안 하고 설움이 북받쳐 참을 수 없다는 듯이 이윽히 코만 들이마시다가 껄떡이는 목청으로,

"채선이는, 채선이는 내가, 내가 감옥엘 들어가면 또 기생으로 나가겠지?"

하고 눈물이 그렁거리는 눈을 나에게로 돌리겠지요. 내 속을 알아차렸나 보다 하고 가슴이 뜨끔하였으되 놀아먹은 보람이 있어서 단박에,

"흥 없게스리 그게 무슨 말씀이야요?"

하고 질색을 하였습니다.

"아니야, 내가 감옥엘 가면 채선이는 또 기생에 나가서 뭇놈의 사

랑을 받을 거야.”

감옥에 간단 말이 조금 안되었지만 속으로는 ‘암, 그렇지’ 하면서도 입 밖에 내어서는,

“그럴 리가 있겠어요? 설령 나으리가 감옥에 간다손 치더라도 내야 당신 사람이 아니야요. 왜 또 기생으로 나가겠습니까? 댁에 가서 행랑방 구석으로 돌아다닐지라도 나으리의 나오시기만 기다리지요.” 라고 꿀을 담아 붓는 듯한 마음에 없는 딴청을 부렸습니다. 이 말에 그이는 매우 감동된 모양이었습니다. 바싹 다가들며,

“그게 참말이야?”

“그럼 참말 아니구.”

“그래 내가 감옥엘 가도 수절을 하고 나를 기다리겠단 말이야?”

“그럼 수절하구말구.”

천연덕스럽게 꼭 그리할 듯이 딱 끊어서 대답을 하였으되, 속으로는 수절이란 말이 어째 《춘향전》이나 읽는 듯해서 우스웠습니다.

“만일 내가 감옥엘 안 가고 죽는다면?”

하고 그이는 나의 얼굴을 딱 노렸습니다. 그 시선이 전에 없이 날카로워서 슬쩍 외면을 하면서도,

“따라 죽지.”

하고서 청승맞게 ‘너 죽고 나 살면 열녀 되나 한강수 깊은 물에 빠져나 죽지’ 하는 노래를 읊었습니다. 나도 죽일 년이지요. 그 소리를 들으며 그이는 또 얼빠진 듯이 우두커니 앉았다가 무슨 단단한

결심을 한 것같이 벌떡 일어서며,

　"채선이, 내 할 말이 있으니 방으로 들어가지."

하지 않겠어요. 나는 '흥, 또 안고 끼고 하려나 보다' 하였습니다. 그이는 아직도 숫기가 남아 있어서 남 보는 데, 아니 남이 볼 만한 데에서는 나의 손목 한번 시원스럽게 못 쥐고, 그리하고 싶을 때엔 꼭 방으로 끌고 들어갔습니다. 더구나 요사이 와서는 몹시 근심을 한 뒤라든지 또는 비관한 뒤라든지 반드시 나를 쓰다듬고 어루만지기를 잊지 않았습니다. 이런 짐작을 한 나는 조금 앙탈도 하고 싶었으나, 그의 운 것이 가엾어서 말대로 방에 들어갔습니다. 방에 들어온 그는 방문을 모두 안으로 닫아걸겠지요. 내 짐작이 틀리지 않구나 하면서도,

　"이 유월 염천에 방문을 왜 닫아요, 남 더워 죽겠는데."

라고 까짜를 올렸건만^{추어올리는 말로 놀렸건만} 그 말에는 아무 대답이 없고 제 할 일을 다 해버립디다. 전 같으면 부끄러운 듯이 눈을 찡긋하기도 하고 손짓으로 말 말라고도 하였으련만. 나는 벌써 내 입술에 닿는 그의 입술, 나의 젖가슴으로 허리로 도는 그의 팔을 기다렸건만, 그이는 이상스럽게 엄연한 얼굴로 마주 앉아 있을 뿐입니다. 얼마 만에 그이는 가라앉은 목소리로,

　"채선이! 네나 내나 이 세상에 더 구차히 산다 한들, 또 무슨 낙을 보겠니. 차라리 고만 죽어버리는 게 어떠냐?"

하겠지요. '미쳤나, 죽기는 왜 죽어' 하면서도,

"그래요, 고만 죽어버려요."

라고 쉽사리 찬성을 하였습니다.

"그래, 나하고 같이 죽을 테냐?"

"나으리하구 죽는다면 죽는 것도 꿀이지요."

"내야말로 너하구 같이 죽는다면 한이 없겠다."

하는 그이의 소리는 떨렸습니다. 나도 일부러 목이 메이며,

"내야말로 나으리하구 죽으면 한이 없어요."

"말만 들어도 고맙다만 정말 나하구 죽을 테냐?"

"원, 다심^{조그만 일에도 마음이 안 놓여 여러 가지로 생각하거나 걱정하는 게 많음}도 하이. 죽는다면 죽는 게지, 그렇게 내가 못 미덥단 말이야요?"

하고 가장 남의 속을 못도 알아준다는 듯이 새파랗게 성을 냈습니다. 그리하는 것이 어째 신파 연극을 하는 듯싶어 재미스러웠어요. 설마 죽을 리는 만무하고 이왕이면 이다지 너한테 정이 깊다는 걸 표시함도 좋았지요.

그이는 나의 기색을 살피더니 그만하면 되었다 하는 듯이 벌떡 일어나 자기가 쓰는 가방을 가져오더니 그 안에서 흰 봉지를 하나 꺼내겠지요. 그 봉지 속으로는 밤알만 한 고약 같은 것 두 개가 나왔습니다.

'저것이 아편이구나.'

하매 가슴이 조금 섬뜩거렸으되 그리 놀라지는 않았습니다. 그 약으로 말하면 그이가 돈 안 주는 자기 아버지를 놀라게 하려고 몇 번 자

기 어머니에게 보이는 것을 곁에서 구경을 하였으니까요. 그것을 먹고 죽는다고 야단을 해서 돈을 얻어온 일도 있으니까요. 그러니 시방 와서 새삼스럽게 놀랄 것도 없지마는 같이 죽자는 말끝에 그것이 나온지라 시방껏 달떴던 마음이 조금 긴장은 됩디다. 그이는 자리끼를 당기더니 그 약을 앞에다 놓고 이윽히 내려다보며 닭의 똥 같은 눈물을 뚝뚝 떨어뜨리지 않겠습니까. 그때만은 나의 가슴도 찌르르하였습니다.

한참 약을 내려다보고 울고 있던 그이는 무슨 비장한 결심을 한 듯이 몸을 흠칫하더니 그 약 한 개를 얼른 입에 집어넣고 한 개를 집어 나를 주지 않겠습니까? 나도 서슴지 않고 그 약을 받아 입에 넣었습니다. 약을 머금은 그는 손가락으로 자리끼를 가리켜 나한테 물을 마시란 뜻을 보였습니다. 나는 그가 시키는 대로 물을 마셨으나 물만 넘겼지 약은 혀 밑에 감춰둔 것은 물론입니다. 내야 꿈에도 죽을 마음이 없었습니다. 같이 사는 정의에 그이의 빚에 졸리는 것이 딱하지 않은 바 아니고, 그 때문에 살림살이가 전같이 호화롭지는 못하였을망정 그걸로 비관할 까닭은 조금도 없었습니다. 정 못살게 되면 도로 기생으로 나갈 뿐입니다.

벌써 살림살이가 물려서 그렇지 않아도 기생 생활이 그립던 나인데, 아직 나이 어리고 남에게 귀염 받던 일, 호강하던 일이 어제 일 같이 역력히 기억에 남아 있던 나인데, 앞길에도 기쁨과 호강이 춤추며 기다리고 있는 줄 믿는 나인데, 왜 죽자는 마음이 추호만큼인들 생기겠습니까? 내 몸뿐만 아니라 그이가 죽는다는 것도 믿지 않았습니다. 처음엔 실없는 거짓말로 알았고, 약을 머금은 뒤에라도 또 무슨 연극을 꾸미는가 보다, 내일이고 모레면 그 댁에서 허덕지덕 돈을 갖다줄 테니 또 흥청거릴 수 있구나 하고 도리어 기쁘기도 하였습니다. 독약을 먹고 하는 노릇이라 가슴이 조금 안 떨린 것도 아니지만.

그러나 어찌해요. 그이는 나의 물 마시는 것을 보더니 매우 안심된 듯이 내 손에서 자리끼를 빼앗아 꿀떡 마셔버렸습니다. 그이가 정말 약을 삼킨 것은 좁은 목구멍으로 굵은 약 덩어리가 넘어가느라고, 얼굴이 새빨개지고 어깨를 추스르며 목줄기가 구불텅하는 것만 보아도 알 수 있습디다. 그러더니 고만 뒤로 벌떡 자빠지겠지요. 약 힘이 삽시간에 퍼진 것은 아니겠지만 약을 먹었다 하는 생각에 정신을 잃었는가 싶어요.

이 뜻밖의 일에 그이로 보면 조금도 뜻밖의 일이 아니겠지만 나는 더할 수 없이 놀랐습니다. 저이가 정말 죽었구나 하는 생각이 칼날같이 가슴을 찌르자마자 무어라고 형용할 수 없는 감정이 온몸을 뒤흔들었습니다. 무어니 무어니 해도 고작해야 열아홉 살 먹은 계집애가 아니야요. 이 난생처음 당하는 큰일에 어안이 벙벙하여 '악' 소리도 치지 못하고 가위눌린 눈만 휘둥글리다가 나도 죽었네 하는 듯이 뒤로 자빠졌습니다……

얼마 되지 않아 그이가 벌떡 일어나 미친 듯이 방 안을 왔다 갔다 하지 않아요? 아편을 먹으면 자는 듯이 죽는다는 것은 빨간 거짓말인가 보아요. 답답하고 뉘엿거려서 못 견디겠다는 듯이 두 손으로 가슴을 쥐어뜯으며 꺽꺽대고 괴로운 숨을 토합디다. 그러더니 다짜고짜로 두 손을 입 안으로 넣어 왝왝 헛구역질을 하겠지요. 아마 속이 너무도 괴로우매 죽자는 결심도 간 곳 없고 먹은 약을 토해낼 작정이던가 보아요. 그러나 약은 안 나오는 듯하였습니다.

이 광경을 바라보는 나도 일변 무섭기도 하였지만 못 견디리만큼 괴롭기도 하였습니다. 그의 받는 고통이 도무지 내 탓이 아니야요? 나로 하여 돈을 쓰고 그 돈에 몰리다 못해 죽는 죽음이니 내 탓이 아니고 누구의 탓이겠습니까? 그런데 나는 죽을 때까지 그를 속였습니다. 거짓 죽는 시늉을 해서 그를 속였습니다. 내가 만일 따라 죽는다 안 하고 그를 말렸던들, 그이는 안 죽고 말았을지도 모르지요. 그 약을 먹고 저런 욕을 안 볼는지도 모르지요. 그러면 내 손으로 그이를 죽인 것이나 진배가^{다를 것이} 무엇이겠습니까? 그때에야 물론 이렇게 사리를 쪼개서 생각은 안 했지마는, 차마 그이의 괴로워하는 꼴을 볼 수는 없었습니다. 나는 진저리를 치고 눈을 딱 감았습니다.

그때입니다. 무엇이 나의 어깨를 흔들지 않아요. 번쩍 눈을 떠보니까 그이가 걷어치워 올라가는 개개풀린 눈으로 내 옆에 앉아서 나를 내려다보고 있겠지요. 나는 소름이 쭉 끼쳐 흠칫하고 몸을 소스라쳐 일으켰습니다.

나의 일어나는 것을 보고 그이도 따라 일어서며 용서해달라는 표

정으로,

"괴롭지, 괴롭지? 공연히 나 때문에."

라고 더듬거리고는 눈물이 핑 도는 듯하였습니다. 그 소리는 어쩐
지 무서움에 떠는 나의 창자 속까지 스며들어가는 듯하였습니다.
나의 눈에도 뜨거운 눈물이 쏟아졌습니다. 그러자 그이는 바싹 다
가들며 한 손으로 내 목덜미를 안고, 또 한 손일랑 나의 입에 들이
대입니다. 죽어가는 그이, 아니 벌써 송장이나 진배없는 그이의 손
이 나에게 닿았건만 나는 조금도 전같이 두렵고 무서운 증이 들지
않았습니다.

"뱉어라, 뱉어, 어서 뱉어."

하고 그이는 손가락을 내 입 안으로 꾸역꾸역 들이밀겠지요. 이때
에 입 안에 든 약을 생각한 나는 흘리던 눈물을 뚝 그치고 '에그머
니!' 싶었습니다. 나는 그이의 지중한 사랑에 감읍하였으되, 그이가
돌려내려고 애를 쓰는 것이로되, 나는 그 약을 내어놓기가 죽어도
싫었습니다. 나는 차라리 삼켜버리려 하였습니다. 몇 번을 침을 모
아 그 약을 넘기려 하였으나 원수엣 덩이가 큰 까닭인지 세상 넘어
가지를 않습디다. 그러는 판에 내 입에 들어온 그이의 손가락이 벌
써 그 약을 집어내겠지요. 그 약을 집어내자 나를 바라보던 그이의
얼굴은 시방도 잊히지 않습니다.

어쩌면 그 곱상스럽던 얼굴이 그렇게 무섭게 변할까요. 나는 어
떻다 형용할 수가 없었습니다. 제 계집이 딴 사내를 끼고 자는 것을

보는 본남편의 얼굴이나 그러할는지요. 그 얼굴의 표정은 분노 그 것이었습니다. 원한 그것이었습니다. 입술을 악물고 드러난 이 하나만 보고라도 누구든지 질겁을 할 것입니다. 더구나 잊히지 않는 것은 그 눈자위야요. 일상 생글생글 웃는 듯하던 그 눈매가 위로 홉 떠서 미친개 눈깔같이 핏발을 세워 나를 흘긴 것이야요. 그 무섭기 란 시방 생각해도 몸서리가 쳐요. 그이는 숨이 진 뒤에도 그 홉뜬 눈 을 감지 않았습니다.

　물론 나는 고약한 년이지요. 그를 죽을 때까지 속인 몹쓸 년이지요. 그러나 그이는 나에게 '괴롭지'라고 묻지 않았어요? '뱉어'라고 하지 않았어요? 돌려내려고 내 입에 손까지 넣지 않았어요? 그러다가 약을 삼키지 않고 그저 있음을 보았으면 내 마음은 어떠하든지 그이는—죽어가면서도 나를 생각할 만큼 거룩한 사랑을 가진 그이는 기뻐해야 옳을 일이 아니야요. 좋아해야 옳을 일이 아니야요. 그렇게 성을 내고 나를 흘길 일이 무엇이야요. 내 그른 것은 어찌 갔든지 그때에는 그이가 야속한 듯싶었어요. 야속하다느니보담 의외였어요. 그런데 시방 와서는 그 흘긴 눈이 떠오를 적마다 몸서리가 치면서도 어째 정다운 생각이 들어요. 그리운 생각이 들어요.

－1924년

1. 근대 단편소설의 확립자

　빙허 현진건은 1900년 대구에서 우체국장인 현경운의 넷째 아들로 출생했다. 1915년 이순덕과 결혼한 후 동경에서 세이조 중학을 졸업하고 상해로 건너가서 호강대학의 독일어 전문부에서 공부하다가 귀국했다. 이상화, 이상백, 백기만 등과 동인지 《거화》를 발간했으며, 1920년 《개벽》에 〈행복〉, 〈석죽화〉 등의 소설을 번역하고 11월 단편 〈희생화〉를 《개벽》 5호에 발표하면서 본격적인 문단생활을 시작했다. 그 후 박종화, 홍사용, 이상화, 나도향 등과 3대 동인지 중 하나이면서 낭만적인 성향이 짙은 《백조》[1922년]를 창간하고, 《개벽》에 〈빈처〉, 〈술 권하는 사회〉, 〈타락자〉 등의 초기작들을 발표했다.

　1941년[4월에서 9월까지] 장편소설 《선화공주》에 이르기까지 작가생활 20여 년간에 걸쳐 보여준 그의 작품량은 단편소설 25편, 장편소설 6편으로 집약된다.

　이광수가 문학의 근대적 개념을 도입하고 김동인이 그 체계의 하나로서 내부의 장르를 주조했다면 현진건은 염상섭, 나도향과 함께 소설적 질서에 피와 살을 부여했다는 평가를 받고 있다. '근대 단편소설의 수립자[백철]', '근대 단편소설의 선구자[조영현]', '근대소설의 확립자^{조동일}', '근대 단편소설의 모범^{김재용}' 등의 그에 대한 규정이 이를 뒷받침한다.

현진건은 자아와 세계가 정면으로 대결하는 사실주의 소설을 통해 근대소설을 확립하고 소설을 소설답게 하는 작업을 완성시켰다고 할 수 있다. 치밀하고 섬세한 사실주의적 묘사, 짜임새 있는 구성과 반전 수법, '나'라는 고백적 시점의 사용, 현실에 대한 객관적 묘사 등을 통해 1920년대 한국 사회의 한 전형을 창조했다.

또한 사실주의에 집중하면서도 아이러니라는 소설적 기법을 능숙하게 구사했다는 것이 특징이다. 아이러니는 그에게 있어서 현실을 경험하고 인식하는 미학적 구성 원리며, 그의 언어는 현실과 사회에 밀착된 현장의 소리였다. 명明과 암暗, 정신 대 물질, 빈부의 대립 등 이원적 구성을 미적으로 소화하는 데 매우 능숙했다.

당시의 소설들이 근대의 표지에 대한 과도한 지향만을 지닌 채 제대로 소설화시키지 못한 데 반해, 현진건은 말하고자 하는 바를 소설의 문법으로 바꾸어 소설다운 소설을 주조해냈다.

2. 초기 삼부작

현진건의 초기 소설들은 봉건 사회에서 자본주의 사회로 이행하는 과도기 지식층의 사회적 갈등을 주로 다루고 있다. 전환기를 살아가면서 과거의 전통적 요소와 새로운 근대적 요소의 부조화를 겪으며 비로소 자아에 눈을 뜨고 사회적 존재로서의 자신을 발견하여 시대 의식을 각성하는 과정이 중심을 이룬다.

〈희생화〉1920년는 처음 발표했을 때 황석우로부터 '소설이 아니다, 일개 무명의 산문일 뿐'이라는 혹평을 받았던 현진건의 처녀작으로, 한 인간이 자아를 각성함으로써 생기는 세계와의 갈등을 극복해 나가는 성장소설의 형식을 띠고 있다.

예쁘고 똑똑한 여학생인 S는 같은 학교의 양반가 출신 남학생 K를 만나 사랑에 빠진다. 그러나 두 사람은 아버지를 여의고 어머니, 남동생과 함께 살아가고 있는 S를 K의 집안에서 반대할 것임을 알고 고민한다. S는 먼저 어머니에게 K를 소개하고 둘의 사이를 인정받는다. K의 행동거지가 이상함을 눈치챈 오촌 당숙은 고향에 계신 할아버지를 올라오시게 하여 장가를 가라고 한다. 그때 누나의 편지를 들고 K가 묵고 있던 오촌 당숙의 집에 갔던 '나'는 그 말을 듣고 누나에게 전한다. 그날 밤 K는 S를 찾아가 결혼을 하지 않기 위해 달아나기로 한 결심을 말하지만 누나는 부모, 형제를 버리지 말고 행복하게 살라고 한다. K는 마지막 인사를 하고 떠나고 누나는 그 뒤 시름시름 앓다가 죽고 만다.

〈희생화〉는 근대 사회로 변하는 시기에 자아 인식에 따른 봉건적

사회구조와의 갈등을 두 남녀의 사랑을 통하여 형상화한 작품이다. 근대적 세력과 그에 대치되는 봉건적 세력 간의 갈등관계를 제시하고 사랑을 추구하는 소설기법으로 목격자를 '나'로 하는 시점과 회상하는 구조가 제 몫을 다하고 있다는 데 소설적 특징이 있다.

〈빈처〉1921년는 작가를 지망하는 가난한 '나ĸ'와 아내가 겪는 생활의 어려움 또는 그를 둘러싼 사회의 갈등을 그리고 있다. 이 소설은 이해와 순종 속에서도 속물적 유혹에 끌리는 아내를 축으로 당대 젊은 지식인의 꿈과 고민을 실감 나게 표현했다.

'나'는 6년 전 결혼하여 중국과 일본에서 공부를 했으나, 변변치 못한 모습으로 집에 돌아왔다. 그사이 아내는 나이를 먹고, 세간을 잡혀 당목 옷으로 간신히 버티고 있었다. 얼마 뒤 장인 집에서 부유한 생활을 하는 처형을 본 '나'는 대조적으로 초라한 아내의 모습에 쓸쓸하고 괴로운 생각을 잊으려 술을 마셨다. 하지만 아내는 그날 밤 처형의 멍든 눈자위 이야기를 하며, 없더라도 의좋게 지내는 것이 행복이란 말로 '나'를 위로한다. '나'는 물질에 대한 욕구를 참고 사는 아내에게 진정으로 고마움과 사랑을 느낀다.

〈술 권하는 사회〉1921년에서 부부는 남편이 결혼 후 곧바로 일본으로 유학을 가서 대학을 마치고 돌아왔기 때문에 같이 있을 시간이 거의 없었다. 남편은 조선에 돌아온 처음 얼마간은 무엇인가를 해보려고 애쓰지만 제대로 되지 않자 근심에 사로잡혀 결국 술 마시는 일로 하루하루를 소일하는 인물이 되고 만다. 때때로 한숨을 쉬고 얼굴에는 근심이 가득하였으며 새벽에 흐느껴 울 때도 있었고 출입이 잦아지기도 방에 틀어박히기도 했다. 아내는 이런 남편을 통 이해할 수 없었다. 여느 날처럼 술에 취해 마루에 누워 있는 남편에게 누가 술을 권했냐며 짜증을 낸다. 그러자 남편은 부조리한 사회가 자신에게 술을 권한다고 대답하지만 배우지 못한 아내는 남편의 말을 이해하지 못한다.

〈타락자〉1922년의 '나'는 2년 전 일본에서 유학을 하던 중 오촌 당숙이 죽게 되자 당숙모의 외아들로 입후하여 조선으로 나와 ○○사에 다니게 된다. 평소에 기생에게 관심이 많던 '나'는 명월관의 춘심을 보고 한눈에 반한다. 춘심에 대한 정이 더욱 깊어감에 따라, 처음에는 이해를 하던 아내도 투정을 부리기 시작한다. 그러던 중 춘심을 찾아간 '나'는 춘심이 이미 다른 사람과 살림을 차려 나갔다는 소식을 듣고 집에 돌아오는데, '나'를 기다리고 있던 것은 임신한 아내가 자신에게 임질이 옮았다는 소식이다.

〈빈처〉와 〈술 권하는 사회〉는 가난을 겪으면서도 문학을 해야 한다는 것과 조선 사회의 속악성에 의해 제대로 문학을 할 수 없다는 것으로 정리될 수 있으며, 〈타락자〉에서는 자신의 진로가 가로막힌 것에 대한 좌절을 춘심이라는 기생과의 사랑에 연결시키고 있다.

특히 〈타락자〉는 연재됐을 당시 '작가의 오입한 광고'라 하여,

작가는 물론 편집자까지 꾸짖는 항의를 받았다고 한다. 이 일화를 볼 때 이들 작품의 작중 인물에 투영된 작가의 존재를 외면하기는 어려울 듯하다.

그 외에도 〈빈처〉에서 온갖 물질적 고통을 겪으면서도 문학을 해야 함을 주장하는 주인공의 입장은 우리에게 문학이 현실에 대한 독자적, 자율적 가치를 지니게 된 때를 묻는 것과 같다. 공교롭게도 그것이 바로 〈빈처〉가 발표된 1920년대 초의 일이다. 〈술 권하는 사회〉에 나타난 조선인에 대한 모멸 역시 다르지 않다. 남편은 민족과 사회를 위한다고 모여서 명예 싸움, 지위 싸움에 찢고 뜯고 하는 조선 사회 때문에 술을 마신다.

이것은 1920년대 초 문화운동이라는 기치 아래 낙후된 현실을 개선하기 위해 개인의 소양이나 성질을 계발하고자 했다가 궁극적으로 민족적 열등론이나 개조론으로 발전했던 현실을 반영한다. 〈타락자〉에서 '나'와 춘심의 관계 역시 단순한 일화라기보다는 근대에 유입된 자유연애나 애정이란 개념의 실천으로 보인다. 당시 유학파 지식인들이 선진문명의 담지자로서 또는 식민지 조국의 무기력한 인텔리의 감정적 탈출구로써 조혼으로 맺어진 전통적 모델의 아내를 집에 두고 밖에서는 자유연애를 즐겼던 것이다.

이들 작품에는 가난한 지식인과 배우지 못한 아내 사이의 슬픔과 애정, 그리고 남편을 이해할 수 없으면서도 따르는 전통적 여인상이 등장한다. 교육받지 못한 아내를 이해시키지 못하는 무기력으로 고민하고 친구와 동료 지식인들의 편협한 이기심에 좌절하는 주인공의 모습은 1920년대 지식인의 자아 상실과 그러한 자아에 대해 서서히 눈을 뜨는 지식인의 모습이다. 이렇듯 현진건은 가정을 중심으로 사회와의 갈등을 상징화하는 방법으로 문제를 심화시키는 능력을 갖춘 작가였다.

3. 황폐한 시대 상황

그의 소설은 식민지 정책이 심화되는 상황 속에서 사회와 민족에 대한 이데올로기 의식을 바탕으로 전반적인 모순을 파악해낸다. 특히 사회계층의 양극화 현상과 하층계급의 불행을 주시했고 식민지 사회의 허위를 파악하는 데 주력하였다.

〈운수 좋은 날〉1924년의 인력거꾼 김 첨지는 돈벌이를 위해 아내의 애원도 뿌리치고 일을 하러 나간다. 가난이 불러오는 주인공의 비정하고 냉혹한 외면적 표현과는 달리 내면에는 아내에 대한 동정과 걱정이 깔려 있다. 허기진 배로 온종일 빗속을 철버덕거리면서도 아내에 대한 근심으로 일조차 손에 잡히지 않는다. 마침내 아내를 위해서 설렁탕 한 그릇을 사가지고 집에 들어가지만 아내는 이

미 죽어 있다. 이러한 사건을 통해서 작자가 보여준 것은 일제하의 가난한 우리 민족의 고통이며, 특히 하층계급의 인간들에게 행운의 기적도 있을 수 없다는 냉혹한 현실이다.

이 작품은 발표 연대로 보자면 프로 문학이 대두되던 시기며, 인력거는 가진 자와 못 가진 자의 계급적인 대립관계를 나타내주는 적절한 소재였다고 볼 수 있다. 그렇지만 작자는 고통받는 계층의 모습을 현실 그대로 표현하였을 뿐, 프로 문학적 입장은 나타내지 않았다. 그리고 그 후에도 당시의 문단 풍조에 말려들지 않고 독자적인 리얼리즘 문학을 추구해 나갔다.

〈고향〉1926년은 당시 피폐했던 상황을 탁월하게 드러낸 작품이다. 극적인 사건이나 특징적 인물의 등장 없이 열차 속에서 만난 한 사내의 이야기를 그대로 서술한 형식이다. 당시 가난한 백성이 일제 식민지하에서 그들의 수탈 행위로 말미암아 얼마나 처참한 역경을 헤쳐 나갔는지를 생생하게 증언하고 있다.

열차에서 만난 사내는 17세 때 이역만리 간도로 떠났다. 일제에 땅을 빼앗겨 떠난 그곳에서 끝없는 혹사와 굶주림으로 부친은 병을 얻어 죽고, 홀어머니도 병들어 '흰죽 한 모금도 못 자시고' 죽는다. '그'는 부모의 유골을 버리고 현해탄을 건너지만 그곳 역시 남의 땅이다. 다시 규슈를 떠나서 오래간만에 고향에 돌아와 보니 고향에는 아는 사람 하나 없고 황폐하다. 우연히 옛날에 '그'와 혼담이 오가던 여인을 만나는데, '그녀'는 유곽으로 팔려가서 시달리다 성병을 얻고 늙어버린 폐물로 지금은 일본인 집의 하녀로 있는 처지였다.

〈고향〉은 '그'라는 인물을 통해 농촌의 황폐화된 모습과 수탈당하는 농민의 생활상을 고발하고 있으며, '그'의 옛 애인을 통해서 식민지 여성의 수난상을 보여줌으로써 일제의 식민 정책과 그 수탈 현장을 특별한 감정적 고조나 형식 없이 여실히 드러내고 있다. 특히 결말 부분의 짤막한 노래는 주인공이 타령조로 읊조린 푸념이지만, 당시의 사회상을 집약적으로 제시 · 비판하여 작품의 현실성을 더해준다.

4. 봉건적 성의식의 고찰

〈그리운 흘긴 눈〉1924년은 사랑의 허상을 쫓다가 그의 제물이 되는 인간상을 희화하는 작품이다. 채선은 19세의 이름난 기생이다. 그녀는 고달픈 기생 생활에 회의를 느낄 무렵 돈도 잘 쓰고 노는 품도 호사스러운 부잣집 아들 '그'를 만나게 된다. 달콤한 새살림을 시작한 그녀는 여러 계교를 써서 그로부터 많은 돈을 갈취한다. 그러나 석 달이 못 되어 그의 돈줄이 막히게 되자 그녀와의 생활에 금이 가기 시작하고, 구두쇠로 유명한 그의 부친은 이러한 아들의 소

행에 부자간의 인연을 끊기까지 한다. 각처에서 빚쟁이가 몰려들어 안절부절못하는 동안에도 '그'는 채선을 탓하지 않는다.

오히려 경제적인 어려움에 처하자 후회를 하기 시작한 것은 채선이었다. 지난날의 기생 생활을 동경하면서 다시 돌아갈 기회만 노린다. 돈 값을 날이 다가오고 방법이 없자 동반 자살을 결심한 '그'는 그녀가 함께해줄 것이라고 믿지만, 채선에게는 그럴 마음이 없었다. '그'는 채선이 가식적으로 자살을 연출한 것인 줄도 모르고 아편을 먹고 죽어가는 동안에도 채선의 입에 있는 아편을 꺼내 그녀를 살리려고 한다.

결국 '그'는 세상을 원망하는 분노의 얼굴로 '그 흡뜬 눈을 감지' 못하고 죽고, 채선은 '그'의 사랑이 진실했음을 깨닫고 '그'를 그리워한다.

5. 사회와 인간의 진실

작가는 1930년대에 이르러서 표면적으로 민족주의 이데올로기를 나타낼 수 없을 정도로 탄압이 강화되자 새로운 세계를 지향하는 유토피아 의식으로 당대의 지배 이데올로기와 맞섰다. 이러한 의식이 현실도피라는 비난을 면하기는 어려우나 타협의 가능성을 상실한 현실에 대한 부정으로서의 대응 양식을 창출했다는 긍정적 측면도 없지 않다. 이 시기의 작품으로는 〈서투른 도적〉1931년 《무영탑》1939년 등을 들 수 있다.

〈피아노〉1922년는 이상적인 가정 건설이라는 미명하에 물욕과 호사생활에 사로잡힌 '있는 자'의 허세를 폭로한다. 이것은 실상이 없는 가식에의 생활을 폭로하는 것을 뜻하며 '있는 자'의 분수를 잃은 허황된 삶의 태도이기도 하다.

주인공은 일본 ○○대학을 졸업한 인텔리지만 졸업하자마자 불의의 상처를 당하며 중등교육을 마친 어여쁜 처녀와 신식 결혼식을 올린다. 그는 태어날 때부터 수만 원 재산의 소유자다. 수년 전 부친이 별세함에 '무서운 친권의 압박과 구속을 벗어난 그는 인제 만형으로부터 제 모가치를 타기'로 되었다. 그는 재산을 미끼로 고향을 떠나 서울 살림을 시작하여 서양식 살림에 독서, 정담, 화투, 키스, 아내와의 포옹을 일과로 보낸다. 그렇게 함으로써 이상적인 가정이 실현되는 것으로 착각한다. 뿐만 아니라 이상적인 가정을 꾸미기에 필요한 물품은 무엇이든지 사들여 이상적인 아내가 될 여인으로서의 자격을 인정하는 차원에서 피아노 한 대를 들여놓는다. 그들은 화려한 악기를 바라보면서 기쁨을 나누지만 서로 연주를 권하다가 둘 다 피아노를 연주하지 못한다는 것을 들키고 만다. 이것은 피아노를 통해 삶의 허식이 빚은 반어를 보여주는 것이다.

〈B사감과 러브레터〉[1925년]는 현진건의 우수적, 감상적이면서 사회비판적인 작품과는 달리 인간 자체에 대한 비평정신이 나타나 있는 작품이다. B사감의 괴팍한 성미와 이해하기 힘든 기행에 초점을 맞추어 B사감의 이중성을 조명하고 그 정체를 폭로시킨다. 그러나 인간이 지니고 있는 인격의 이중성 내지 위선의 문제를 단순한 풍자나 희극에 머물지 않고 예리한 비판정신과 희극적 아이러니의 세계로 이끈다. 기숙사라는 제한된 공간, 즉 외부와의 연결이 단절된 공간에서 시작하고 끝나며, 사감과 학생이라는 인간관계 안에서만 사건이 진행된다. 놀랍게도 한밤중에 감미로운 연애 장면을 독백으로 연출하는 주인공은 바로 B사감으로 그녀는 학생들에게 온 러브레터를 뜯어서 혼자 독백식 대화를 하고 있었던 것이다. 첫째 처녀는 '저게 웬일이야'로 전도된 현실에 경악을 표시했고, 둘째 처녀는 '아마 미쳤나 보아'로 일종의 광태를 보았고, 마지막 처녀는 '에 그 불쌍해'로 연민의 정을 표시하는 것으로 끝맺고 있다.

이처럼 B사감이 보여준 일상적인 상황에서 엄격한 태도와 뒷장면의 연출에 드러난 모노드라마는 인간 성격의 극한적인 모순성을 드러낸다.

현진건은 소설을 통하여 당시 자유롭게 표현할 수 없었던 민족의 운명을 암시하고자 노력했던 것으로 보인다. 그의 전·후기 작품들은 결과적으로 일제의 탄압에 분노하며 항거하는 민족적 양심의 증언으로 집약된다. 그것은 지식인의 목소리를 통해서, 또는 도시 소시민층과 밑바닥 하층계급인 노동자, 토지를 빼앗겨 고향을 잃어버린 실향민 등의 분노와 비애를 그린 삶으로 확인된다. 특히 상황의 부조리를 깨닫지만 분노하거나 저항할 수 없었던 지식인들의 무력감과 아픔이 개인적으로도 큰 시련이 되었다는 점에서 그의 이러한 문학적 시도는 그만의 작가정신이라 해도 좋을 것이다.

1900년	대구에서 우체국장이던 현경운의 넷째 아들로 태어남.
1915년	이순덕과 결혼. 동경 세이조 중학 입학.
1917년	세이조 중학 졸업. 이상화, 백기만, 이상백 등과 동인지 《거화》를 발간.
1918년	상해 호강대학 독일어 전문부에서 수학함.
1919년	귀국. 당숙 현보운에게 입양됨.
1920년	《개벽》 5호에 처녀작 〈희생화〉 발표. 조선일보 입사.
1921년	《개벽》 7호에 〈빈처〉를 발표하면서 이름이 알려짐. 〈술 권하는 사회〉 발표.
1922년	《백조》의 동인으로 참여. 〈유린〉, 〈타락자〉, 〈피아노〉 발표. 시대일보 입사.
1923년	〈우편국에서〉, 〈할머니의 죽음〉 발표.
1924년	〈운수 좋은 날〉, 〈까막잡기〉, 〈그리운 흘긴 눈〉 발표.
1925년	〈불〉, 〈B사감과 러브레터〉 발표. 동아일보 입사.
1926년	〈사립정신병원장〉, 〈고향〉, 단편집 《조선의 얼굴》 출판.
1935년	동아일보에서 사회부장으로 재직 시 손기정 일장기 말소 사건으로 1년간 투옥.
1936년	《흑치상지》를 동아일보에 연재하다 일제에 의해 강제 중단됨.
1937년	동아일보를 사직하고 창작에 전념.
1939년	《무영탑》을 동아일보에 연재.
1943년	결핵으로 사망.

한국대표문학선 003

현진건 중·단편소설

초판 1쇄 발행 2012년 1월 20일
초판 2쇄 발행 2018년 1월 20일

지은이   현진건

펴낸이   이재영
펴낸곳   (주)재승출판
등록   2007년 11월 06일 제2007-000179호
주소   우편번호 06614 서울특별시 서초구 강남대로 423 한승빌딩 1003호
전화   02-3482-2767
팩스   02-3481-2719
이메일   jsbookgold@naver.com
홈페이지 www.jsbookgold.co.kr
ISBN   978-89-94217-15-4 03810

값 12,800원
잘못된 책은 구입처에서 바꾸어 드립니다.

이 책은 저작권법에 따라 보호받는 저작물이므로 무단 전재와 무단 복제를 금지하며,
이 책 내용의 전부 또는 일부를 이용하려면 반드시 저작권자와 (주)재승출판의 서면 동의를 받아야 합니다.
이 도서의 국립중앙도서관 출판시도서목록(CIP)은 e-CIP 홈페이지(http://www.nl.go.kr/ecip)와
국가자료공동목록시스템(http://www.nl.go.kr/kolisnet)에서 이용하실 수 있습니다.
(CIP제어번호: CIP2011005759)